La Nuit mérovingienne

Jean-François Nahmias

La Nuit mérovingienne

ROMAN

Albin Michel

22, rue Huyghens, 75014 Paris.

ISBN 2226-07920-3

O Virgo miranda mihi, placitura jugali
Clarior ætheria, Brunichildis, lampade fulgens.
Sapphirus alba, adamas, crystalla, smaragdus, iaspis,
Cedant cuncta : novam genuit Hispania gemmam.

Venantius Fortunatus, VI, 1
« Sur les noces de Sigebert et Brunehaut ».

Conjuge cum propria, quæ regnum moribus ornat,
Provida consiliis, sollers, cauta, utilis aulae,
Ingenio pollens, munere larga placens,
Omnibus excellens meritis, Fredegundis opima.

Venantius Fortunatus, IX, 2
« Discours au synode de Berny ».

1.

L'enfant et le pays qui n'avaient pas de nom

Une fillette de douze ans fuyait droit devant elle, en direction de Soissons. Cela faisait près d'une semaine qu'elle suivait ainsi la voie romaine, celle qui venait du nord, de Montdidier... Elle avait dû dormir la nuit, en pleine forêt, malgré les bêtes et les esprits. Mais elle n'avait pas hésité. Une esclave qui s'enfuit risque la mort, parfois dans les pires supplices. Elle n'avait qu'une idée, arriver à Soissons et là, elle verrait bien.

La fillette n'en était plus une. Elle était femme depuis déjà deux ans. Cela se voyait à sa jeune poitrine sous sa robe jaunasse de lin non teint. Elle était loin d'être laide. Malgré les multiples écorchures qu'elle s'était faites et son état visible d'épuisement, elle avait des formes gracieuses, un visage agréable, avec ses longs cheveux châtains et ses grands yeux marron.

Elle allait, la rage au cœur, la peur au ventre... Pourquoi son père, cardeur dans la villa du comte Frédéric, à Montdidier, avait-il accepté de se remarier avec une femme libre ? Quand Aregonde, suivante de la comtesse, l'avait croisé et lui avait demandé d'être son mari, il avait dit « oui ». Il savait pourtant le risque qu'il prenait.

Au soir de leurs noces, le comte Frédéric avait, selon l'usage, remis une quenouille et une épée à Aregonde. Elle pouvait soit choisir la quenouille et devenir esclave comme son mari, soit le tuer avec l'épée, auquel cas elle resterait libre.

Elle l'avait tué au cours de leur nuit de noces. La fillette l'avait découverte au matin, sur le pas de leur hutte de branchages, l'arme toute rouge à la main, murmurant :

— Je n'ai pas pu !

La fillette s'était enfuie en hurlant...

Avançant sur la voie romaine, elle eut un cri de joie. Des remparts, constitués par une haute palissade de bois, venaient d'apparaître. C'était Soissons ! Mais la laisserait-on entrer ? Elle distinguait des silhouettes de soldats. Elle s'approcha encore. Comme le soleil venait de se coucher et qu'elle apercevait entre deux planches vermoulues un trou assez grand pour qu'elle puisse s'y glisser, elle décida de risquer le tout pour le tout.

Ce fut le coucher du soleil qui la sauva. Après le crépuscule, seuls les génies pouvaient circuler impunément. En apercevant la petite ombre, bien loin de songer à l'arrêter, les gardes s'écartèrent vivement en proférant les incantations d'usage :

— *Ax, cax, pix, gramma, grummo !*

Tout étonnée, l'arrivante se retrouva sans encombre dans la ville et chercha la cathédrale pour y trouver asile. Elle la découvrit tout de suite, la place principale de Soissons se situant juste après l'enceinte. Elle n'eut pas la force de pousser la lourde porte, mais elle n'insista pas. Elle se laissa tomber sur le sol. Pour la première fois depuis son départ, elle allait passer une nuit sans craindre les bêtes et les fantômes. Elle s'endormit aussitôt...

Elle fut réveillée par une jeune femme aux longs cheveux blonds qui lui secouait l'épaule. On aurait dit une apparition. Elle portait une robe orangée descendant jusqu'aux genoux, recouverte d'une tunique rouge fendue de haut en bas sur le devant. La tunique avait des manches longues évasées, décorées de fils d'or ; elle était retenue à la taille par une ceinture nouée sur le bas-ventre. Des objets de toilette y étaient accrochés : peigne, briquet, cure-oreilles. Aux pieds, elle avait des bottines de cuir souple et, sur les cheveux, des voiles de couleur blanche... La jeune fille eut un cri :

— Etes-vous la princesse ?

L'apparition sourit.

— Non. Seulement une de ses suivantes. Je m'appelle Mogiane. Et toi, qui es-tu ? Je ne t'ai jamais vue à Soissons.

— Je suis de Montdidier. Je me suis enfuie.

— Pourquoi ?

La jeune fugitive avait eu tout le temps de préparer sa réponse.

— J'ai quitté mes parents parce qu'ils voulaient m'élever dans le paganisme. Je veux vivre dans la foi chrétienne.

— C'est très beau et très courageux ! Comment t'appelles-tu ?

Cette fois, la jeune fille resta muette. Elle n'avait pas pensé à cela. La femme en robe orangée insista avec douceur :

— Tu as bien un nom ? Il n'y a que les esclaves qui n'ont pas de nom... Voyons, es-tu franque ou gauloise ?

— Franque.

— Alors ?

Un nom franc... Il fallait trouver tout de suite un nom franc, sinon elle était perdue... Elle pensa au comte Frédéric, à sa marâtre d'une nuit, Aregonde, et énonça comme on se jette à l'eau :

— Frédégonde...

A son grand soulagement, celle qui disait s'appeler Mogiane ne marqua pas de surprise particulière. Au contraire, son sourire s'accentua.

— Attends-moi ici, Frédégonde. Je vais parler de toi à la princesse Audovère. Peut-être qu'en raison du jour heureux que nous allons vivre, elle fera de toi une de ses suivantes.

— Quel jour heureux ?

— C'est demain qu'on baptise son fils, Mérovée, et c'est moi qui serai la marraine.

Mogiane lui fit un signe de la main et s'en alla. L'enfant, qui un instant plus tôt n'avait pas de nom et qui s'appelait à présent Frédégonde, la regarda disparaître, émerveillée.

Une file de chameaux escortée de quelques cavaliers cheminait sur l'autre voie romaine, celle du sud, qui allait de Paris à Soissons. Ce genre d'équipage était fort commun. Le chameau, bête robuste, supportant tous les climats, était l'animal de bât le plus courant, le cheval n'étant utilisé que par les guerriers ou les voyageurs désirant se déplacer rapidement... Dans le cas présent, la caravane avait une longueur exceptionnelle. C'était, en effet, un cortège royal : le roi Clotaire se rendait au baptême de son petit-fils Mérovée, fils de son cadet Chilpéric...

Clotaire n'était pas à dos de chameau. Il était assis sur un trône de bois couvert de plaques dorées placé au milieu d'un char tiré par quatre bœufs. Il était enveloppé de la tête aux pieds d'un ample manteau en fourrure d'ours.

Clotaire avait soixante ans, un âge considérable. Ses gardes à cheval, qui cheminaient à ses côtés, étaient tous des jeunes gens entre quinze et vingt ans. Le roi se distinguait par sa chevelure toute blanche, qui lui tombait sur les épaules en longues boucles. C'était là le signe de son rang. Seuls le souverain et ses fils avaient le privilège de ne pas se couper les cheveux ; tous les autres hommes en avaient l'obligation absolue. Les Francs se rasaient le crâne, à l'exception du sommet, ce qui leur faisait une queue de cheval qui leur tombait le plus souvent sur le front. Les Gallo-Romains se coiffaient court, à l'antique ; quant aux clercs, ils portaient une tonsure très étendue, ne laissant qu'une mince bordure du front à la nuque...

Depuis son trône, Clotaire contemplait le chameau qui ouvrait la marche. A la différence des autres, il n'était pas chargé de paquets. Son utilité était autre. Il avait au cou une boîte en émail cloisonné contenant un fragment de la tête de saint Denis, patron de Paris, et, entre ses bosses, deux prêtres en vêtements blancs psalmodiaient leurs prières. Cette précaution était indispensable : jamais on n'aurait entrepris un aussi long voyage sans emporter des reliques.

Le roi Clotaire souriait... Tout allait bien. Le saint avait rempli sa mission : depuis le départ de la capitale, on n'avait rencontré ni brigands ni mauvais esprits. A vrai dire, on n'avait croisé absolument personne et, dans cette solitude rassurante, le souverain se laissait aller aux plus agréables pensées.

Comme Dieu avait été généreux avec lui en lui accordant une aussi longue existence : il inaugurait la quarante-septième année de son règne ! Et il n'y avait pas de raison que cela s'arrête. Il se sentait fort comme un chêne, bâti pour vivre cent ans ou même plus.

Mais il y avait bien mieux ! Depuis peu, avec la mort de son dernier frère, Childebert, il était roi de tous les Francs, comme l'avait été son père Clovis. Tout le pays était à lui, toute l'ancienne Gaule ! Il devait avouer que là, Dieu n'était pas seul en cause. Il l'avait un peu aidé, en assassinant ses neveux, par exemple. Mais lui-même avait failli être pareillement éliminé. Tuer et ne pas être tué, telle était l'existence des rois francs et, à ce jeu-là, il s'était montré le plus fort, le plus avisé...

L'un des gardes, qui venait de faire un galop de reconnaissance, revint à la hauteur du chariot royal. Clotaire le héla.

— Qu'as-tu vu ?

— La route est bonne, Votre Grandeur. Si tout va bien, nous serons à Soissons demain.

— Où sommes-nous ?

— Comment le savoir, Votre Sublimité ?

Clotaire n'insista pas... On arriverait le lendemain parce qu'on était parti depuis trois jours et qu'il en fallait quatre pour faire le trajet. Mais il était effectivement impossible de savoir où on se trouvait. Il n'y avait pas de ville entre Paris et Soissons, pas même de village, rien que la forêt...

Son royaume n'était en fait qu'un vaste désert, avec de rares îlots de population, mais Clotaire s'en moquait bien. Tout comme il se moquait que son pays présente la particularité de ne pas avoir de nom. Quand un seul roi occupait le trône, comme actuellement, on disait « la Gaule ». Après sa mort, il y aurait autant de pays qu'il y aurait de fils pour lui succéder et on leur trouverait des noms, mais jamais on ne disait « la Francie » ou « la France ». Les Francs, qui avaient conquis le pays cent ans plus tôt, n'avaient pas voulu ou pas pu lui donner le nom de leur peuple.

Mais peu importait pour Clotaire : il était le plus puissant, c'était le principal. La preuve ? C'était d'après lui qu'on comptait le temps. Les actes officiels étaient datés de la quarante-septième année du règne de Clotaire, ou bien encore de l'an 160 après la mort de saint Martin, le plus grand de tous les saints. Quant au Christ, nul ne savait quand il avait vécu...

Frédégonde croyait défaillir de bonheur : elle allait assister au baptême de Mérovée, fils d'Audovère et de Chilpéric, petit-fils de Clotaire, au milieu de toute la cour !

Tout s'était passé comme dans un rêve... Quand Mogiane était allée la trouver dans son palais de Soissons, la princesse Audovère l'avait écoutée avec passion. Audovère était encore jeune, elle n'avait que dix-huit ans et elle avait gardé ses enthousiasmes d'enfant. L'histoire de cette toute jeune fille, qui avait bravé la mort pour rester chrétienne, l'avait bouleversée. Elle avait consenti avec joie à prendre Frédégonde pour suivante.

Mogiane était revenue lui annoncer la bonne nouvelle et s'était occupée d'elle. Elle l'avait lavée, coiffée, habillée. Et maintenant, le lendemain seulement de son arrivée, l'ancienne esclave, la petite fugitive en péril de mort était en compagnie des grands de ce monde !

Ainsi qu'il était de règle, la cérémonie n'avait pas lieu dans la cathédrale même, mais dans le baptistère, édifice séparé, toujours de forme ronde, qui se dressait à côté... A peine en eut-elle franchi le porche, que Frédégonde resta bouche bée. Pour celle qui n'avait connu qu'une cabane enfumée prenant la pluie, c'était l'éblouissement le plus total.

Des dizaines de cierges répandaient une lumière chaude. Les murs étaient recouverts de plaques de marbre polychrome. Elles avaient été prélevées sur des constructions romaines et accolées les unes aux autres ; de place en place, une colonne, romaine également, et qui ne soutenait rien, avait été posée à titre d'ornement. L'entrechoquement des formes et des couleurs était si violent que Frédégonde ne savait plus où donner du regard, en avait presque le vertige.

Le seul élément qui lui était familier était la mosaïque au-dessus de la porte, figurant de manière très stylisée un poisson surmonté d'une croix. Frédégonde savait que c'était ainsi qu'on représentait le Christ, même si elle ignorait pourquoi... La cohue était indescriptible et elle n'apercevait que par intermittence la plus belle pièce du bâtiment, le bassin central. Largement surélevé, rond, en marbre vert soigneusement travaillé et poli, il était assez profond pour qu'un homme ait de l'eau jusqu'à la ceinture, assez large pour qu'en étendant les bras, il n'en touche pas les bords.

Mais les regards de la jeune fille allaient surtout à l'assistance. Le monde franc était là, tout autour d'elle, brillant avec l'éclat d'un soleil aveuglant. Les femmes portaient les mêmes vêtements longs et amples qu'elle avait découverts sur Mogiane : une robe descendant jusqu'aux genoux, recouverte d'une tunique fendue tombant aux chevilles. Robes et tuniques étaient de tons vifs.

La seule différence était qu'elles avaient à présent leurs bijoux. Les plus gros étaient les fibules, broches fixées sur la poitrine. C'étaient des morceaux de verre multicolore, montés sur une plaque d'or ou d'argent, afin de mieux réfléchir la lumière, et cloisonnés, c'est-à-dire séparés par un réseau métallique. Les fibules avaient toutes les formes, mais le plus souvent représentaient grossièrement des animaux. Les colliers, très longs et tombant très bas, étaient faits de perles de verre de formes alternées : sphériques, cylindriques et cubiques. Les boucles d'oreilles, très volumineuses, étaient en métal torsadé ; bracelets et bagues complétaient le tout.

Les hommes ne le cédaient en rien à leurs compagnes. A part les clercs et quelques Gallo-Romains, revêtus de l'austère tunique antique de couleur blanche, ils portaient le costume d'apparat franc : des pantalons, une veste à manches courtes tombant jusqu'aux genoux, des chaussures de cuir fixées par des lacets croisés très haut sur la jambe. Comme pour les femmes, tous ces éléments vestimentaires étaient de couleurs vives.

Frédégonde fut surprise de constater que, comme elles, ils portaient des bijoux : fibules, colliers, bagues, à l'exception des boucles d'oreilles. Mais ils avaient d'autres ornements : le ceinturon, fermé par une superbe boucle d'or ou d'argent, aux motifs compliqués faits d'animaux stylisés et entrelacés : on y retrouvait, fixés, les mêmes ustensiles de toilette : peigne, ciseaux, cure-dents, pince à épiler. Tous étaient armés du scramasaxe, l'épée des chefs, enfermée dans un fourreau de bois décoré de verroterie...

— Eh bien, Frédégonde ?...

Mogiane était à ses côtés, qui lui souriait. Elle était toujours habillée d'orange et de rouge, ce qui s'harmonisait à merveille avec ses cheveux d'or et ses lèvres peintes en vermillon ; une grosse broche cloisonnée de couleur verte en forme de cœur resplendissait sur sa poitrine. Frédégonde, quant à elle, était loin d'avoir cet éclat. En raison du manque de temps, on n'avait pu faire de robe à ses mesures et elle avait dû se contenter d'un modeste ensemble gris clair et foncé... Elle eut un instant de dépit quand elle vit le contraste qu'elle formait avec sa compagne, mais elle se reprit aussitôt.

— Je ne sais que dire. C'est merveilleux !

Mogiane éleva le ton. A part au moment de la liturgie, on ne faisait jamais silence dans un lieu de culte. On parlait à voix haute, parfois même, on riait à gorge déployée ou on s'interpellait bruyamment. Dans le cas présent, c'était le vacarme le plus complet, sans parler de la bousculade, car le baptistère était trop petit pour la cour et ses invités.

— Viens avec moi. Il faut que tu voies tout...

Elle lui prit la main et réclama le passage à grands cris. Comme c'était la marraine, on s'écarta devant elle...

Ce fut le roi Clotaire que Frédégonde aperçut le

premier, car, bien que le seul à être assis, il dominait tous les autres. Il était juché sur son trône couvert de plaques dorées. Aussi étrange que cela paraisse, plus que l'éclat de ses habits, plus que son rang, ce fut son âge qui frappa la jeune fille. Dans la villa de Montdidier, on vivait quinze ou vingt ans, quelquefois vingt-cinq, le temps d'être grand-père ou grand-mère. Jamais elle n'avait vu quelqu'un d'aussi vieux, jamais même elle n'aurait imaginé qu'on puisse vivre aussi longtemps.

— Princesse, voici Frédégonde...

Mogiane venait de s'adresser à une jeune femme superbement vêtue, qui se tenait devant le bassin de marbre vert. Celle-ci adressa à sa nouvelle suivante un sourire aimable.

Frédégonde le lui rendit timidement. Ainsi donc, elle était devant Audovère, qu'elle allait désormais servir... De toutes les femmes présentes, elle avait, de loin, la mise la plus éclatante. Sa robe jaune et sa tunique verte étaient du lin le plus fin, son voile rouge sur les cheveux était brodé d'or, mais surtout, elle arborait une superbe fibule en forme de papillon, avec deux grosses ailes surmontées de deux antennes étincelantes. A proximité des cierges, il envoyait des reflets vifs comme des éclairs. Frédégonde remarqua que Mérovée n'était pas son premier fils ; elle portait dans ses bras un petit enfant d'un an.

— Le prince Chilpéric...

Cette fois, malgré le bruit environnant, Mogiane avait baissé la voix, comme s'il s'agissait d'une confidence. Frédégonde regarda de tous ses yeux celui qu'elle lui montrait du doigt... Il se tenait près du trône de Clotaire. Tout comme sa femme, il avait environ dix-huit ans et il était assurément bel homme. Il dominait tout le monde d'une bonne tête ; ses longs cheveux d'un blond lumineux étaient un peu raides, mais son collier de barbe bien taillé donnait de l'harmonie à ses traits. Ses yeux gris avaient un éclat froid, ce qui ne les empêchait pas d'être fixés sur son père avec une expression de grande tendresse. Visiblement, c'était un être complexe, curieux mélange de brutalité et de douceur.

Frédégonde se serait volontiers attardée à le détailler, mais Mogiane la tira de sa contemplation. Elle lui désigna un personnage en blanc, qui se tenait près du bassin.

— C'est Prétextat, l'archevêque de Rouen.

La nouvelle suivante en oublia aussitôt Chilpéric... Un archevêque ! Après un roi, un prince et une princesse, elle contemplait un des plus hauts dignitaires de l'Eglise... Malgré ses prestigieuses fonctions, Prétextat n'était pas trop intimidant. C'était lui qui tenait dans ses bras Mérovée, le futur baptisé. Corpulent sous sa toge, le visage un peu bouffi et suant à la chaleur des cierges, il considérait le nouveau-né avec amour. Il était visible que la bonté était ce qui le caractérisait le mieux et que, pour lui, le message divin ne pouvait être que d'indulgence et de pardon.

— Et il est venu exprès de Rouen pour célébrer le baptême ?

— Pas seulement pour cela. C'est lui le parrain...

Depuis son trône, le roi Clotaire eut un geste de la main droite, dont le pouce s'ornait d'une énorme bague, qui lui servait de sceau. Le silence s'établit.

— Baptisez mon petit-fils, Très Saint-Père !

Prétextat s'inclina.

— Je suis votre serviteur, Sublime Seigneur...

Il fit un signe et Mogiane s'approcha du bassin. Elle prit l'enfant qu'il lui tendait et le baptême commença... La liturgie, très simple, consistait pour l'officiant à réciter le Credo. Après chacune des phrases, la marraine approuvait.

Quand la prière fut finie, Prétextat reprit Mérovée, le sortit de son drap et le plongea tout nu dans le bassin. Ensuite, l'archevêque de Rouen se fit apporter par un de ses diacres une coupelle d'or contenant l'huile sainte. Il y trempa le doigt et traça une croix sur le front de l'enfant, tout en récitant le Pater...

Abandonnée par Mogiane, Frédégonde avait été happée par la cohue et s'était retrouvée quelques rangs plus loin. De là, elle ne voyait que des fragments de l'office, mais elle ne s'en souciait guère. Elle pensait surtout à elle-même.

Elle avait du mal à maîtriser les émotions qui l'agitaient. Elle venait de passer de l'esclavage à une vie de rêve, d'une mort presque certaine à un avenir resplendissant. Elle avait douze ans et elle faisait partie de l'entourage d'une princesse, d'une future reine... Une réflexion lui vint tout à coup : ce baptême était aussi le sien ! Jusqu'à la veille de ce jour, elle n'avait pas de nom et cette cérémonie consacrait Frédégonde tout autant que Mérovée... Mais qui était, qui allait être Frédégonde ? C'était cette question qu'elle devait se poser...

— Frédégonde !...

Mogiane était devant elle, tenant Mérovée dans ses bras. L'enfant pleurait et elle le berçait pour le calmer.

— Regarde mon filleul ! N'est-ce pas qu'il est beau ?... Et il s'appelle Mérovée, comme celui qui a donné son nom à la lignée royale. Je suis sûre qu'il sera un jour un grand roi !

Un grand roi... Une sensation nouvelle s'empara soudainement de Frédégonde. C'était un sentiment d'injustice et de révolte. Tous ces princes, ces princesses, ces grands personnages, avaient, dès leur naissance, tout reçu de la vie. Mais pourquoi ? Pourquoi eux et pas elle ?

Une image lui revint avec violence, celle d'une femme tenant à la main une épée rougie et murmurant : « Je n'ai pas pu... » Son père avait été tué comme un chien, tout simplement parce qu'il était esclave. On avait été sans pitié avec lui : elle aussi devait être sans pitié... Sa vie prenait soudain un sens, celui de la revanche.

— Eh bien, Frédégonde ?...

En un instant, la petite fille émerveillée avait disparu pour faire place à un être nouveau, dur, tendu uniquement vers son but. Elle allait s'élever le plus haut possible dans les richesses et dans le pouvoir, elle allait le faire à tout prix. Dans ce monde cruel, elle allait se montrer plus cruelle encore que les autres !

— Frédégonde, que t'arrive-t-il ?

— Rien... C'est l'émotion, le bonheur...

Frédégonde ne mentait pas. Elle était émue, elle était bouleversée. Ce jour était bien celui de son baptême. Il avait tout changé et elle ne l'oublierait jamais.

Quatre ans plus tard, l'an 164 après la mort de saint Martin, ou la cinquante et unième année du règne de Clotaire (car il vivait encore !), Audovère baptisait l'enfant qu'elle venait d'avoir : une fille prénommée Hildeswinthe ; entre-temps, elle avait accouché d'un troisième garçon, Clovis.

Le cadre était le même, le baptistère de Soissons, mais il aurait été difficile d'imaginer contraste plus grand avec le baptême de Mérovée. Clotaire n'était pas là ; vu son âge, il n'avait pas jugé prudent de quitter Paris. Chilpéric était absent aussi. Il était à la guerre, au loin, à l'est ; on ne savait pas quand il rentrerait. Et, en l'absence du roi et du prince, les chefs francs, totalement indifférents au lieu sacré où ils se trouvaient, se laissaient aller à tous les débordements.

Certains lutinaient les suivantes ; d'autres buvaient du vin à pleines carafes ; d'autres encore, chantaient. Comme l'autre fois, le futur parrain était un évêque : Cautinus, qui avait la charge du diocèse de Soissons. Mais la fonction épiscopale était son seul point commun avec Prétextat. C'était un ivrogne de la pire espèce, qui ne pouvait se retenir de boire même pendant les offices. Il était arrivé au baptistère porté par quatre diacres, s'était affalé au bord du bassin et barbotait, les pieds dans l'eau lustrale. Ce n'était, certes, pas lui qui aurait pu ramener dans l'assemblée l'ordre et la dignité.

Audovère, déjà perdue quand son mari n'était pas là, était en train de vivre un des pires moments de sa vie. Elle serrait de toutes ses forces la petite Hildeswinthe dans ses bras, tandis que ses trois fils : Théodebert, cinq ans, Mérovée, quatre ans, et Clovis, trois ans, se chamaillaient entre eux...

Dans tout ce remue-ménage, une seule personne gardait son calme, Frédégonde. Elle portait la même toilette gris clair et foncé que quatre ans auparavant et aucun des guerriers éméchés ne s'approchait d'elle. Sa mine froide rebutait les hommes ; elle leur faisait même un peu peur.

Pendant ces quatre ans, Frédégonde n'avait eu que des sujets de satisfaction. D'abord son physique. Ses charmes d'adolescente avaient tenu leurs promesses. Son corps avait pris des formes fermes, même si elle restait un peu masculine, avec sa poitrine menue et ses longues jambes. Son visage avait perdu ce qui lui restait d'enfantin ; ses traits s'étaient affirmés, sa bouche s'était épaissie, ses yeux marron possédaient des reflets nouveaux, sa chevelure châtain avait l'opulence d'une fourrure.

Pourtant, son esprit s'était métamorphosé de manière peut-être plus prodigieuse encore. Elle avait mis un inlassable acharnement à apprendre tout ce qui pouvait l'être. Grâce à Mogiane, elle avait su, en quatre ans, lire et écrire. Elle passait également beaucoup de son temps avec les clercs, se forgeant ainsi une réputation de piété conforme à son évasion romanesque. Elle s'était intéressée à tout, même à la politique, écoutant attentivement les conversations qu'elle pouvait surprendre ici ou là.

Pour tout le monde, elle passait pour une fille étrange, sérieuse à l'extrême, peut-être une future nonne. Son aspect physique ne faisait que confirmer cette impression. Elle portait des robes dans les tons les plus austères. Elle donnait à son regard toute la dureté qu'elle pouvait, pinçait ses lèvres charnues dans un pli déplaisant, s'exprimait d'une voix sèche.

Chilpéric, grand amateur de beauté, n'avait pas manqué de tourner autour d'elle. Elle avait su lui résister, mieux : le décourager. Devant ses airs revêches, ses regards hostiles, ses propos acides, il avait conclu que c'était une jolie fille, mais totalement inapte au plaisir.

Frédégonde avait savouré à son juste prix cette victoire. Tout cela était soigneusement calculé. Elle n'avait pas renoncé à ses ambitions, mais elle s'était fixé un plan pour y parvenir et elle ne s'en était pas écartée... Qu'aurait-elle gagné à partager le lit de son maître ? Quelques moments agréables, une satisfaction d'amour-propre ? En revanche, elle aurait couru les plus grands risques. Sa position n'était pas encore assez forte. Audovère n'aurait pas hésité à la renvoyer.

Audovère... C'était, au contraire, auprès d'elle qu'elle avait déployé tout son charme. Elle avait tout de suite percé au jour sa psychologie, ce qui n'était guère difficile. Sans être d'origine servile, comme elle, la princesse était de très basse extraction. Ancienne domestique, éblouie d'avoir été élevée si haut, elle vouait une reconnaissance sans bornes à son seigneur et maître et lui était totalement soumise.

Si elle possédait toutes les qualités du cœur, si elle adorait ses enfants, était profondément croyante (sans, d'ailleurs, connaître grand-chose à la religion), elle n'avait aucune des qualités nécessaires à son rang. Elle était gauche, timide ; elle était inculte, elle était même sotte.

Frédégonde n'avait eu aucun mal à faire sa conquête. Audovère avait tout de suite éprouvé pour elle une admiration instinctive. Quand elle avait appris qu'elle avait repoussé son mari, l'admiration s'était muée en adulation. Elle l'avait prise pour confidente, pour amie et ne faisait plus rien sans la consulter. Elle n'avait eu qu'à s'en féliciter : la clairvoyance de Frédégonde n'avait d'égale que sa modestie ; ses avis étaient toujours excellents et elle refusait systématiquement toute récompense...

— Où est-elle, cette marraine du diable ?

C'était l'évêque Cautinus qui venait de hurler cette question, déclenchant un tremblement de désespoir chez Audovère. Car, comble de malheur, la marraine qu'elle avait choisie, Cnusigothe, une des sœurs de Chilpéric, venait de tomber malade ! Il était hors de question qu'elle puisse venir... L'évêque répéta, en hurlant :

— Où est-elle, cette damnée... ?

L'effort était trop grand et il s'arrêta pour vomir. Ses diacres eurent heureusement le temps de détourner sa tête du bassin. C'en était trop pour Audovère, qui céda à la panique. Elle appela la seule personne qui pouvait la sauver :

— Frédégonde !

Elle avait à peine fini de prononcer son nom qu'elle était déjà là.

— Sauve-moi, Frédégonde ! Trouve-moi une marraine !

Elle mit sa main sur sa fibule en forme de papillon.

— Sauve-moi et elle est à toi ! C'est mon plus beau bijou.

Frédégonde contempla la broche cloisonnée aux reflets éclatants. Elle eut comme un éblouissement, tant sa joie était violente !... Mais oui, c'était l'instant ! Après quatre ans dans l'ombre, après quatre ans de vie humble et rampante, comme celle de la chenille, le moment était venu de déployer ses ailes et de prendre son vol...

— Je n'ai pas besoin d'un tel présent, Noble Princesse. Vous savez bien que votre bonheur est ma seule récompense. Mais j'ai peut-être trouvé.

Audovère s'accrocha à son bras.

— Parle, je t'en supplie !

— Il faut pour votre fille une femme de haut rang et qui y a-t-il ici de plus élevé que vous ? Soyez la marraine d'Hildeswinthe.

Audovère en rit de joie... C'était si simple ! Comment n'y avait-elle pas pensé ? Elle appela l'évêque, qui se remettait difficilement. Celui-ci approuva d'un grognement. Un de ses diacres voulut émettre une objection : il le fit taire et le baptême commença.

Cautinus récita le Credo, en butant sur les mots et Audovère fit les réponses. Puis il prit Hildeswinthe pour la plonger dans le bassin et ce qui était prévisible arriva : il tomba à l'eau avec elle. Tandis qu'on les repêchait, un éclat de rire s'empara des guerriers et gagna toute l'assistance. Audovère, sous l'effet du soulagement, se joignit à l'hilarité générale. Frédégonde se contenta d'un léger sourire. Elle avait frappé d'un coup sec, précis. Sa victime ne s'était rendu compte de rien, mais le mal était fait et, bientôt, elle s'abattrait, foudroyée...

Chilpéric rentra presque aussitôt de guerre. Il était vainqueur et l'avait fait savoir par une avant-garde de soldats proclamant son triomphe. Selon la coutume, les suivantes de la princesse se rangèrent en haie d'honneur depuis la porte de la ville jusqu'à celle du palais, des fleurs à la main.

Frédégonde s'était mise en tête de la file. Son cœur battait à tout rompre. Est-ce qu'elle saurait donner à son regard un pouvoir irrésistible ? Des cris guerriers annonçaient l'approche du prince. Elle était vêtue, comme à l'ordinaire, d'une robe gris clair recouverte d'une tunique gris foncé. D'un geste brusque, elle déchira le haut de sa robe. L'échancrure fit apparaître la naissance de sa poitrine gracieuse. Comme Chilpéric arrivait, elle se jeta à genoux sur son passage, le contraignant à s'arrêter. Elle leva les yeux vers lui.

— Hélas, Noble Prince, un grand malheur est arrivé lors du baptême de votre fille Hildeswinthe !

L'armée s'était figée, les autres suivantes aussi. Chilpéric avait pâli.

— Est-elle morte ?

— Non, Noble Prince. Il s'agit d'Audovère. Vous ne pourrez malheureusement plus partager son lit : elle a accepté d'être la marraine...

Toujours à genoux, Frédégonde regardait son maître. Ses yeux démentaient le ton compatissant de sa voix : ils étaient étincelants, tentateurs, ensorceleurs ; sa bouche humide souriait de manière gourmande ; tout son visage était une invitation à l'amour. C'était l'instant crucial ! Audovère était perdue. L'Eglise interdisait toute relation amoureuse entre un parrain ou une marraine et les parents de l'enfant. Ils étaient considérés comme frère et sœur et cela, l'ancienne servante, pieuse, mais restée ignare en matière religieuse, l'ignorait.

Chilpéric était donc libre, mais la choisirait-il,

elle ? Il contemplait toujours, du haut de sa stature, cette suivante, qu'il croyait glaciale, mais qui se révélait la plus attirante des femmes. Son regard allait des yeux à la bouche et au corps gracieusement proportionné. Il eut un grand rire, lui dit de se relever et la prit par la taille.

— Eh bien, ma fille, si Audovère ne peut plus partager mon lit, tu la remplaceras !

Ce fut ainsi enlacés qu'ils traversèrent la haie des suivantes, qui lancèrent leurs fleurs comme si de rien n'était. Quand elle les vit, Audovère devint toute blanche, chercha en vain sa respiration et s'effondra d'une masse.

Sa répudiation eut lieu le jour même. Frédégonde s'empara non seulement de sa chambre, mais de sa garde-robe et de ses bijoux. Elle composa soigneusement sa nouvelle toilette. La métamorphose devait être totale et elle le fut ! Elle choisit une robe rouge, une tunique jaune d'or et, comme fibule, non le papillon, mais une autre, presque aussi grande, représentant deux serpents entrelacés. Elle se teignit les cheveux en roux et se peignit les lèvres en rouge, couvrit de noir ses sourcils et mit du vert autour de ses yeux. Tel un bijou franc bigarré et criard, elle était devenue l'effigie même de la beauté barbare.

Quant à Audovère, elle s'occupa personnellement de son sort. Elle convainquit Chilpéric de l'expédier, pour le restant de ses jours, dans un monastère éloigné. Des instructions à la mère supérieure lui enjoignaient de l'enfermer pendant un an dans la plus sombre des cellules. Après ce séjour, elle se tiendrait tranquille.

Ce n'était pas tout. Frédégonde l'habilla à sa manière. Elle lui fit revêtir la blouse de chanvre, tout élimée et trouée, de la plus basse des souillons et la fit couvrir de cendres de la tête aux pieds. Ce fut ainsi qu'elle sortit du palais, encadrée de soldats et tenant Hildeswinthe dans ses bras, car l'enfant partageait son châtiment pour ce baptême scandaleux.

Frédégonde l'attendait sur le perron, dans les bras de Chilpéric. Elle l'accabla de ses sarcasmes.

— Pauvre sotte ! Tu te disais bonne croyante, mais tu ne savais même pas les lois de notre Eglise !

Audovère offrait un spectacle lamentable. Les larmes faisaient couler de longs filets gris sur son visage. Elle regarda son ancienne suivante en gémissant.

— C'est toi qui m'as dit d'être la marraine ! Pourquoi as-tu fait cela ? Je te croyais mon amie.

Frédégonde sourit.

— Mais je suis ton amie Audovère ! Regarde ce que je fais pour toi. Tu étais la femme d'un prince, je te donne un mari infiniment plus grand : Dieu lui-même ! Remercie-moi, au lieu de pleurnicher...

Sur un signe de Chilpéric, on emmena sans ménagements la princesse déchue. Frédégonde regarda son compagnon. Il était beau, elle était belle, le ciel était parfaitement bleu et le soleil resplendissant.

2.

Grand Loup et Chien Batailleur

C'ÉTAIT la dernière nuit du mois d'août, une magnifique nuit étoilée. Chilpéric s'était levé et la contemplait depuis la fenêtre de sa chambre. Il n'y avait pas six mois qu'Audovère avait été répudiée et cela lui paraissait une éternité, tant Frédégonde avait su tout bouleverser.

Celle-ci gisait sur le lit, épuisée, comme lui, par leur dernière étreinte, dans la pièce éclairée de nombreuses lampes à huile. L'odeur des roses était tellement violente que Chilpéric en avait presque mal à la tête. Il y en avait partout autour de la fenêtre et elles grimpaient plus haut encore, jusque sur le toit.

Leur fonction n'était pas seulement ornementale. La demeure royale de Soissons, qu'il n'avait pas quittée depuis son retour de la guerre, était une ancienne villa romaine, vaste et bâtie avec art, mais qui avait malheureusement beaucoup souffert des invasions et du manque d'entretien. Les roses servaient à colmater les fissures, à cacher les endroits effrités de la façade, les colonnes manquantes du portique, qui bordait tout le rez-de-chaussée. Cela n'empêchait pas les courants d'air et la villa n'était habitable qu'au printemps et en été.

Chilpéric soupira. Dans quelques jours, il faudrait se transporter à Berny, la résidence d'hiver, distante d'une demi-journée de marche, une bâtisse peu gracieuse, mais solide et hermétique, construite tout en bois unique mode de construction connu, à présent.

— Seigneur...

Depuis le lit, la voix alanguie de Frédégonde l'appelait. Il se retourna. Elle était assise nue sur le lit et lui tendait une coupe. Elle portait une ceinture en peau de couleuvre, qu'elle s'était fait faire dès le lendemain de leur première nuit et elle ne s'était jamais séparée, depuis, de cet ornement étrange. Elle agita ses longs cheveux teints en rouge.

— Tenez, Seigneur !

Chilpéric prit la coupe et but à longs traits un vin fort, coupé de miel. Avec quel raffinement Frédégonde savait mêler les plaisirs ! Ce breuvage capiteux après l'amour, ces lampes qu'elle exigeait pour qu'ils se voient comme en plein jour et profitent pleinement l'un de l'autre... Elle l'avait tellement ensorcelé qu'il en avait oublié de l'épouser. Elle n'était que sa concubine. Mais cela ne changeait rien. Les concubines étaient saluées du titre de princesse, leurs enfants étaient considérés comme légitimes et, s'il s'agissait de garçons, avaient tous les droits d'héritiers.

A vingt-deux ans, Chilpéric découvrait l'amour.

Comment avait-il pu rester si longtemps avec Audovère ? Audovère et les autres servantes ou suivantes qu'il avait prises se pâmaient dès qu'il s'approchait d'elles. Avec Frédégonde, tout était différent : le plaisir commençait quand elle se déshabillait. Elle était toujours en rouge et or ; rouge, sa courte robe, ses lèvres et ses cheveux ; jaune d'or, sa longue tunique. Elle savait se dévêtir avec art et lenteur, faisant monter le désir en lui. Il aurait voulu se jeter sur elle, mais ses yeux fendus en amande comme ceux d'une chatte le lui interdisaient. C'étaient ses yeux qu'il préférait en elle ; ils éclipsaient même ses formes gracieuses. Enfin, elle apparaissait nue, avec sa ceinture de serpent, et l'accouplement commençait.

Accouplement était le mot juste, car Frédégonde avait quelque chose d'un animal sauvage, avec lequel il fallait lutter. Alors que toutes les autres femmes qu'il avait connues s'abandonnaient avant même qu'il les touche, elle, il devait la conquérir. Elle ne cédait jamais sans lui avoir résisté et cela lui procurait un intense bonheur sensuel...

Chilpéric reposa sa coupe et alla vers un coffre.

— Ecoute, je viens de composer pour toi des vers latins...

— Des vers, Seigneur ?

C'était la dernière manie de Chilpéric. Il connaissait quelques rudiments de latin, savait à peine le parler et l'écrire, mais il venait de découvrir dans les archives de Soissons un traité de versification latine et s'était mis en tête de faire des poèmes...

Tout nu, il s'empara d'un parchemin et prit la pose de ceux qui déclament.

Il n'eut pas le temps de prononcer le moindre mot. Un ouragan l'en empêcha... Il n'y avait pas de portes intérieures dans la villa. Elles avaient brûlé lors de son pillage et on s'était contenté de les remplacer par des tentures. Normalement, la chambre du prince devait être gardée, mais depuis l'arrivée de Frédégonde dans sa vie, Chilpéric avait congédié les soldats. La situation était calme ; il ne craignait pas grand-chose pour sa sécurité et il tenait bien plus à son intimité. La tenture se souleva violemment et un cri éclata :

— Sorcière !

C'était le petit Mérovée, qui surgissait comme un fou. Le couple cacha précipitamment sa nudité. Les vêtements de Frédégonde se trouvaient sur le lit : elle-même s'enroula dans sa tunique jaune, tandis que Chilpéric s'emparait de la courte robe rouge ; elle se mettait par le cou et, en l'enfilant, il en déchira l'ouverture.

Mérovée était au comble de l'égarement. Alors que Théodebert et Clovis, ses frères, n'avaient pas eu de réaction, lui n'avait cessé de pleurer après le départ de sa mère et, depuis quelques jours, commençait à manifester des sentiments de haine à l'égard de Frédégonde. Il se précipita sur elle et se mit à la marteler de ses petits poings, criant :

— Tu n'es pas ma mère ! Où est ma mère ? Tu es méchante ! Tu es une sorcière ! Va-t'en, méchante sorcière !

La haine défigurait ses traits et, pourtant, nul bambin n'avait été doté de plus de grâces par la nature : ses longs cheveux blonds soyeux tombaient harmonieusement en formant une boucle ; ses yeux bleus étaient très clairs ; il ressemblait à son père, mais uniquement par ce qu'il y avait de doux dans les traits de ce dernier.

Revenue de sa stupeur, Frédégonde voulut le frapper, mais Chilpéric arrêta son geste. Il s'approcha de l'enfant, non sans difficulté, dans sa robe de femme qui le serrait de toutes parts et lui arrivait à mi-cuisse. Il le maîtrisa et le prit dans ses bras... Dans son nouveau bonheur, Mérovée constituait la seule ombre. Il se sentait coupable vis-à-vis de lui et son chagrin lui faisait mal. Il lui parla doucement.

— Il fallait bien que je renvoie ta mère : elle avait commis une grave faute envers Dieu. Maintenant, elle prie pour qu'il lui pardonne son péché.

— Ce n'est pas vrai ! Elle n'a rien fait !

— Je te le jure.

Mérovée ne répliqua rien. Il le regardait d'un œil fixe, incrédule. Chilpéric alla chercher une petite boîte ronde en orfèvrerie cloisonnée attachée à une chaîne d'or. C'était l'amulette qu'il portait en collier quand il allait au combat. Il l'ouvrit : un os apparut.

— Regarde : c'est un doigt de saint Serge ! Je te jure sur cette relique que ta mère a été coupable envers Dieu.

L'enfant sembla s'apaiser. Chilpéric referma la boîte et le prit par la main.

— Viens ! Je vais te raccompagner dans ta chambre. Promets-moi que tu ne recommenceras plus.

Mérovée renifla et promit. Ils disparurent par la tenture... Peu après, Chilpéric revint seul. Frédégonde était de nouveau nue, avec sa ceinture de serpent, debout, les mains sur les hanches. Ses yeux étincelaient.

— Il m'a traitée de sorcière et vous ne m'avez pas défendue ! Vous l'avez laissé dire !

— Ce n'est qu'un enfant.

— C'est un fils d'Audovère, l'impie, la sacrilège !...

La réaction de Chilpéric fut d'autant plus violente qu'elle était inattendue. Il explosa :

— C'est mon fils ! Mon préféré ! Et toi, qui es-tu ?

Il marcha vers elle. Son accoutrement ridicule, cette robe de femme rouge qui craquait de toutes parts, le rendait plus effrayant encore.

— Qui es-tu, Frédégonde, qui ignores la langue franque, celle des hommes et des femmes libres ? Nous portons tous des noms glorieux. « Chilpéric » veut dire « Puissant dans la bataille ». Mais ton nom à toi ne veut rien dire. « Frédé » signifie « paix » et « gonde », « combat ». C'est un nom absurde, que tu as inventé. Et pourquoi, sinon parce que tu es une esclave qui a voulu se faire passer pour libre ?

Frédégonde s'était réfugiée sur le lit et s'y était recroquevillée. Le ton de Chilpéric ne cessait de monter.

— C'est toi qui as conseillé à Audovère de devenir la marraine de ma fille. Tu l'as fait pour prendre sa place, sorcière !

Il la gifla à la volée. Cela eut pour effet de faire tomber d'un coup sa colère. Frédégonde, terrorisée, était secouée de sanglots. Il la trouva brusquement infiniment désirable. Il se débarrassa de sa robe et la prit dans ses bras. Elle se laissa faire, totalement brisée, et, pour la première fois, se donna à lui comme toutes les femmes qu'il avait connues avant elle : craintivement et soumise à son seigneur et maître.

Quinze jours plus tard, l'incident de la nuit d'août était oublié. Chilpéric et Frédégonde avaient renoué avec leurs jeux sensuels. Mérovée, de son côté, avait cessé ses cris et ses larmes ; il s'était enfermé dans le silence.

Si la vie avait repris son cours, le cadre avait changé. Aux roses de Soissons avaient succédé les brumes de Berny ; Chilpéric et les siens s'étaient transportés dans leur résidence d'hiver, au cœur de la forêt, sur les bords de l'Aisne... Plus qu'un palais ou une villa, le domaine de Berny était une immense ferme. Il comportait un vaste bâtiment entouré d'un portique à la romaine en bois poli, avec, autour, des logements pour les officiers du palais et les guerriers et, plus loin, des baraques abritant les divers corps de métiers, car tout devait être fabriqué sur place, les routes étant très difficilement praticables à la mauvaise saison.

Si Chilpéric regrettait Soissons et ses roses, ce n'était pas le cas de Frédégonde. Elle se sentait infiniment plus à l'aise en ces lieux. Cette demeure rustique au milieu de la forêt la dépaysait moins que la villa romaine transformée en palais. Cela lui permit de retrouver toute son assurance vis-à-vis de son concubin.

Et elle était parfaitement maîtresse d'elle-même pour participer au grand événement : l'arrivée du roi Clotaire. C'était le début de la chasse et la forêt de Soissons était réputée la plus giboyeuse de l'ancienne Gaule, notamment pour la taille de ses sangliers. Malgré son âge avancé, le vieux souverain n'avait pas hésité à faire le voyage de Paris, afin de se livrer à sa distraction favorite.

Tout avait été préparé à son attention dans la grand-salle, chauffée par un brasero central. L'immense table était couverte de victuailles. La journée était fort sombre et les torches étaient allumées, éclairant les trophées cloués sur le mur de bois : têtes de sangliers, de cerfs, de buffles, d'aurochs, d'ours, de loups... Un remue-ménage à l'extérieur annonça l'arrivée du roi et de sa suite. Chilpéric et Frédégonde se précipitèrent pour l'accueillir. Ils étaient revêtus de leurs plus beaux habits, Frédégonde était toujours en rouge et or, mais sa robe et sa tunique étaient de laine épaisse, en raison du froid.

Clotaire parut, emmitouflé dans un gros manteau

en poil d'ours. Depuis le baptême de Mérovée, il avait considérablement vieilli. Il était presque chauve, son orgueilleuse chevelure se réduisant à quelques minces et longs filets blancs. Il semblait également très éprouvé par les fatigues du voyage ; il respirait bruyamment et difficilement. Il adressa un vague sourire à son fils, mais ne lui dit rien. Ses yeux s'arrêtèrent sur la table surchargée de nourriture et cette vision déclencha chez lui un haut-le-cœur. Il tomba à genoux. Il y eut un instant de silence, puis deux syllabes gutturales sortirent de sa bouche :

— *Uva !*

Chilpéric sentit son sang se glacer. « Uva » était le vieux cri de terreur des Francs, venu de la nuit des temps ; le cri de celui qui se trouve en face de l'inimaginable, de l'incompréhensible, de l'innommable et qui se sent soudain aussi faible et démuni qu'un enfant... Clotaire était livide ; la sueur lui coulait sur tout le visage. Aidé par ses gens, Chilpéric l'allongea sur le banc, aussi long que la table. Il se pencha sur lui. Le vieux roi parlait sourdement, mais distinctement :

— Je veux saint Médard... Lui, me guérira.

— Je vais vous faire transporter près de son tombeau.

— Non. Je suis trop faible. Qu'on l'apporte ici.

— Mais le sarcophage est très lourd !

— Pas le sarcophage. Lui...

Chilpéric comprit : c'était le corps du saint que son père exigeait. Or, Médard était mort moins d'un an plus tôt et avait été inhumé, sur ordre de Clotaire, dans l'abbaye de Crouy, tout près de Soissons. On pouvait imaginer dans quel état était le cadavre !

Pourtant, Chilpéric ne songea pas à discuter. Il commençait à donner des ordres en ce sens, quand il s'interrompit... Clotaire s'était levé. En titubant, il s'approchait du mur où les trophées, éclairés par les torches, semblaient les spectateurs morts de cette scène de mort. Il se planta devant un sanglier et tomba à la renverse. Encore une fois, Chilpéric se pencha sur lui. Le visage n'exprimait plus la douleur, mais la surprise, une immense surprise.

— *Uva !* Quelle est donc la puissance du Dieu du ciel, puisqu'il peut abattre un grand comme moi ?

Telles furent les dernières paroles de Clotaire, roi de tous les Francs. Sa bouche resta ouverte et ses yeux devinrent fixes. Chilpéric cria, avec désespoir :

— Père !

Et, derrière lui, Frédégonde dit à voix basse :

— Je suis reine...

Ce fut elle qui réagit la première. On emmenait le corps dans la chambre voisine pour sa toilette mortuaire et Chilpéric s'apprêtait à s'y rendre, mais elle le retint par le bras :

— Restez, Seigneur !...

La suite de Clotaire s'affairait. Des hommes couraient, des femmes lançaient les vociférations rituelles, des cavaliers partaient, malgré la nuit qui n'allait pas tarder à tomber. Bientôt la grand-salle où le drame venait d'avoir lieu fut vide ou presque, avec sa table chargée d'un festin que nul ne mangerait.

Chilpéric, qui aimait sincèrement son père, se mit à pleurer à chaudes larmes, aussi Frédégonde s'appliqua-t-elle à cacher l'immense bonheur qui l'envahissait. Esclave, suivante, princesse et maintenant reine, c'était merveilleux, fabuleux ! Mais elle ne devait pas se laisser griser, s'abandonner. La vie était brève et incertaine. Il fallait prendre le plus possible le plus vite possible. Reine ne suffisait pas : elle devait être la seule reine !

— Allez à Paris, Seigneur.

— Pourquoi ?

— Parce que le trésor de Clotaire s'y trouve.

Du coup, Chilpéric cessa ses larmes. Il la fixa d'une manière incrédule.

— Il n'est pas à moi. Je dois le partager avec mes frères.

— Pourquoi partager ? Prenez le trésor et, avec, vous achèterez tous les chefs du pays. Que vaut l'obéissance, face à l'or ? Bientôt, vos frères n'auront plus que quelques fidèles stupides, que vous écraserez. Nous serons roi et reine de tous les Francs !

Frédégonde n'avait jamais été aussi superbe. Chilpéric la contempla avec admiration. Mais il fallait la ramener à la raison.

— Tu n'as pas entendu ces cavaliers, qui viennent de partir ? Les hommes de Clotaire sont allés prévenir mes frères.

— Allez plus vite qu'eux, Seigneur ! Vous êtes le

premier à savoir. Réunissez vos hommes et fondez sur Paris comme l'oiseau !

S'il n'y avait pas eu les yeux, Chilpéric n'aurait pas prêté attention à ces discours. Mais il y avait les yeux, les yeux en amande fascinants, qui ne le lâchaient pas. Il y lisait la promesse d'autres trésors, des trésors de plaisir, qui suivraient les trésors matériels...

Il ne quittait pas le regard de sa compagne et soudain, il y vit autre chose : une petite flamme, une étincelle de haine... Mérovée ! Frédégonde, l'ambitieuse, l'inassouvie, voulait, sans nul doute, leur triomphe à tous deux, mais en l'envoyant au loin, elle avait un autre projet : se venger de cet enfant, qui l'avait si cruellement humiliée. Quand il reviendrait à Soissons, chargé de tout l'or du royaume, ce serait pour apprendre que son second fils avait succombé à une soudaine et mystérieuse maladie. Il s'entendit dire :

— Je pars. J'emmène Mérovée.

— Pourquoi Mérovée ?

— Je vais le faire conduire chez son parrain, à Rouen. Je veux que le saint homme se charge de son instruction.

Il n'y avait rien à répliquer et le lendemain matin, Chilpéric quittait Berny, avec un fort contingent de soldats et son fils préféré...

Il ne « fondit pas sur Paris comme l'oiseau », selon l'expression de Frédégonde. La voie romaine qu'il devait emprunter était dans un état déplorable et le brouillard plus épais que jamais. De plus, Chilpéric était encombré de tout un équipage ; une immense caravane de chameaux retardait sa marche. Quelques-uns portaient des bagages, les armes et la nourriture indispensables, mais la plupart étaient sans rien ; ils serviraient à convoyer le trésor au retour.

Mérovée voulut partager le chameau de son père. Il monta près de lui, entre les bosses. Chilpéric et lui portaient le même épais manteau d'ours orné d'une fibule, mais celle de Mérovée était gigantesque comparée à sa taille. Quand son père l'avait réveillé et, à sa stupeur, lui avait annoncé leur départ, il avait demandé, comme souvenir d'Audovère, son bijou préféré, le papillon cloisonné. Il était, à présent, sur son cœur et les longues antennes d'or lui chatouillaient le menton.

Il se mit à presser Chilpéric de questions :

— Nous allons voir ma mère ?

— Non. Elle est au couvent. Il n'est pas permis d'y entrer.

L'enfant commença à pleurer, mais son père poursuivit, d'un ton enjoué :

— Tu vas aller à Rouen, chez ton parrain, l'archevêque Prétextat.

— Je ne le connais pas.

— C'est le meilleur des hommes, tu verras.

— Vous viendrez avec moi ?

— Non. Je t'accompagne jusqu'à Paris. Là-bas, il

y a une grande rivière. Je te mettrai dans un bateau qui t'emmènera à Rouen.

— Je vais prendre le bateau ?

— Oui...

Mérovée battit des mains dans la brume, puis recommença ses questions et, pendant toute la journée, n'arrêta pas de parler... Au bivouac du soir, il était prévu que l'enfant irait dans une tente solidement gardée, mais il voulut à toute force rester avec son père. Celui-ci céda à son désir. Ils se retrouvèrent seuls et, pour la première fois, Mérovée se laissa aller aux confidences.

— Un jour, je serai le plus grand de tous les rois francs, car je porte le plus grand nom, celui de Mérovée.

— Tu ne seras pas le seul roi. Il y a tes frères, Théodebert et Clovis.

— Ils ne seront pas rois. Je les tuerai !

— Veux-tu te taire !

Chilpéric devint rêveur... Ils étaient assis tous les deux sur un grand lit couvert de fourrures. Une unique torche donnait une faible lumière. Il lui passa le bras sur les épaules.

— C'est vrai que tu es le premier à porter le nom de notre ancêtre, le plus glorieux de tous.

— Pourquoi ?

— Je ne sais pas. Je crois que personne n'avait osé. Et moi aussi, je n'ai pas osé pour mon premier-né.

— Alors, cela veut dire que je serai le plus grand roi des Francs !

— Peut-être, si Dieu le veut... Mais il n'est pas encore temps de penser à ces choses. Tu es trop petit.

L'enfant se dégagea vivement.

— Ce n'est pas vrai ! Je ne suis pas petit !

Chilpéric sourit et se leva. Il alla prendre un scramasaxe dans l'unique coffre de la tente. L'arme était magnifique, avec sa lame damassée et son long pommeau incrusté de verroterie. Il la posa en équilibre, la pointe sur le sol.

— Dans ma dernière guerre, j'ai fait tuer tout le monde, sauf les petits. J'ai placé mon scramasaxe comme ceci, j'ai fait passer tous les prisonniers devant et ceux qui dépassaient avaient la tête coupée. Approche ! Nous allons voir si tu es grand ou petit...

Mérovée s'exécuta. Il arrivait juste à la hauteur de la lame : il restait encore le pommeau, long comme une main d'homme.

— Tu vois que tu es un petit ! Viens : allons nous coucher.

L'enfant prit un air boudeur, mais suivit son père, qui éteignit la torche et s'allongea. Bientôt, blotti sous les fourrures, Mérovée s'endormit... Chilpéric resta longtemps éveillé dans le noir. Ainsi qu'il l'avait dit à Frédégonde lors de la fameuse nuit, Mérovée était son préféré. Et cela, tout simplement, parce qu'il lui ressemblait. Il était blond comme lui et les deux autres étaient bruns comme leur mère Audovère, même si celle-ci s'était toujours décolorée...

Il s'allongea à son tour... Pas une fois, depuis son départ, il n'avait songé au but final de son voyage : voler ses frères, par cupidité, pour complaire à sa concubine, au risque de déclencher la plus sanglante des guerres civiles. Si on lui avait demandé, en cet instant, ce qu'il était en train de faire, il aurait répondu avec la plus parfaite franchise : « Le bonheur de mon fils !... »

Malgré la courte distance, il ne fallut pas moins de cinq jours pour arriver à Paris. La ville émergea sans transition de la forêt, au milieu du fleuve majestueux, avec son pont de bois. Chilpéric admira ses remparts, autrement plus puissants que ceux de Soissons. L'enceinte romaine en briques était presque intacte. Elle avait été colmatée aux endroits détruits par des matériaux pris dans la ville antique : chapiteaux de colonnes, statues, pierres tombales. On voyait ainsi, de place en place, des noms de morts sur du marbre, des têtes de déesses, des bustes cuirassés d'empereurs vainqueurs...

Le pont fut franchi rapidement. Tout de suite après, se trouvait un oratoire rudimentaire consacré à saint Martin, sorte de hutte faite de branches ployées. Les Parisiens accouraient et se groupaient tout autour. Chilpéric leur annonça la mort de leur roi, provoquant les plus vives démonstrations de désarroi.

Il y coupa court pour se consacrer à ce qui était pour lui la tâche la plus urgente : le départ de Mérovée. Il exigea un bateau, le plus grand, le meilleur, et y fit monter son fils avec une forte escorte. Il avait choisi ce moyen de transport en toute connaissance de cause. La voie de Seine n'était assurément pas la plus courte pour se rendre à Rouen depuis Soissons mais c'était la plus rapide et la plus sûre.

Ses adieux à Mérovée furent empreints d'émotion. En quelques jours, une grande complicité s'était créée entre eux. L'enfant lui demanda le scramasaxe avec lequel il l'avait mesuré : il se mettrait devant tous les jours et il saurait ainsi quand il ne serait plus un petit... Pour lui, Chilpéric se sépara de cette arme, à laquelle il était très attaché. Mérovée pleurait et lui-même, quand il le vit s'éloigner sur le bateau, avec sa fibule en papillon qui lui couvrait toute la poitrine et son épée plus grande que lui, ne put retenir une larme...

— Et maintenant, au trésor !

Chilpéric venait de lancer ce cri avec sauvagerie. Une soudaine métamorphose s'était opérée en lui. Il était devenu Chilpéric le guerrier, l'impitoyable, le sanglant ! Suivi de ses soldats, il se rua dans l'unique et étroite rue. Il savait où se trouvait le trésor de Clotaire : dans le palais de Paris, qui était, en fait, un grand corps de garde protégeant les remparts à la pointe occidentale de l'île.

Il y fut en quelques instants. A sa vue, la petite garnison déposa les armes, ce qui ne l'empêcha pas de donner l'ordre de l'égorger. Ensuite, il se rua dans une pièce attenant à la principale. C'était là ! Une douzaine de gros coffres à trois serrures s'y entassaient. On lui en apporta les clés, trouvées sur un mort, et il les ouvrit lui-même.

Le premier était rempli de pièces d'or. Il rit de plaisir en y plongeant les mains et en les faisant voler à pleines poignées. Elles étaient toutes romaines, à l'effigie de divers empereurs, car l'art de la monnaie s'était perdu avec les Francs. Dans d'autres coffres, il trouva de la vaisselle d'or et d'argent, des bijoux cloisonnés, des pierres précieuses. A chaque découverte, il riait de plus belle et ses hommes avec lui.

L'embarquement de Mérovée ayant pris du temps, il était trop tard pour faire le chargement et se mettre en route dans la journée. Chilpéric et les siens banquetèrent donc dans la pièce principale du palais, grâce aux victuailles que les Parisiens, apeurés, s'empressèrent de leur apporter... Le lendemain matin, les soldats commencèrent d'eux-mêmes les préparatifs de départ, mais, à leur surprise, Chilpéric les fit cesser : il avait autre chose à faire avant.

Il était revêtu de ses plus belles armes. Il avait trouvé dans les coffres de Clotaire un scramasaxe plus riche encore que celui qu'il avait donné à son fils et l'avait passé à son ceinturon, fermé par une énorme boucle de platine. Son bouclier était une splendeur. Il était rond et de bois, conformément à l'usage, mais son centre métallique était d'or pur et, au lieu du cuir traditionnel, c'était une rarissime peau de panthère qui le recouvrait. A la main, il tenait une francisque.

Suivi de son escorte, forte d'une cinquantaine d'hommes, il sortit sur la place du palais, occupée uniquement par des boutiques, puis emprunta la rue qui traversait l'île dans sa longueur. Paris, la plus grande ville du royaume, n'atteignait pas cinq mille habitants. C'était un curieux mélange de maisons en torchis, en bois et de demeures romaines délabrées. Il y avait même deux de ces habitations d'autrefois à six ou sept étages, divisées en appartements. L'une était encore debout, l'autre était à moitié écroulée, comme coupée à la hache. Il régnait une odeur infecte ; les égouts romains s'étaient depuis longtemps engorgés et on ne savait pas les curer.

La rue cessa subitement pour faire place à un sentier au milieu de vignes poussant parmi des habitations en ruine. Il était visible que l'île, autrefois très peuplée, avait été durement éprouvée par les grandes invasions. Au bout d'un moment, Chilpéric et sa suite arrivèrent à la partie orientale, celle des églises. Il y en avait deux : Saint-Jean-le-Rond, le baptistère, et la cathédrale, consacrée, chose fort rare, à Notre-Dame. La mère du Christ, lointaine et impressionnante, était, en effet, délaissée ; on lui préférait les saints, plus familiers, de contact plus facile... Chilpéric ne s'arrêta pas. S'il avait fait tout ce chemin, c'était que les deux ponts n'étaient pas l'un en face de l'autre, mais aux extrémités opposées de l'île et il se rendait sur la rive gauche, là où se trouvait le vrai Paris, celui d'avant, qui ne s'appelait pas Paris, mais Lutèce.

Le pont franchi, il se retrouva dans la brume. Le sud du fleuve était occupé par un vaste marais. Le chemin qui le traversait était surélevé comme une digue. Au premier carrefour, Chilpéric prit à gauche et commença à grimper. C'était la montagne Sainte-Geneviève. Il entendait le clapotis de la Bièvre, qui allait se jeter dans la Seine, en face d'une petite île, juste derrière celle de Paris. Peu à peu l'air se fit plus sain et la visibilité meilleure. Il se trouva de nouveau dans les vignes. Quelques pas encore et il arriva à son but : un vaste cirque en partie détruit ; il était dans les arènes de Lutèce.

Il monta sur le plus haut des gradins et contempla le spectacle. La ville était double : la Cité, occupée par le Paris actuel, et la montagne Sainte-Geneviève, où s'élevaient les vestiges de la Lutèce antique. Les rives de la Seine étaient désertes, car elles étaient trop marécageuses pour qu'on puisse y construire. Plus loin au nord et au sud, on voyait pourtant deux petites taches de vie, deux églises entourées de tombes et de cabanes au milieu de la forêt.

Chilpéric redescendit les gradins, regardant ces pierres, témoins d'une grandeur passée. Il tendit l'oreille, cherchant à surprendre des clameurs de jadis qui ne se seraient pas tout à fait tues... Chilpéric rêvait. Il était venu là pour rêver. Avec le trésor de Clotaire, il allait d'abord assurer sa domination sur ses frères, mais après, il allait rebâtir. Grâce à lui, le monde allait renaître ! Chilpéric voyait à présent les arènes remplies de spectateurs en toge. Sur la scène se donnait une pièce sublime, dans le latin le plus pur, et le public en pleurait d'émotion.

— Votre Grandeur...

Un de ses soldats venait de s'approcher de lui :

— Ecoutez, Votre Grandeur ! On dirait des bruits d'armes et de chevaux.

— Va au diable ! Tu divagues.

Mais le soldat ne divaguait pas. Quelques instants plus tard, le beau rêve de Chilpéric s'évanouissait, l'Antiquité s'écroulait et le monde franc déboulait dans l'arène. Le monde franc tout entier : ses frères et leur garde personnelle, accourus en toute hâte, venaient de faire irruption.

Ils étaient là tous les trois, reconnaissables à leur chevelure intacte... Caribert, l'aîné, quarante ans, âge très avancé, et gâteux depuis longtemps. Prétentieux au possible, il se piquait de latinité. Il était vêtu d'une toge pourpre ridicule et portait des lauriers d'or ; il avait aux doigts des bijoux romains. Son apparente dignité ne l'empêchait pas de se livrer à la débauche la plus effrénée. Parmi ses nombreuses épouses figurait une nonne : ce péché lui avait valu l'excommunication, ce dont il se moquait, car il ne croyait pas en Dieu. Ensuite, Gontran, trente ans, l'hypocrite, aux manières doucereuses, qui affichait la plus grande piété, sous laquelle se cachaient une cupidité et une cruauté sans égales. Enfin, Sigebert, vingt-cinq ans, très brun, le plus grand, le plus fort, guerrier redoutable et redouté. Ce fut lui qui éleva la voix le premier :

— Tu es pris, charogne !

Gontran lui fit écho :

— Charogne, tu vas l'être !

Caribert ne voulut pas être en reste.

— Charogne... C'est ça, charogne... !

L'escorte de Chilpéric se groupa autour de lui, prête à se sacrifier, mais c'était inutile. De nouveaux soldats arrivaient encore. Chilpéric savait qu'il était perdu. Pour réussir son coup d'audace, il aurait dû agir au plus vite et non se préoccuper du sort de son fils, puis aller rêver à l'édification d'un monde meilleur...

Sigebert écarta tout le monde et s'avança vers lui, le scramasaxe levé.

— Laissez-le-moi ! Je veux le tuer de ma main ! Tu vas mourir, Chien Batailleur !

Du coup, Chilpéric oublia la situation désespérée dans laquelle il se trouvait. Il s'écria avec exaltation :

— C'est toi qui vas mourir, Grand Loup !

« Grand Loup »... Sigebert était le seul qui ait été vraiment son frère. Les autres étaient trop âgés ; il ne les avait connus que de loin ; il avait entendu parler d'eux. Mais Sigebert et lui avaient été élevés ensemble, ils avaient partagé les mêmes jeux virils. En raison de ses trois ans de plus, Sigebert était, bien sûr, le plus fort et il était doué, en outre, d'une vigueur exceptionnelle. Mais Chilpéric, même dominé, même en sang, ne s'avouait jamais vaincu. Ils s'étaient très tôt donné des surnoms correspondant à leur personnalité : « Grand Loup » et « Chien Batailleur » et ne s'étaient plus appelés qu'ainsi...

Chilpéric avait mis sa francisque à la ceinture et brandi son scramasaxe étincelant. Avec son bouclier d'or et de panthère, il ressemblait à quelque dieu de la guerre. Il exultait. A présent, leur différence d'âge ne jouait plus : ils étaient hommes tous les deux. Il caressa le reliquaire cloisonné qui pendait à son cou. Chien Batailleur allait avoir enfin sa revanche !

Sigebert, de son côté, s'avançait calmement. Son bouclier était couvert de cuir brun maculé, son scramasaxe ne s'ornait d'aucune décoration particulière... Pour mieux profiter du spectacle, Caribert, Gontran et leurs hommes s'étaient installés dans les gradins, les escortes des deux combattants restant dans l'arène.

L'affrontement fut bref. Chilpéric porta à son frère un coup, que celui-ci para facilement de son bouclier, avant de frapper à son tour. Chilpéric voulut se protéger, mais la peau de panthère et le bois ne résistèrent pas : son bouclier, à lui, vola en éclats. Telle était la différence entre les deux frères : l'un cherchait à éblouir et à s'éblouir, l'autre ne se souciait que d'efficacité. Les armes de Sigebert étaient ternes et sales, mais elles étaient solides et, sans nul doute aussi, son bras était plus puissant.

Chilpéric tenta le tout pour le tout : il jeta son bouclier inutilisable, de même que son scramasaxe et se saisit de sa francisque... La francisque, arme de jet redoutable, était d'un maniement extrêmement délicat. Cette hache à long manche et à un seul tranchant était lancée de manière tourbillonnante selon un axe vertical. Tournant sur elle-même, elle ne présentait sa face coupante qu'un très bref instant à intervalles réguliers. Il fallait donc évaluer d'instinct la vitesse et la force de rotation en fonction de la distance de la cible.

L'arme partit. Par défi, Sigebert baissa son bouclier et reçut la francisque du côté du manche. Il éclata de rire.

— Tu n'as jamais su t'en servir, Chien Batailleur ! Regarde...

Il la ramassa et la lança sans viser. L'un des hommes de Chilpéric, qui se tenait un peu plus loin, la prit en pleine poitrine. Pendant un moment il tourna sur lui-même, essayant en vain d'enlever la lame, puis il l'arracha d'un coup. Un flot de sang jaillit alors et il s'écroula raide mort. Ce fut au tour de Chilpéric d'éclater de rire.

— C'est bien toi le plus fort, Grand Loup !

Et, comme autrefois, après avoir longtemps lutté dans la poussière des chemins ou les herbes des bois, ils se jetèrent dans les bras l'un de l'autre. Caribert et Gontran quittèrent les gradins pour se mêler à leurs embrassades. En un instant, tout était oublié. Les quatre frères n'étaient plus qu'à la joie des retrouvailles. Ce fut Gontran qui mit fin aux effusions.

— A présent, il faut faire le partage. J'ai un projet. Voulez-vous l'écouter ?

En raison de sa réputation de piété, on l'accepta comme arbitre. Le royaume franc n'avait, en effet, rien à voir avec un Etat. C'était la propriété personnelle du roi, qui devait être répartie entre ses héritiers, tout comme un bien foncier.

Les propositions de Gontran étaient sages et

furent aussitôt acceptées. Caribert, l'aîné, recevrait la plus belle part : l'Ouest, de Rouen aux Pyrénées, avec, pour capitale, Paris, qu'on baptiserait Neustrie ; lui, Gontran, se réservait la Bourgogne ; Sigebert aurait l'Austrasie, l'Est, jusqu'au-delà du Rhin, Metz étant la capitale ; enfin, Chilpéric, le cadet, se voyait attribuer la plus petite partie, le Royaume de Soissons, au nord-ouest.

Le partage accepté, il fallait prêter serment. L'église Saints-Pierre-et-Paul était toute proche et nul lieu n'était plus indiqué. Elle contenait, en effet, les restes de sainte Geneviève, de sainte Clotilde et du roi Clovis. On jurerait sur leurs tombeaux et tout serait dit. Un obstacle imprévu se présenta alors : Caribert, excommunié, ne pouvait entrer dans une église. Mais ses frères décidèrent de le dispenser de jurer : il avait la meilleure part et il était trop diminué pour convoiter celle des autres !

On se passa donc de lui et, le serment prêté, les quatre nouveaux rois se rendirent au palais de Paris pour fêter l'événement par un banquet.

Le banquet ne fut pas gai, il fut euphorique. Il fut plantureux, avec des chaudrons entiers de soupe bien grasse, dont les Francs étaient friands, des quartiers de bœuf et de porc dressés en montagne sur la table et surtout du vin, beaucoup de vin. Les Parisiens, enchantés de cet accord qui préservait la paix civile et pour fêter leur nouveau roi Caribert, avaient spontanément sorti leurs tonneaux. On but beaucoup, dans la grande salle de garde des remparts, à commencer par Caribert lui-même.

Au début, il voulut parader devant sa cour, exposant ses connaissances en droit romain et provoquant des exclamations chez ses familiers :

— Quel magistrat vous êtes, Votre Sublimité ! Quel sénateur vous auriez fait !

Quand il ne put prononcer que des paroles indistinctes, il s'intéressa à celle de ses épouses qui se trouvait à ses côtés. C'était Marcovèfe, la nonne. Pour l'exciter, elle avait revêtu ses habits religieux, une robe et un voile blancs, mais s'était outrageusement maquillée et, de temps en temps, se dénudait entièrement. Malgré sa sénilité, le nouveau roi de Neustrie ne put y résister et se jeta sur elle. Quand il revint au repas, il était dans un état proche de l'hébétude.

Le temps passa... A cause des torches de résine, la salle, trop exiguë, devint irrespirable. Il fallut ouvrir les fenêtres, masquées par des fourrures et un froid vif fit irruption. Pour s'en protéger, les convives s'enroulèrent dans des couvertures agrafées à l'épaule par des fibules. Un montreur d'ours parisien vint faire son numéro, mais il eut moins de succès que celui que donna, au même moment, le roi Gontran.

On vit un soldat armé d'une lourde hache se glisser derrière le voisin du souverain. L'homme, tout au spectacle, ne se rendit compte de rien. L'arme s'abattit et le crâne pulvérisé laissa jaillir la cervelle. Gontran, qui en était éclaboussé, s'exclama :

— Voilà un mal de tête dont on ne guérit pas !

Il rit de bon cœur, imité par toute l'assistance. Quand un peu de calme fut revenu, il précisa :

— Il m'avait volé un cor de chasse.

Il fouilla dans les vêtements du mort et exhiba l'objet du délit. L'hilarité le reprit.

— Je vais lui jouer un air. Cela va peut-être le réveiller !

Il émit quelques notes discordantes, puis fit un geste et deux de ses soldats jetèrent le cadavre par la fenêtre.

L'incident fit beaucoup rire Chilpéric et Sigebert, interrompant leur conversation. Les deux frères s'étaient placés côte à côte et, le vin aidant, en étaient venus aux confidences. Chilpéric était en train d'exposer ses grands projets : apprendre la versification latine, ajouter des lettres à l'alphabet pour transcrire les mots francs, réformer la théologie. Il reprit la parole, s'expliquant longuement, enflammé par ses propres paroles. Sigebert finit par l'arrêter :

— Je ne veux pas te faire de peine, Chien Batailleur, mais je ne crois pas que tu ailles loin comme cela. Nous sommes rois, mais nous sommes ignorants. On ne nous a rien appris et il est trop tard pour apprendre.

— C'est faux ! Je sais mille choses.

— Tu les sais mal... Ecoute-moi bien : nous n'avons qu'un moyen de nous élever : le mariage.

Sigebert lui montra le spectacle pitoyable que formaient Caribert et Marcovèfe.

— Regarde ce pantin et cette putain ! Moi, si je

ne suis toujours pas marié, c'est que j'ai pris le temps de choisir. Je n'aurai qu'une femme, mais ce ne sera ni une servante, ni une esclave, encore moins une nonne. Ce sera une princesse !

Un éclair d'excitation traversa les yeux gris de Chilpéric.

— Qui ?

— Brunehaut, la fille du roi d'Espagne. J'ai fait ma demande et elle a été acceptée.

— Comment est-elle ?

— Elle sait déjà plus de choses que nous tous ici réunis. Là-bas, la civilisation brille encore, les flammes de Rome ne sont pas éteintes. Elle les apportera avec elle.

Ce fut au tour de Sigebert de s'animer en parlant.

— Grâce à elle, l'Austrasie deviendra le phare de l'ancienne Gaule ! Moi, je ne suis qu'un soldat et je m'occuperai de l'armée. Je lui laisserai tout le reste : ce sera elle qui gouvernera le royaume. Elle construira des routes, des églises, des villes !

— Tu es le plus sage de nous tous, Grand Loup.

— Je sais simplement qui je suis ; je connais mes limites. Si le cœur t'en dit, tu n'as qu'à faire comme moi.

— Comment cela ?

— Brunehaut a une sœur...

Chilpéric était gagné par l'ivresse. Comme tout à l'heure au milieu des arènes, il se mit à rêver. Dans les brumes de son esprit, il voyait des palais, des maisons de sept étages sortant de terre ; il se voyait lui-même en empereur sur une pièce d'or aux côtés de l'impératrice, sa femme, car on saurait, de nouveau, faire des monnaies et tant d'autres choses encore !...

Il eut une grimace douloureuse. Une image venait de remplacer la précédente : celle d'une femme aux cheveux rouges, dansant nue, avec une ceinture de couleuvre. Il murmura :

— Comme tout est compliqué !...

... et s'écroula sur la table, définitivement terrassé par le vin... Sigebert promena la main dans ses cheveux blonds, avec un sourire à la fois tendre et ironique. Il soupira :

— C'est toi qui es compliqué, Chien Batailleur !

3.

Sapphirus alba

En ce jour de fin mai 169 après la mort de saint Martin, les cloches de la cathédrale Saint-Etienne de Metz carillonnaient à la volée. Elles annonçaient le mariage de Sigebert, roi d'Austrasie, avec Brunehaut, fille du roi d'Espagne. Cinq ans après sa conversation avec Chien Batailleur, Grand Loup avait tenu parole et réalisait son rêve.

Pour cela, il avait dépensé sans compter. Les cloches étaient neuves, de même que le campanile qui les abritait, et elles sonnaient pour la première fois à cette occasion. Sigebert avait également fait aménager la cathédrale à grands frais. Son toit en tuiles s'écroulait, laissant passer la pluie et la neige : il l'avait remplacé par une couverture de cuivre doré, qui, par beau temps, comme c'était le cas ce jour-là, lançait des reflets aveuglants.

Mais l'intérieur avait fait également l'objet de ses soins. Auparavant, il n'y avait qu'une décoration en marbre polychrome sur les murs et les sols, plus l'indispensable poisson représentant le Christ au-dessus de la porte d'entrée... Il y avait fait ajouter deux groupes de statues. Le premier, à droite de l'autel, représentait saint Etienne foulant aux pieds le démon. Si le démon, figuré sous la forme d'un dragon, ne manquait pas d'une certaine beauté sauvage, le saint n'avait guère d'allure. L'artiste local n'avait fait qu'une ébauche humaine, aux proportions fautives et à l'allure passablement ridicule.

A gauche de l'autel, se trouvait, au contraire, un ensemble remarquable : la Vierge Marie entourée des saintes femmes à genoux. Les traits et les vêtements des personnages étaient d'une finesse exquise, leurs expressions étaient la vie même ; on ne les aurait pas dit de marbre, mais de chair. Il s'agissait, bien évidemment, d'une sculpture antique, que Sigebert avait fait prendre dans un temple. Elle représentait, en fait, Isis et ses prêtresses. C'était, d'ailleurs, écrit sur le socle, mais comme personne ou presque ne savait lire, on n'avait pas cru bon d'effacer l'inscription.

Tout ce que l'Austrasie comptait de personnages importants se pressait dans le lieu consacré. Chacun avait mis ses plus somptueux habits. Fibules cloisonnées, bijoux de toutes sortes brillaient sur les tuniques des femmes ; les baudriers, les ceinturons, les scramasaxes des hommes resplendissaient : l'assistance avait des allures d'arc-en-ciel... Car la cérémonie à laquelle on allait assister était exceptionnelle. A la demande expresse de la future reine, la messe serait dite entièrement en latin. On n'en comprendrait que des bribes, mais qu'importait !

On se délectait, par avance, de cet événement sans précédent.

A cérémonie exceptionnelle, il fallait un maître d'œuvre exceptionnel : l'officiant serait, non l'évêque de Metz, mais son supérieur, l'archevêque de Reims Aegidius, le plus haut dignitaire religieux d'Austrasie. Ce dernier tenait en main une crosse de métal doré dont la volute s'ornait de verroterie. On ne se lassait pas d'admirer le précieux objet car, d'ordinaire, les évêques et même les archevêques avaient pour insigne de leur fonction un simple bâton.

Mais c'étaient encore les mariés eux-mêmes qui attiraient le plus l'attention. Il était difficile d'imaginer aussi beau couple... A trente ans, Sigebert était plus puissant de corps qu'à vingt-cinq et incontestablement plus majestueux, avec sa barbe noire taillée en carré, ses longs cheveux bruns, ses yeux marron au fier regard. Il était habillé de pantalons blancs, d'une tunique rouge et portait des bottes de cuir fauve.

La boucle de son ceinturon représentait un loup, de même que la fibule de sa poitrine et le dessin sur le fourreau de son scramasaxe. Contrairement à l'usage, il avait accroché à son côté une francisque. Cette arme de guerre ne se portait pas sur soi, mais on le disait le meilleur lanceur de francisque de tout le Royaume franc et c'était, en quelque sorte, son emblème. Plus que jamais, en ce jour, il était Grand Loup.

Quant à Brunehaut, elle arborait ses vingt et un ans

avec superbe. La chevelure noire, les yeux bleus, le teint mat, les formes harmonieuses, elle avait la beauté propre aux filles des pays chauds. Chacun s'étonnait qu'elle ait gardé à ses cheveux leur teinte naturelle. Les reines se teignaient habituellement en roux, ou se décoloraient en blond très pâle ; une reine brune, c'était la première fois qu'on en voyait. Ce n'était, d'ailleurs, nullement pour honorer son nom : le mot franc « brune » voulait dire « cuirasse » et « haut » « déesse de la guerre » ; la jeune vierge espagnole portait le nom farouche de Déesse de la guerre cuirassée.

Elle était peu maquillée ; ses lèvres étaient simplement peintes en rouge vif. Son vêtement surprenait tout le monde : au lieu d'être de couleurs différentes, il ne comprenait que du bleu ; seules les nuances n'étaient pas les mêmes : sa robe était bleu ciel, du même ton que ses yeux, sa tunique bleu marine. Sa ceinture de cuir noir était très simple, et elle portait, au lieu d'une fibule cloisonnée, une de ces broches romaines appelées camées.

Ces bijoux étaient connus et appréciés, car ils étaient rares et chers, mais on les laissait dans les coffres, au même titre que les pièces de monnaie ; ils manquaient trop d'éclat comme parure. Celui de Brunehaut représentait une femme couronnée vue de profil... Les futurs époux étaient debout, côte à côte, devant l'autel. Derrière eux, se tenaient les suivantes, également de type espagnol prononcé. Là encore, raffinement jamais vu, elles portaient des vêtements à l'antique en soie rose.

L'office commença. Il n'y avait pas de messe de mariage à proprement parler. C'était la liturgie habituelle, suivie d'une bénédiction. Aegidius récita sans hésitation les formules. C'était un clerc fort savant, même si on murmurait que sa moralité ne valait pas sa science. A ses questions en latin, on remarqua que Brunehaut et ses suivantes répondirent avec aisance, alors que ses propres diacres se trompèrent à plusieurs reprises. Quant à Sigebert, il ne bredouilla que quelques répliques ; le reste du temps, il se tut. Enfin, arriva la bénédiction. Les quatre suivantes tinrent un voile blanc au-dessus du couple agenouillé et l'archevêque traça le signe de croix : Sigebert et Brunehaut étaient roi et reine d'Austrasie devant Dieu...

Les mariés en tête, le cortège quitta la cathédrale et ce fut le brutal face-à-face. Les païens étaient venus saluer leur souverain. L'Austrasie, qui s'étendait des deux côtés du Rhin, était, en effet, peuplée, dans toute sa partie est, de Germains barbares. Ils ne quittaient jamais leurs villages, sauf pour la guerre ou un grand événement touchant leur roi, ce jour-ci.

Ils n'étaient pas tous là. Sigebert avait interdit aux plus sauvages de venir, ceux qui faisaient des sacrifices humains et buvaient le sang de leurs victimes. Ceux-là, il ne les voulait qu'à la guerre. Il les plaçait en tête de son armée, ce qui avait presque toujours pour effet de faire détaler l'ennemi. Restaient donc les Alamans, les Thuringiens, les Bavarois, les Saxons, les Souabes, les Danois et les Huns, mais le spectacle qu'ils offraient était suffisamment effrayant pour qui n'en avait pas l'habitude.

Ils avaient pour la plupart des robes courtes de peau mal tannée, recouvertes de tuniques de chanvre ; leurs jambes, nues et poilues, étaient entourées de bandelettes sales ; leurs chaussures étaient faites de petits animaux à fourrure fraîchement tués et vidés, aux poils collés par le sang caillé. Ils portaient des casques de cuir, de forme conique, sur lesquels ils avaient cloué des têtes d'aigle ou de chauves-souris. Les Souabes, eux, refusaient le vêtement ; ils étaient nus, avec en tout et pour tout un bouclier de bois et une gigantesque massue.

Les guerriers étaient venus avec leurs compagnes, en robes de peaux de bêtes, grossièrement cousues. Leurs cheveux étaient enduits de beurre et leurs lèvres peintes en noir, ce qui représentait pour elles le raffinement suprême en matière de maquillage. Comme les hommes, leurs chaussures étaient des animaux récemment tués, mais au lieu de castors, de chats, de chiens ou de renards, il s'agissait d'oiseaux de proie, le plus souvent nocturnes. Les femmes souabes étaient nues...

Les Huns formaient un groupe à part. Ils ne descendaient jamais de leurs chevaux — même pour dormir —, des petits chevaux grêles, vifs comme l'éclair à la bataille. Ils étaient imberbes, car c'était la coutume chez eux de taillader les joues des garçons pour que le poil n'y pousse pas. Ils étaient vêtus de peaux de rats cousues ensemble, qu'ils gardaient jusqu'à ce qu'elles se décomposent. Ils étaient les seuls à être venus sans leurs femmes.

Sigebert s'approcha, tenant Brunehaut par la main. Les suivantes en soie rose, qui, normalement, n'auraient pas dû s'éloigner de leur maîtresse, furent prises de panique et reculèrent précipitamment pour se fondre dans le reste des Francs. Sigebert dit d'une voix forte :

— Voici votre reine !

Puis il répéta la même phrase dans plusieurs langues aux tonalités rauques. Quatre guerriers francs arrivèrent alors, avec une peau de buffle dont ils tenaient chacun un coin. Le couple s'installa au milieu et ils tirèrent. Ils étaient si vigoureux que Sigebert et Brunehaut se retrouvèrent maintenus en l'air aussi solidement que sur une planche. A cette vue, les païens brandirent leur épée ou leur massue et la frappèrent contre leur bouclier ou leur cuirasse en criant :

— Ha ! Ha ! Ha ! Ho !

A chaque « Ho ! », au lieu de frapper, ils élevaient leur arme en direction du ciel. Cela dura un temps qui sembla interminable aux notables francs groupés devant la cathédrale et aussi au peuple de Metz, qui se tenait un peu plus loin. Mais pas à Brunehaut. Elle semblait parfaitement à son aise au milieu de ces hommes aussi féroces que des fauves. Elle leur souriait, semblant apprécier leur force et ne se soucier de rien d'autre. Jamais plus qu'en cet instant, elle n'avait mérité son nom de Déesse de la guerre cuirassée...

Parmi le petit peuple des Messins, qui restait à l'écart, intimidé, mais voulant participer aux réjouissances, nul ne remarquait un homme de vingt-cinq ans environ, solidement bâti et vêtu pauvrement. Il était brun, les cheveux négligés, la barbe naissante. On aurait juré un paysan, voire un de ces solitaires qui s'établissaient dans les bois et défrichaient autour d'eux. Et pourtant, cet homme-là n'avait jamais, de sa vie, tenu une charrue ou une hache ; ses outils étaient la plume et l'encre. Il était de confession juive et s'appelait Priscus.

Priscus, dont la science n'avait d'égale que la sagesse, était le trésorier du royaume de Soissons, mais c'était aussi l'homme de confiance de Chilpéric et, quelquefois, son espion. C'était le cas, ce jour-là. Chien Batailleur, qui mourait de curiosité, l'avait envoyé à Metz en secret pour qu'il lui dise à quoi ressemblait Brunehaut et lui décrive en détails son mariage avec Sigebert.

A quoi ressemblait Brunehaut, Priscus l'avait vu quand elle avait été hissée aux yeux de tous sur la peau de buffle : aux plus belles des épouses ou des concubines des rois francs, avec, en plus, une qualité qui s'appelait la noblesse et une autre, plus surprenante, une fermeté d'âme presque virile... Pour le mariage, il savait déjà, faute d'y avoir assisté, que la messe avait été dite en latin ; quant à la suite, il lui suffisait d'ouvrir les yeux et les oreilles... Les souverains, leur cour et les barbares prirent la direction du confluent de la Moselle et de la Seille. Le peuple en fit autant et Priscus avec lui.

On fut sur place peu après. Il était un peu plus de midi. Il faisait un soleil éclatant ; rarement journée de printemps n'avait été plus belle. Deux trônes de bois doré avaient été installés à la jonction des rivières. Le couple royal y prit place et tout le monde resta debout derrière, païens, notables francs et gens du peuple se mélangeant sans façons.

Sigebert avait vu grand pour son mariage. Il avait organisé une naumachie, un de ces combats navals, qui se donnaient jadis dans les cirques de Rome en certaines occasions solennelles... Deux flottes parurent, composées de barques à deux rameurs, portant quatre soldats. Celle de droite était toute bleue, des coques aux boucliers et aux casques des guerriers ; celle de gauche était multicolore : elle comprenait des barques rouges, jaunes, vertes, orange, blanches. De toute évidence, il s'agissait d'un affrontement figuré entre Brunehaut, représentée par sa couleur, et le monde franc traditionnellement bigarré.

Les flottes entrèrent en contact et le spectacle commença. C'était un ballet ininterrompu, les rameurs faisant tourner leurs embarcations avec virtuosité dans toutes les directions et les guerriers se lançant des javelots de bois, bleus pour les barques de Brunehaut, à leur couleur pour les autres. Tout le monde était ravi. Les Francs applaudissaient avec frénésie, les Germains manifestaient leur contentement à grands cris.

Le spectacle durait. Priscus, qui en avait vu assez, décida de se mêler au groupe des Francs espérant surprendre quelques informations. L'évêque Aegidius était en grande conversation avec un chef noblement vêtu. C'était une sorte de colosse velu, respirant la sauvagerie. Il était même plus inquiétant que les barbares ; chez eux, on ne lisait que la brutalité, chez lui, on discernait de la cruauté.

Le religieux et le noble Franc parlaient en pur latin. Ils ne s'interrompirent pas quand ils virent près d'eux ce paysan, apparemment absorbé dans la contemplation de la naumachie. Les gens du peuple ne comprenaient pas la langue des Césars. Ils parlaient un dialecte fait de gaulois, de franc et de latin abâtardi. Mais bien entendu, Priscus comprenait le latin. C'était même, comme tous les juifs, la seule langue qu'il utilisait. Aegidius montra un groupe de Germains non loin.

— As-tu vu cette force, Rauching ? S'il le voulait, Sigebert serait le seul roi des Francs.

Priscus pensait de même. Avec une pareille armée, l'Austrasie pourrait facilement écraser les autres royaumes. Heureusement, telle ne semblait pas l'intention de Sigebert. Depuis le partage de Paris, la paix la plus complète régnait entre les quatre frères... L'interlocuteur de l'archevêque de Reims, le nommé Rauching, lança un regard en direction de Brunehaut.

— Elle me semble, à moi, beaucoup plus redoutable que tous ces barbares. Elle est intelligente, ambitieuse, autoritaire, et elle n'a peur de rien.

Avant, je ne croyais pas les bruits qui couraient, maintenant, si. Sigebert va la laisser gouverner. Elle va instaurer la loi romaine, construire des routes, créer une administration fiscale, une police.

Aegidius sourit et lui posa la main sur le bras.

— N'aie crainte ! Pour qu'il y ait ce que tu dis, il faudrait des gens capables de comprendre le droit, d'assembler des pierres, de compter et de ne pas se laisser acheter. Rien de tel n'existe et n'existera en Austrasie ! Tu pourras continuer à te livrer à tes petits jeux diaboliques, Rauching...

Aegidius hocha sa tête d'oiseau de proie.

— Avec la bénédiction de l'Eglise !

A ce moment, tous deux se tournèrent vers Priscus, qui, pris par leur conversation, les regardait, négligeant le spectacle. Devant leurs mines soupçonneuses, il jugea plus prudent de s'éclipser...

La naumachie s'éternisait. C'était, visiblement, la victoire de la flotte bleue qui était prévue, car, de temps en temps, une barque d'une autre couleur coulait brusquement, sans doute grâce à un fond mobile qu'on enlevait. Quand la dernière embarcation franque, de couleur orangée, s'abîma dans les flots et que ses occupants eurent regagné la rive à la nage, la journée était déjà bien avancée...

Sigebert et Brunehaut se levèrent et se mirent en marche. Des servantes les précédèrent, lançant devant leurs pas des fleurs des champs et des branches de jeunes arbres. Derrière allaient les suivantes de la reine en soie rose, puis l'archevêque, puis les Francs, les Germains et, enfin, le peuple. Le moment du banquet nuptial était arrivé.

Il allait se passer en plein air, dans un vaste champ. Une enceinte était délimitée par des poteaux, supportant de grands boucliers ronds, et reliés entre eux par des bandes de soie blanche. Une immense table en fer à cheval en occupait le centre. De nombreux serviteurs s'affairaient autour d'autres tables, plus petites, chargées de victuailles et de tonneaux.

Tandis que les invités pénétraient dans l'espace réservé, les Messins se groupaient le long de la barrière de soie. C'était, pour eux, le moment le plus attendu de la journée. Des soldats approchèrent, avec des paniers et des coffres et se mirent à leur jeter des morceaux de viande cuite, des friandises et de menues pièces de monnaie. Au début, ce fut la bousculade et même un commencement de pugilat, mais la distribution était si généreuse, il y en avait tant et tant que chacun eut bientôt les mains pleines ! Lorsque la pluie de présents cessa, la plupart prirent le chemin de la ville. Seul, un petit groupe de curieux resta, au nombre desquels figurait Priscus.

Sigebert et Brunehaut avaient pris place au milieu de la table centrale. A côté de Sigebert était assis Aegidius ; à côté de Brunehaut, la place restait vide. Cette table d'honneur était parée de la vaisselle la plus précieuse qu'on pouvait trouver : des plats d'or et d'argent de fabrication locale, mais aussi des coupes romaines en verre ou en albâtre, demeurées intactes par miracle.

La table de gauche faisait un contraste saisissant avec ce luxe. C'était celle des barbares. Il y avait de grands plats de bois taillés à la hache, destinés à recevoir les bêtes entières qu'ils déchiquetteraient à l'épée ou à la main, et des cornes de buffles sans la moindre décoration, dans lesquelles ils avaient l'habitude de boire. Les Huns étaient derrière, toujours à cheval. Tout à l'heure, on leur apporterait des quartiers de viande crue et de la bière d'orge mêlée d'absinthe...

La table d'en face, le dernier côté du fer à cheval, réservée aux Francs de moindre importance, formait l'intermédiaire. La vaisselle était celle qu'on trouvait ordinairement en Austrasie : des vases de terre cuite grossièrement décorée de motifs géométriques, des bols ronds sans pied, fort incommodes, car ils obligeaient à en boire le contenu d'un trait, sous peine qu'ils se renversent. Seul point commun entre les trois tables : il n'y avait pas d'assiettes, mais de larges galettes de pain sans levure, qu'on mangeait quand elles étaient suffisamment imprégnées de sauce ou du sang des viandes.

Le banquet n'était pourtant pas encore commencé. Sigebert se leva et réclama le silence, notamment du côté des Germains et de leurs compagnes, qui ne se gênaient pas pour donner de la voix. Quand tout le monde se fut plus ou moins tu, il annonça :

— Place au plus grand poète de Gaule : Venantius Fortunatus !

Un homme d'environ trente-cinq ans, vêtu d'une toge d'un blanc immaculé et couronné de laurier, arriva au centre du fer à cheval. Il tenait à la main un parchemin enroulé. Deux serviteurs l'éclairaient de torches, car, si la nuit n'était pas encore tombée, le soleil déclinait rapidement, prenant des tons pourpres... Venantius Fortunatus était fort bien fait de sa personne et fort aisé dans ses manières. Il s'inclina devant les souverains et la reine lui adressa son plus aimable sourire.

Sigebert n'avait pas exagéré en disant que c'était le plus grand poète de Gaule : il était même plus que cela, il était le seul. Fortunatus n'était pas gaulois. Il était né en Italie, près de Trévise, et en avait hérité un type romain, qui convenait parfaitement à son personnage. Gravement malade, il avait fait vœu, s'il guérissait, d'aller en pèlerinage à Tours, sur le tombeau de saint Martin. Une fois rétabli, il avait tenu parole.

Son arrivée dans le pays s'était répandue à la vitesse de la foudre et chacun voulait entendre ce prodige. Fortunatus s'était déjà rendu dans diverses cours de Gaule, mais ce mariage était la première grande cérémonie à laquelle on le conviait. Pour lui, ce jour était un peu la découverte du monde franc.

Venantius Fortunatus déplia son manuscrit et commença à déclamer. Il s'agissait d'un long poème de cent vingt vers latins sur les noces du roi et de la reine d'Austrasie. Vénus et Cupidon se disputaient quant aux mérites de ces derniers. Pour Cupidon, Sigebert, dont il exaltait la force, était un nouvel Achille, à qui personne ne pouvait être comparé. Vénus, elle, tenait pour Brunehaut, qu'elle associait à la lumière.

Tandis que s'égrenaient les syllabes cadencées, l'assistance était animée de réactions diverses. Les Germains avaient le plus grand mal à contenir leur impatience, d'autant que le fumet des viandes qui rôtissaient leur chatouillait les narines ; beaucoup déglutissaient bruyamment. Les Francs hochaient la tête, avec des sourires de connaisseurs, comme s'ils se délectaient de cette lecture, alors qu'en fait, ils n'y comprenaient rien. Ils n'étaient qu'un petit nombre à apprécier : Aegidius, quelques clercs, quelques Francs cultivés et, bien sûr, la reine.

Brunehaut était aux anges. D'autant que, la fin du poème approchant, c'était elle qui l'emportait. Cupidon avouait sa défaite et Vénus, triomphante, célébrait ses louanges :

« *O vierge que j'admire et qu'adorera ton époux,*
Brunehaut, qui brilles, plus éclatante que la torche des cieux,
Le saphir blanc, le diamant, le cristal, l'émeraude, le jaspe,
Tout est vaincu : l'Espagne a mis au monde une pierre nouvelle. »

Un tonnerre d'applaudissements salua le dernier vers, exprimant le soulagement pour presque tous, l'admiration chez quelques-uns. Parmi ces derniers, Brunehaut, qui, radieuse, fit signe au poète de s'asseoir à la place réservée à ses côtés.

Le début du banquet était imminent, mais auparavant les serviteurs passèrent aux convives des bassins d'eau chaude pour qu'ils y plongent les mains. Malgré leur appétit et l'insupportable attente qu'on venait de leur infliger, les barbares ne protestèrent pas. C'était, en effet, un rite païen, destiné à chasser les mauvais esprits qui auraient pu se loger dans les doigts et infecter les aliments. Ils ne prêtèrent, en revanche, aucune attention à Aegidius, qui s'était levé et prononçait en même temps une prière de bénédiction.

Ce qui restait du peuple, derrière la barrière de soie, fit le signe de croix et s'en alla. Le jour allait tomber et il n'était pas question de cheminer dans la nuit, au milieu des démons. Priscus suivit le mouvement. Il en avait assez vu et entendu. Il avait de quoi faire à son maître un rapport qui ne le laisserait certainement pas indifférent...

Venantius Fortunatus à peine assis, Sigebert quitta son siège pour venir le féliciter avec effusion. Il lui étreignit longuement les mains, se désolant de ne pas avoir tout saisi en raison de son manque de culture. Il revint à sa place et Brunehaut se tourna vers son voisin. Elle rayonnait.

— Jamais, je n'aurais cru entendre un jour de telles choses sur moi, de tels mots !

Venantius Fortunatus secoua la tête avec ironie.

— Je vous en prie, Reine, pas vous ! Ne me dites pas que vous avez aimé mon poème.

— Mais si ! Aimé est même un mot faible. Je l'ai adoré. Je...

Fortunatus se permit d'interrompre sa royale interlocutrice.

— Avec votre permission, j'aimerais boire. Lire m'a donné soif.

Brunehaut battit des mains pour appeler un serviteur... Ceux-ci, d'ailleurs, arrivaient à la file, courbés sous les plats : pour les Francs, la traditionnelle soupe, sans laquelle ils n'auraient pu commencer un repas ; il y en avait de deux sortes, à la volaille et aux pois, servies dans des écuelles individuelles. Les Germains, eux, n'avaient que faire de ces préludes trop légers. On leur apportait des pièces de gibiers entiers, biches, cerfs, sangliers et buffles, et ils se jetaient dessus comme des affamés...

Venantius Fortunatus ouvrait de grands yeux... En venant aux noces de Sigebert et Brunehaut, il voulait savoir à quoi ressemblait le monde franc, il avait la réponse : il ne ressemblait à rien ! Il donnait le vertige à force d'incohérence. Quel rapport pouvait-il exister entre la reine, drapée à l'antique, et ces Huns atrocement balafrés, qui mordaient dans des bêtes crues sur leur cheval ? Tout cela n'avait aucun sens... Il s'aperçut que le domestique réclamé par Brunehaut se tenait devant lui, attendant ses ordres.

— Quel vin as-tu ?

— De Bourgogne, d'Italie, de Gaza et de Chio.

— Apporte-moi du Gaza, c'est le plus fort. Et aussi un de ces bols sans pied, qui obligent à boire d'un coup.

Le vœu fut rapidement exaucé. Fortunatus vida son bol et s'en fit servir un second, qu'il vida tout aussi vite. Ensuite, il se tourna vers la reine, qu'il avait négligée pendant tout ce temps. Le beau visage hâlé aux yeux bleus le fixait sans reproche, mais avec étonnement.

— Pourquoi buvez-vous ainsi ? On dirait que vous le faites sans joie, comme pour vous étourdir.

— Vous ne vous trompez pas, Reine. Je viens de comprendre quelque chose d'inimaginable.

— Quoi donc ?

— Je n'ose vous le dire...

— Parlez ! J'ai tant d'admiration pour vous !

— Qu'admirez-vous en moi ?

— Mais votre poésie, votre culture...

Sigebert jeta un coup d'œil dans leur direction. S'il ne s'était pas agi de Fortunatus, jamais il n'aurait toléré que son épouse s'entretienne avec un autre le jour de leurs noces. Mais Fortunatus incarnait précisément l'idéal de civilisation qu'il entendait faire renaître grâce à elle. Il les laissa s'exprimer dans ce latin qu'il comprenait si mal. Il faisait confiance à la reine ; il était même fier d'elle...

— Je suis un rimailleur, Reine, un piètre rimailleur.

Il arrêta d'un geste un mouvement de sa voisine.

— Ne protestez pas, c'est ainsi ! Dieu a mal fait

les choses : il ne m'a pas donné assez de talent pour être un bon poète, mais suffisamment pour être conscient de ma médiocrité. Vous ne vous souvenez pas que, tout à l'heure, j'ai dit *sapphirus alba* ? Le saphir n'est pas blanc, il est bleu. Mais *caerulea* était trop long, alors, j'ai mis *alba.* Voilà ce qu'est ma poésie

— Vous êtes trop sévère avec vous-même. J'ai été charmée, transportée !

— C'est parce que vous êtes jeune, Reine. Si jeune...

Venantius Fortunatus se fit servir de nouveau du vin de Gaza. On débarrassait, sur les tables des Francs, les écuelles de soupe et on apportait les plats suivants, les barbares continuant, eux, à bâfrer avec leur gibier. Il y avait maintenant, devant les convives, dans de petites assiettes, des viandes rôties baignant dans l'huile d'olive, l'ail et les oignons, des cailles au safran et au benjoin, des faisans au cumin et à la cannelle, des lapereaux au piment et au nard, des cornes de jeunes cerfs frites. Fortunatus en avala une.

— Je bois à cause des traces. Si vous saviez comme je les hais !

— Les traces ?

— Les traces des Romains que les Francs ont laissées. Pourquoi n'ont-ils pas tout détruit, comme Attila, dont on dit que l'herbe ne repoussait pas derrière lui ? Pourquoi ont-ils laissé ces statues, qui nous font ressembler à des gnomes ? Pourquoi ont-ils laissé cette langue ? Pourquoi n'aboyons-nous pas, comme les autres, là-bas, devant leur viande ? Pourquoi ont-ils laissé des livres en latin, écrits par de vrais poètes ? Pourquoi ont-ils laissé Virgile, Reine ?

Son regard tomba sur le merveilleux camée à la femme couronnée, qu'elle portait sur sa tunique bleu sombre.

— Et elle ? Pourquoi ne l'ont-ils pas piétinée sous les sabots de leurs chevaux, jetée aux brasiers de leurs conquêtes ?... Qui est-ce ?

— Bérénice. Mais reprenez-vous ! Le vin vous rend triste.

— Non, Reine, le vin ne me rend pas triste. Il me donne la clairvoyance. Je suis un piètre poète, mais un formidable prophète.

— Et qu'annoncez-vous ?

— La fin du monde !

Venantius Fortunatus se mit à parler d'une voix illuminée :

— Le monde est malade. Chaque génération est plus ignorante, plus maladroite, plus débile que la précédente ! Tout ce qui est ancien est beau, tout ce qui est neuf est laid. Qu'on en finisse ! Il faut que vienne la grande, la profonde nuit barbare, car c'est de la nuit seule que naît le jour...

Il s'arrêta, épuisé par son effort. Mais ce fut au tour de Brunehaut de s'animer. D'une voix chaude, vive, elle se récria de tout son être contre cette vision des choses :

— Béni soit Dieu d'avoir épargné ce que vous

nommez des traces ! C'est à partir d'elles que je vais rebâtir mon royaume.

Brunehaut était superbe dans son indignation. Elle gardait tout son charme, toute sa féminité... A ce moment, sur un signe de Sigebert, trois prêtres en robe blanche s'avancèrent au milieu des tables. Le roi d'Austrasie, un peu inquiet du ton que prenait cette controverse dont le sujet lui échappait, voulait faire diversion. Il s'adressa de manière aimable au poète :

— J'aurais aimé qu'on joue de la harpe pour mes noces, mais je n'ai pas pu trouver de musiciens. On dit qu'il n'y en a plus en Gaule. Alors, je les ai remplacés par des chants sacrés.

Les trois clercs se mirent à psalmodier, mais ce ne fut pas du goût des barbares, qui, la boisson aidant, se mirent à chanter à leur tour. C'étaient des chants sauvages, de vieilles mélopées venues du fond des temps et du fond des forêts. Ils s'accompagnaient en tapant sur leurs boucliers comme sur des tambours... Les trois clercs, que plus personne ne pouvait entendre, préférèrent se retirer.

Venantius Fortunatus eut un sourire triste.

— Ecoutez-les, Reine ! Eux, savent faire de la musique, eux, savent chanter leurs dieux. C'est parce qu'ils vivent et pas nous !

La reine ne prit pas la peine de répondre. Elle haussa ses belles épaules et se retourna vers son mari... Fortunatus, abandonné à lui-même, murmura à son bol vide :

— Notre monde est perdu, Brunehaut ! Tu ne

réussiras qu'à prolonger ses souffrances et, toi aussi, tu vas vers la souffrance...

Le roi et la reine d'Austrasie quittèrent le repas de noces avant la fin. Encadrés de quatre soldats francs et des quatre suivantes, qui, tous portaient une torche, ils rentrèrent à Metz, laissant derrière eux les convives terminer le festin dans une beuverie générale.

Sigebert et Brunehaut étaient magnifiques, dans la nuit noire, éclairés crûment par les flammes. Nul couple ne semblait mieux fait pour l'amour et pourtant, à l'approche de leur nuit de noces, ils étaient étrangement graves. Ils ne se touchaient pas, ne se parlaient pas, ne se regardaient même pas. Ils avaient presque l'air sombre : pour l'un comme pour l'autre, l'instant décisif était arrivé.

Certes, Brunehaut avait voulu ce mariage ; mieux, elle l'avait désiré de toutc son âme ! Elle avait rejeté une union facile avec l'un de ces chefs espagnols cultivés, mais sans nerfs. Elle avait choisi d'aller au nord, chez les Francs, les meilleurs guerriers du monde, mais rudes et grossiers, pour leur communiquer la civilisation qu'elle portait en elle. Si elle réussissait, son triomphe serait total. N'en déplaise à Fortunatus, l'antique gloire de Rome, qui savait allier beauté et puissance, serait égalée !

Mais Brunehaut ne se sentait pas seulement reine, elle se sentait aussi femme. Cette vierge de vingt et un ans était gonflée de tous les désirs amoureux et elle se posait cette terrible question : Sigebert saurait-il la satisfaire ?

Elle pensait à la francisque qu'il portait au côté, lui qui était le meilleur lanceur de cette arme de mort. Elle le revoyait, hissé avec elle sur la peau de buffle, parlant aux païens dans toutes ces langues sauvages ; elle les entendait l'acclamant, le reconnaissant comme leur chef, le premier d'entre eux. Sur le moment, elle n'avait été sensible qu'à la force de ces hommes, mais à présent, elle se demandait si Sigebert n'était pas semblable à eux... Tout à l'heure, n'allait-il pas la prendre comme une bête, la brutaliser, l'humilier ? Elle subirait, puisqu'elle était son épouse, mais tout amour serait, à jamais, impossible entre eux !

Le cœur de Brunehaut battait à tout rompre, sous sa robe bleu ciel et sa tunique bleu marine. Elle se prenait à regretter Tolède, la douceur de son climat et de ses mœurs. Son destin de femme allait se jouer dans quelques instants...

Sigebert n'était pas moins troublé. Contrairement à ses frères, il avait décidé de n'avoir qu'une épouse et il tiendrait parole. Il ne la répudierait pas, seule la mort pourrait les séparer. Mais n'avait-il pas pris ainsi un risque énorme ? Est-ce qu'il ne s'était pas lié pour la vie avec une femme de tête, pour qui les choses de l'amour étaient méprisables, qui accomplirait son devoir conjugal avec répugnance, sans lui donner le moindre plaisir ?

Il l'entendait encore dialoguer en latin avec Fortunatus. Leur discussion avait été vive et elle n'avait pas faibli devant le plus grand poète du pays. Il revoyait ce bijou qu'elle portait sur la poitrine comme pour la protéger, cette impératrice admirablement belle, mais intimidante, glaciale. Brunehaut n'était-elle pas comme elle ?...

Ils franchirent les portes de Metz sans s'en apercevoir. Le palais était tout neuf, en bois, avec un portique à la romaine. Brunehaut ne le remarqua pas. On décloua la porte d'entrée fixée ainsi au chambranle, unique moyen dont on savait les fermer. On traversa une immense salle faiblement éclairée et on arriva devant une pièce à l'ouverture béante. Le couple y pénétra seul ; les suivantes et les soldats disparurent.

A la lumière des lampes à huile, on pouvait découvrir une chambre assez grande, dont les murs et même le plafond étaient recouverts de peaux de bêtes, pour mieux protéger du froid. Par terre, les dépouilles étaient entières, avec leurs pattes griffues et leur gueule ouverte. Une grande planche était posée contre le mur, à côté de l'ouverture ; il y avait également un marteau et des clous. Sigebert s'en saisit et se mit en devoir de clore la pièce. Lorsque ce fut fait, il se retourna vers sa femme. C'était le moment qu'ils attendaient et redoutaient tous les deux...

Ce fut Brunehaut qui prit l'initiative : une initiative de pudeur. Elle souffla une à une toutes les lampes et le noir se fit. Du coup, l'un et l'autre se sentirent soulagés. Ils se dévêtirent et s'allongèrent côte à côte. Ne se voyant plus, ils cessèrent de se craindre et tout vint naturellement : Sigebert ne fut pas brutal, Brunehaut ne fut pas froide...

Le miracle s'était accompli : Grand Loup s'était accouplé avec Bérénice ! Un immense souffle les souleva, les emporta. Non seulement, ils étaient faits l'un pour l'autre et promis au bonheur, mais l'union de leurs corps était la première rencontre entre les Francs et la civilisation. De cette alliance, un monde nouveau pouvait naître. Désormais, tout était possible. Tout !

4.

Le don du matin

CHILPÉRIC n'était plus qu'à la terrible épreuve qui l'attendait. Il allait à sa rencontre avec fougue, frénésie ; il sentait que la moindre hésitation lui serait fatale. Ne pas faiblir, sinon, il était perdu !

Sa décision était prise. Il reprit le galop et arriva presque aussitôt à la villa royale. Frédégonde l'attendait sur les marches, en jaune et rouge, comme à son habitude, éclatante, triomphante au milieu de ses suivantes. Il mit pied à terre. Elle lui sourit.

— Pourquoi rentrez-vous si tôt de la chasse, Seigneur ?

— Montons dans la chambre. Je vais te l'expliquer.

La voix était dure. Frédégonde obéit sans mot dire. Une fois sur place, Chilpéric voulut parler, mais il ne put émettre aucun son. C'était là qu'ils avaient passé leur première nuit... La lumière des lampes à huile, la ceinture en peau de couleuvre... Frédégonde gardait un silence interrogatif. A la fin, elle prit la parole.

— Est-il arrivé quelque malheur ?

— Non.

Elle demanda vivement :

— Vous ne m'aimez plus ?

— Si, hélas !...

La phrase irréparable était prononcée. Entre eux deux, le temps s'arrêta, un vertige s'installa, léger, au début, puis de plus en plus violent. Chilpéric éprouvait une crispation insupportable à l'estomac. Il fallait parler.

— Je vais épouser Galeswinthe, la sœur de Brunehaut. Son père est d'accord, mais il veut que je te répudie. J'ai dit oui.

Chilpéric ressentit un immense soulagement. Il regarda sa compagne devenue, brusquement, toute blanche. Dans un instant, il devrait faire face à une explosion de colère, de haine. Mais il était prêt. Il était le roi et il allait le montrer !

Frédégonde se taisait... Elle avait failli hurler sa douleur, sa rage, mais le cri n'était pas sorti. Avec une rapidité prodigieuse, elle avait su faire face à l'imprévisible coup du sort. Elle avait su faire taire son cœur et elle n'était plus que calcul.

Son esprit était tendu à l'extrême. Ces instants étaient les plus décisifs de sa vie, elle le savait. Elle s'efforçait de respirer lentement, de ne pas faire attention au flot de sang qui lui rompait les tempes...

Chilpéric voulait épouser une princesse. C'était sans doute une idée qu'il avait en tête depuis longtemps, un vieux rêve de l'enfant qu'il était resté. Et, face à une princesse, elle, l'ancienne esclave, ne pouvait rien. Si elle tentait l'épreuve de force, elle était perdue.

Une image lui revint : ici même, dans cette chambre, son compagnon dans sa robe rouge, la giflant à toute volée, parce qu'elle s'était dressée contre Mérovée. Chilpéric était un être faible, qu'elle tenait par les sens, mais il était aussi capable de terribles accès de violence.

Il n'y avait qu'une seule solution : se taire, accepter. Pour l'instant, elle n'était pas la plus forte, mais elle le deviendrait peut-être un jour. C'était, en tout cas, son seul espoir... Elle prit la parole d'une voix douce :

— Je vous félicite, Seigneur. Je m'efface avec joie. Tout ce qui fait votre bonheur fait aussi le mien.

Chilpéric resta les bras ballants. Cette soumission le prenait totalement au dépourvu. Il ne put que bredouiller :

— Frédégonde...

Elle s'approcha de lui.

— Je ne vous demande qu'une faveur.

— Parle ! Tu les auras toutes. Que veux-tu ? De l'or, des bijoux, des parures ?

— Non, Seigneur. Simplement être une des suivantes de la nouvelle reine.

— C'est tout ?

— Ce serait, pour moi, le plus grand des honneurs.

Bouleversé, Chilpéric tenta de la prendre dans ses bras. Elle se dégagea doucement, mais fermement.

— Non, Seigneur. Pensez à ce qu'a dit Sa Majesté le père de Galeswinthe.

— Une dernière fois, Frédégonde !

— Ce serait trop cruel, Seigneur. Pour vous et pour moi.

— Je t'en supplie !

— Je dois vous quitter. Il faut que j'ôte ces vêtements pour mettre ceux qui me conviennent désormais.

Et Frédégonde quitta leur chambre conjugale, laissant son concubin pleurant à chaudes larmes sur le lit de leurs amours...

Le jour même, elle reprit la tenue qui avait été la sienne du temps d'Audovère : une robe et une tunique gris clair et foncé. Dès lors, elle fut plus que discrète, invisible. Les membres du palais, mis au courant du prochain mariage, changèrent aussitôt d'attitude à son égard, lui manifestant ouvertement leur mépris. Elle accepta toutes les rebuffades avec une patience de sainte.

Chilpéric disparut quelques jours plus tard, pour une tout autre raison : un coursier était venu annoncer à Soissons la mort de Caribert, roi de Neustrie. Le partage de son royaume se ferait à Chalon, capitale de Gontran, l'aîné des frères survivants. Il devait s'y rendre sans tarder...

En arrivant à Chalon, Chilpéric était d'humeur radieuse. Ce n'était pas seulement en raison de l'héritage qui allait lui échoir, c'était aussi, et peut-être plus encore, la perspective de revoir Sigebert. Il allait lui annoncer la nouvelle : Chien Batailleur s'était montré aussi sage que Grand Loup ; finie l'époque des esclaves, celle des princesses était arrivée ! Il allait lui demander des nouvelles de Brunehaut. Que faisait-elle ? Est-ce que la civilisation brillait déjà, grâce à elle, en Austrasie ? Il était sûr que oui. Il se délectait, par avance, des récits de son frère ; ce serait une préfiguration de ce qui l'attendait lui-même...

Bien que capitale du royaume de Bourgogne, Chalon était minuscule. Ses remparts étaient si peu étendus qu'on aurait dit ceux d'une forteresse, non d'une ville. D'ailleurs, c'était ainsi qu'on le nommait, on disait : « le château de Chalon » et non « la ville de Chalon ». Il comprenait le palais, la cathédrale, le baptistère, des bâtiments pour les gens de la cour, quelques boutiques mais pas ou presque d'habitations privées. Chalon était une résidence royale plus qu'une cité.

Chilpéric fut surpris de l'exiguïté des lieux. A peine les remparts franchis, on était déjà devant le palais, une villa romaine plus ou moins bien restaurée, comme celle de Soissons. Chilpéric était le dernier. Il était près de midi et Gontran et Sigebert prenaient leur repas en plein air, en raison du temps. A sa vue, ils se précipitèrent et ce furent de grandes embrassades, suivies de libations. Chacun leva sa coupe à l'heureux événement.

— A la mort du vieux gâteux ! De l'insupportable sermonneur !

— « Quel magistrat, vous êtes, Votre Sublimité ! Quel sénateur vous auriez fait ! »

— Maintenant, il fait le sénateur en enfer pour avoir épousé sa nonne !...

Ils continuèrent ainsi longtemps, n'en pouvant plus de rire, chacun s'efforçant tour à tour d'imiter la démarche affectée et les manières pompeuses du roi défunt. Chilpéric finit par retrouver son sérieux et prit Sigebert par le bras...

— J'ai quelque chose à te dire...

Sigebert, lui aussi, retrouva son sérieux. Il reposa sa coupe ouvragée.

— Moi aussi, j'ai quelque chose à dire... Parlons d'abord de Theudogilde...

Ce nom fit pâlir Gontran.

— Ah ! Tu sais !

— Je sais beaucoup de choses. Mes espions sont bien renseignés.

Gontran s'efforça de prendre un air jovial.

— Eh bien, Theudogilde était une des épouses de Caribert, une fille de bergers, je crois. Elle était seule avec lui à sa mort. Elle a pris le trésor de Neustrie et elle est venue me le proposer, en échange de sa main. Elle était sale, mais sale ! Et, avec cela, couverte d'or et maquillée comme une putain ! Je lui ai dit que son trésor était digne de moi, mais pas elle. Tout ce qu'elle méritait, c'était cent coups de fouet et un bon séjour en prison. Vous auriez vu sa tête, quand on l'a emmenée !...

Gontran éclata de rire. Ses frères partagèrent un

instant son hilarité, mais Sigebert s'interrompit soudain :

— Donc, tu as le trésor de Neustrie ?

Gontran ne put dissimuler sa gêne.

— Il valait mieux qu'il reste entre mes mains. Ainsi, il était à l'abri des voleurs. Bien entendu, je le déduirai de ma part d'héritage.

— Et quelle somme représente-t-il ?

— Mes financiers l'ont estimé à vingt mille sous d'or.

— C'est peu. Caribert était beaucoup plus riche. Allons interroger Theudogilde. Elle est ici : cela aussi, je le sais.

Gontran dut s'exécuter. Il conduisit ses frères à la prison, car la minuscule bourgade de Chalon comportait une prison... Theudogilde était dans une cellule, entièrement nue, le crâne rasé. Elle était, effectivement, d'une saleté repoussante et les croûtes résultant des coups de fouet la rendaient plus répugnante encore. A la vue des rois chevelus, elle se jeta à genoux, les mains jointes.

— Pitié, Vos Sublimités ! Accordez-moi justice !

Elle s'accrocha aux pantalons de Sigebert, qui la repoussa du pied.

— Pourquoi aurions-nous pitié de toi ? Tu as voulu nous trahir avec Gontran. Tu n'as que ce que tu mérites. Dis-nous plutôt combien vaut le trésor.

— Cinquante mille sous d'or.

— C'est bien ce que je pensais. Partons !

Et ils quittèrent la prison, poursuivis par les supplications déchirantes de Theudogilde...

Ce fut le soir, au cours d'un banquet, qu'eut lieu le partage de la Neustrie. Dépeçage aurait été un mot plus exact. Les trois frères se souciaient de faire des lots égaux en fonction des impôts, sans se préoccuper de leur emplacement géographique. Les noms de villes volaient à travers la table, énoncés d'une voix avinée : Tours, Poitiers, Bordeaux, Nantes, Le Mans, Chelles, Lagny, Saint-Denis. L'un ou l'autre disait : « Je veux », « Je prends. » Ainsi se multipliaient les enclaves, les cités et les régions voisines attribuées aux uns et aux autres, qui étaient autant de sources de conflits futurs. Un greffier notait, imperturbable, les décisions des souverains.

A cause du trésor, Gontran eut la plus petite part. Pour des raisons qu'il ne précisa pas, Chilpéric voulut les cinq grandes villes méridionales de la Neustrie : Bordeaux, Béarn, Bigorre, Limoges et Cahors. Il choisit également Rouen, parce que Mérovée s'y trouvait toujours, en compagnie de son parrain Prétextat. Il n'avait, en effet, pas jugé souhaitable de faire revenir l'enfant. Il devinait Frédégonde rancunière. Mérovée le rejoindrait lorsqu'il serait un homme.

Quand le nom de Paris fut prononcé, une véritable discussion s'engagea. La capitale du royaume constituait un lot trop important. A elle seule, elle aurait déséquilibré en sa faveur la part du bénéficiaire. Il fallut se résoudre à la laisser en indivision ; les trois frères s'interdisant à jamais d'y pénétrer. L'autorité sur la ville serait exercée par son évêque, Germain.

Le partage terminé, Chilpéric put enfin en venir à ce qui lui tenait à cœur. Il annonça la grande nouvelle à Sigebert :

— J'ai répudié ma concubine. J'épouse Galeswinthe. Comme toi, je n'aurai qu'une seule femme !

Il fut déçu de ne pas rencontrer l'enthousiasme qu'il attendait. Grand Loup, toujours sous le coup de l'incident du trésor, n'était pas de bonne humeur ce soir-là.

— Tu as choisi une voie difficile, Chien Batailleur.

— Tu veux dire que Brunehaut ne réussit pas ? Que tu t'es trompé en l'épousant ?

— Au contraire, elle gouverne l'Austrasie mieux que je n'aurais su y parvenir. Son premier soin a été de faire rentrer l'impôt. Mais elle s'est heurtée à une coalition des grands. L'archevêque Aegidius et le comte Rauching en ont pris la tête. Ils se sont même plaints à moi. Ils ont eu tort. Je les ai menacés de telle manière que, depuis, ils se tiennent tranquilles.

— Eh bien, je ferai pareil ! Crois-tu que mon autorité soit moins solide que la tienne ? J'appuierai Galeswinthe de toutes mes forces. Et puis j'encouragerai les arts. J'ai écrit pour notre mariage des vers latins. Je les ai apportés. Veux-tu les entendre ?

— Je ne saurais pas les apprécier.

Chilpéric n'insista pas. Il donna une tape amicale à son frère.

— C'est merveilleux, Grand Loup ! Bientôt, nous

allons être doublement unis : par le sang et par les femmes.

Mais Grand Loup était décidément d'humeur sombre. Sans lever le nez de sa coupe, il prononça :

— Les femmes divisent plus souvent qu'elles n'unissent...

Le lendemain matin, eut lieu le serment solennel. Dans la cathédrale Saint-Vincent, en présence de l'évêque de Chalon, les trois rois jurèrent sur les Evangiles de ne pas toucher à la part des autres ni d'entrer dans Paris, sous peine de damnation. Puis, ils se séparèrent avec les mêmes embrassades qu'aux retrouvailles. Celle entre Chilpéric et Sigebert fut empreinte d'émotion. Qu'ils le veuillent ou non, ils étaient désormais liés par un même destin.

L'unique place de Soissons, devant la villa romaine qui servait de palais, était noire de monde, en ce beau jour du milieu de l'été 170 après la mort de saint Martin, sixième année du règne de Chilpéric et de ses frères. L'arrivée de Galeswinthe, la future reine, avait été annoncée à grand bruit. On prétendait que le luxe dont elle s'entourait dépassait tout ce qu'on pouvait imaginer...

C'était vrai ! Lorsqu'elle parut, les cris se turent, tant la surprise, l'admiration étaient grandes, puis ils reprirent de plus belle.

— La reine ! La reine !...

Il faut dire que le spectacle avait de quoi éblouir. Galeswinthe était juchée sur une tour de bois

recouverte de plaques d'argent et tirée par un attelage de dix bœufs. Elle était vêtue d'une robe parsemée d'or et portait des bijoux sans nombre. Derrière elle, venait une profusion de chars, dont l'un, gardé par une petite armée, contenait, sans nul doute,
sa dot.

Parmi la foule, une personne restait silencieuse. Elle était si discrète, dans ses vêtements gris, que nul ne faisait attention à elle. Elle était peut-être la seule à ne pas crier : elle regardait même de tous ses yeux.

Pour Frédégonde, c'était l'instant crucial. Si Galeswinthe était belle, elle-même était perdue. Si elle ressemblait à sa sœur Brunehaut, dont on disait que ses attraits physiques le disputaient à sa force de caractère, Chilpéric tomberait sous le charme et tout serait dit... Frédégonde avait le soleil dans les yeux, ce qui la gênait considérablement, d'autant que l'éclat des plaques d'argent l'aveuglait. Elle se déplaça et eut un rire sauvage, que nul n'entendit au milieu des vivats.

La malheureuse Galeswinthe faisait un contraste pitoyable avec son apparat. Elle était insignifiante, petite et noiraude, avec une tête sans grâce, au nez pointu, aux lèvres minces. Quant à sa force de caractère, il n'y avait qu'à la voir se retourner de temps en temps, au bord des larmes, vers le sud, vers l'Espagne, comme si un secours allait lui venir de ce côté. Elle avait l'air effarouché d'une jeune fille de bonne famille promise aux étreintes d'un barbare, un air timide et résigné à la fois, pour tout dire, un air de victime.

Frédégonde cessa de rire et reprit la contenance modeste qu'elle affectait depuis quelques mois. Il était trop tôt. Elle frapperait plus tard, avec d'autant plus de férocité qu'elle aurait plus attendu et avec d'autant plus de joie que Galeswinthe était princesse. Elle s'était débarrassée d'Audovère parce qu'elle voulait sa place, mais n'avait jamais éprouvé de haine particulière à son égard. Là, si. Galeswinthe serait la plus belle, la plus enivrante de ses revanches ! La fille d'esclaves se délectait par avance du jour où elle planterait ses crocs dans la fille de roi...

Le cortège s'arrêta devant le palais et la princesse descendit de son perchoir à l'aide d'un escalier rudimentaire. Elle se montra maladroite au possible, manquant de se prendre dans les longs voiles de sa robe. Chilpéric, qui l'attendait en habits de cérémonie, l'attrapa d'une main ferme et réprima un mouvement de recul. Il se souvint brusquement que personne ne lui avait parlé du physique de sa future épouse.

Mais il se reprit vite. Il vit les bijoux dont elle était parée : les bracelets, les boucles d'oreilles, les bagues, les broches, tout était en or et en pierres précieuses véritables, pas en cuivre et en verroterie ! Galeswinthe portait sur elle une véritable fortune. Cela représentait facilement le dixième de son trésor. Il eut une exclamation joyeuse.

— Allons voir votre dot !

Galeswinthe poussa un soupir devant cet accueil pour le moins cavalier, mais elle était visiblement prête à tout et conduisit docilement son futur époux vers le chariot entouré de soldats. Elle fit relever la bâche. Chilpéric recula, tant l'amoncellement de richesses était prodigieux. En comparaison, le trésor de Clotaire, qu'il avait voulu voler à Paris, faisait misérable.

Galeswinthe s'empara délicatement d'une statuette d'or. Elle était d'une finesse admirable et représentait un Jupiter barbu brandissant la foudre dans sa main droite.

— Regardez, Seigneur. Elle provient du pillage de Rome. C'est la plus belle de mes pièces !

Chilpéric eut un acquiescement poli. Il ne voyait pas pourquoi Galeswinthe s'intéressait à un objet d'aussi petites dimensions. Délaissant Jupiter, Galeswinthe prit une émeraude taillée en cabochon.

— Cette pierre aussi provient de Rome. Elle est faite de telle manière que ceux qui ont mauvaise vue peuvent voir de loin à travers. Elle aurait appartenu à Néron. C'est avec elle qu'il aurait contemplé le grand incendie.

Chilpéric ne l'avait même pas écoutée. Il s'était précipité sur un objet et le tenait à pleins bras. C'était un grand et large vase en or massif. Le travail était rudimentaire et les parois irrégulières ; de grosses pierres mal taillées y avaient été enchâssées. Galeswinthe poussa, de nouveau, un soupir.

— C'est le seul objet qui ne soit ni romain ni

espagnol. Il a été apporté à la cour par un ambassadeur franc.

— Quelle merveille ! Il doit bien peser cinquante livres !

— Peut-être. Je ne sais pas.

Tout joyeux, Chilpéric prit sans façon la jeune fille par la taille. Galeswinthe eut un sursaut, mais se contint et ce fut ainsi qu'ils entrèrent dans la villa de Soissons.

Le mariage eut lieu le lendemain même. Instruit par Priscus des moindres détails des noces de son frère, Chilpéric voulut les imiter en tous points. Il exigea que Galeswinthe s'habille en bleu clair et foncé. Le résultat fut déplorable : autant cette parure discrète convenait à la belle Brunehaut, autant elle seyait mal à sa sœur. Une robe multicolore aurait détourné l'attention de son physique ingrat, tandis qu'ainsi accoutrée, elle était franchement laide.

D'autant que ses suivantes, elles, ne l'étaient pas. Leurs robes roses, leurs frais visages formaient un cruel contraste avec leur maîtresse. Mais la messe fut plus manquée encore. Chilpéric la voulut, évidemment, en latin. Seulement, Eulalius, nouvel évêque de Soissons, n'avait pas la science d'Aegidius. Plusieurs fois, il se trompa dans ses questions, jusqu'au moment où il resta tout à fait muet. Il fallut, dès lors, que Galeswinthe lui souffle les demandes avant de faire elle-même les réponses.

On arriva laborieusement à la bénédiction ; le couple s'agenouilla sous un dais blanc tenu par les suivantes et Eulalius fit le signe de croix. Chilpéric et Galeswinthe étaient roi et reine de Soissons. Mais la cérémonie n'était pas finie. C'était, au contraire, maintenant que le plus important allait avoir lieu.

Chilpéric se défit de son collier à la boîte cloisonnée et le tendit à l'évêque. Ce dernier ouvrit le réceptacle et le montra à l'assistance, afin que chacun puisse voir l'os de saint Serge qu'il contenait. Il revint vers Chilpéric, qui étendit la main droite et prononça d'une voix forte :

— Je jure sur cette relique sacrée que Galeswinthe sera ma seule épouse, que je n'aurai, de son vivant, ni autre femme ni concubine.

Les cloches se mirent à sonner et ce fut au son du carillon qu'ils quittèrent la cathédrale.

La mauvaise copie des noces de Sigebert et Brunehaut continua. Il fallait à présent organiser un affrontement symbolique entre la civilisation et la barbarie. Mais on avait renoncé à la naumachie, par manque de bons rameurs, et en raison des flots capricieux de l'Aisne.

On demanda donc aux animaux de se substituer aux humains. Dans une lice improvisée apparut un ours dressé, contre lequel on lança des molosses. L'ours, affublé d'une cape bariolée, représentait la barbarie, les chiens avaient un manteau bleu, à la couleur de Galeswinthe.

Normalement, après un combat simulé, l'ours aurait dû se coucher, sur l'ordre de son montreur, qui se tenait à ses côtés. Mais sans doute affolé par les cris du public, il devint subitement fou furieux.

Il se jeta sur les molosses, en éventra un premier, puis un second, sourd aux cris de son maître, et à la plus grande joie de l'assistance, qui avait pris fait et cause pour lui.

Après avoir consciencieusement étripé les chiens, l'ours s'en prit aux humains. Il se jeta sur un domestique et lui fit subir le même sort. C'en fut trop pour Galeswinthe, qui s'évanouit. La lice était, à présent, toute rouge ; on pataugeait dans le sang et les viscères. Chilpéric décida de s'en tenir là et ordonna d'abattre le fauve.

Ce fut l'occasion d'une mêlée effroyable. Tous les seigneurs présents se précipitèrent, le scramasaxe levé, pour avoir l'honneur de tuer la bête. Dans la furieuse empoignade qui s'ensuivit, il y eut des blessés, l'ours continuant à distribuer aveuglément des coups de patte. Il finit par succomber sous le nombre et Chilpéric donna le signal du départ. On alla vers un champ où les tables du banquet avaient été dressées. Il rit beaucoup avec ses guerriers, qui le complimentèrent : jamais ils ne s'étaient tant distraits à un mariage. Derrière lui, Galeswinthe tremblait comme une feuille, soutenue par ses suivantes ; elle était verdâtre.

Sur un point, Chilpéric ne suivit pas son frère. Quand les Soissonnais se pressèrent derrière les cordes qui empêchaient l'accès aux tables, dans l'espoir de quelque distribution, ils attendirent en vain. L'avarice était un des traits dominants de leur roi et il n'avait pu se résoudre à cette libéralité.

Le cortège royal prit place. Devant chaque

convive, la soupe était déjà servie, une soupe bien grasse et bien chaude, à base de lard, de fèves et d'huile d'olive, qui fumait dans les bols. Tout autour montait l'odeur de chair grillée des bêtes qui rôtissaient. Chilpéric se leva et prit la parole :

— J'ai demandé au plus grand poète de Gaule, Venantius Fortunatus, de célébrer mes noces, malheureusement il a décliné mon offre. Il est entré dans les ordres et a fait vœu de ne plus composer que des œuvres religieuses.

Les Francs, comprenant ce préambule comme une invitation à manger, se saisirent de leurs écuelles, mais leur roi les arrêta d'un geste.

— En son absence, je vais essayer de le remplacer, sans prétendre à son excellence. J'ai écrit un poème : « Soissons, nouvelle Rome »...

Depuis quelques instants, Galeswinthe ne parvenait plus à supporter l'abominable odeur de graisse qui l'environnait. Mais une vision l'acheva. Là-bas, trônait sur la table, à titre d'ornement, une tête d'ours reposant sur des roses rouges. Ce rappel du sanglant épisode déclencha la catastrophe. Elle eut juste le temps de quitter son siège et de se plier dans l'herbe pour vomir.

Chilpéric, qui avait sorti son manuscrit, ne s'aperçut pas de sa disparition et il commença à déclamer d'une voix sonore. Les Francs, qui ne comprenaient rien, se taisaient poliment, voyant, avec tristesse, leur soupe refroidir, mais ceux qui pouvaient saisir, comme Eulalius ou Priscus, avaient les oreilles écorchées. C'était un épouvantable galimatias, de surcroît bourré de fautes de versification.

Une clameur de satisfaction générale, que Chilpéric prit pour un hommage, salua le dernier vers et tout le monde se rua sur la soupe, lui le premier. Galeswinthe, qui était revenue à ses côtés, poussa un profond soupir et porta le breuvage à ses lèvres.

Le banquet fut fort animé, mais Chilpéric entendait mêler à la chère les choses de l'esprit. C'était le moment ou jamais d'aborder le sujet qui lui tenait à cœur : la théologie. Il apostropha Priscus.

— Je vais te démontrer la supériorité de ma religion sur la tienne.

Le juif répondit de sa voix calme :

— Je crains de vous décevoir, Votre Grandeur. C'est le seul point qui nous séparera toujours.

Chilpéric s'entêta et se lança dans un long discours, rempli de raisonnements étranges et de citations fantaisistes. A la fin, Priscus se permit de l'interrompre :

— Pardonnez-moi, Votre Grandeur, mais avez-vous lu la Bible ?

C'était plus que le bouillant Chien Batailleur pouvait en supporter. Il se saisit d'un couteau à découper, se précipita sur son contradicteur et lui appliqua la pointe sur l'œil.

— Ou tu te convertis ou je te crève les yeux. Choisis !

— Je ne supporterais pas d'être privé de la lumière, Votre Grandeur.

Chilpéric poussa un soupir d'aise, mais Priscus ajouta :

— C'est-à-dire de ma foi...

Le roi hésita un instant, l'arme à la main. Son homme de confiance lui était trop précieux : il se contenta de lui assener une bourrade dans le dos.

— Je ne veux pas faire couler le sang le jour de mes noces. Nous en reparlerons.

Chilpéric revint à sa place. Cette défaite l'avait mis de mauvaise humeur. Il avait une revanche à prendre. Après le juif, il s'adressa à l'évêque.

— J'ai longuement réfléchi et j'ai découvert la vérité sur Jésus-Christ : il n'est pas Dieu.

Eulalius, qui avait un morceau de viande en bouche, manqua de s'étrangler et recracha le tout.

— Comment ?

— Seul le Père est Dieu. Un Dieu, c'est comme un roi. Moi, je ne ferai pas roi un de mes fils. Ce serait beaucoup trop dangereux.

Il désigna Théodebert, qui s'empiffrait un peu plus loin.

— Celui-là, si je le faisais roi, il me prendrait tout de suite ma place. Alors, Dieu le Père, qui est beaucoup plus sage et savant que moi, n'a pas pu faire une pareille bêtise.

Eulalius tonna.

— Ce que vous énoncez est une hérésie presque aussi vieille que la chrétienté elle-même. Cela fait des siècles que nous la combattons !

A la fois vexé de ne pas être l'inventeur de cette théorie et blessé par le ton de l'évêque, Chilpéric laissa éclater son anticléricalisme, très virulent chez lui.

— Vous, les religieux, vous ne pensez qu'à l'or. Nos impôts ne rentrent pas. Nos sujets nous disent toujours qu'ils n'ont rien, mais quand ils sentent venir leur fin, ils vous lèguent des fortunes par crainte de l'enfer. Vous êtes des profiteurs de la mort, des charognards, des corbeaux, des vers gluants !

— Un mot de plus et je vous excommunie !

Chilpéric fit un gros effort pour se maîtriser, eut un geste d'excuse et ordonna à un groupe de clercs de venir chanter. Ils se mirent à psalmodier des prières, de manière mièvre et parfois fausse. Satisfait, Eulalius retourna à sa nourriture.

Placée à un bout de table, la plus discrète des suivantes de Galeswinthe n'avait pas perdu un mot de ces controverses. Ce n'était pas que la théologie l'intéressait : elle s'en moquait bien ! Elle n'avait remarqué qu'une chose : pas une fois Chilpéric n'avait eu une parole ni même un regard pour sa femme.

Cela ne l'empêcha pas de se retirer avec elle pour la nuit. Et, le lendemain, eut lieu une cérémonie traditionnelle franque : le don du matin. Quand il s'agissait d'une jeune fille épousée en premières noces, elle recevait de son mari, en compensation de sa virginité perdue, un présent égal à sa dot.

En l'occurrence, Chilpéric avait réservé à Galeswinthe les cinq villes méridionales de Neustrie qu'il s'était fait attribuer au partage. Situées non loin du royaume de son père, elles constituaient pour elle un brillant patrimoine.

Toute la cour était réunie dans la grand-salle de la villa. Chilpéric tenait Galeswinthe par la main. Pour la première fois, elle souriait. Cette cérémonie était la reconnaissance officielle de son état de femme et de reine.

Conformément à la tradition, Chilpéric tenait dans son autre main cinq brins de paille. Il lâcha sa femme, recula d'un pas et lança le premier brin sur elle, en prononçant :

— Bordeaux !

Puis, il fit de même avec les quatre autres en énonçant successivement :

— Béarn, Bigorre, Limoges, Cahors...

Pendant quelques semaines, le couple resta uni. Malgré le peu d'attrait physique de Galeswinthe, Chilpéric était ébloui par son rang. En tant que suivante, Frédégonde se trouvait fidèlement informée de la situation. C'était d'ailleurs cette raison qui lui avait fait demander cette fonction. Elle ne s'inquiétait pas. Elle avait prévu cet engouement passager. Galeswinthe était comme un jouet dont Chilpéric ne s'était pas encore lassé, mais cela viendrait bientôt.

La reine ne passait que les nuits avec son époux. Elle lui avait demandé une pièce à elle. C'était là qu'elle se tenait la plupart du temps. Elle avait également obtenu que lui soit prêté le Jupiter en or faisant partie de sa dot. Il occupait la place d'honneur de sa chambre et elle ne cessait de le contempler.

Ses suivantes lui tenaient compagnie dans la journée. Elle ne s'intéressait qu'à ses Espagnoles en rose ; les autres, les Franques, étaient, pour elle, totalement inexistantes. Elle leur adressa la parole une fois en tout et pour tout, justement pour les mettre en garde à propos du fameux Jupiter d'or :

— Bien que vous soyez trop ignorantes pour le comprendre, cet objet a une valeur inestimable. Malheur à celle qui l'abîmerait ! Je demanderais pour elle, au roi, les pires châtiments !...

Septembre arriva et la cour quitta Soissons pour Berny. Pour Galeswinthe, l'arrivée à Berny fut un cauchemar. A Soissons, dans la villa aux roses, au cœur de l'été, elle n'avait pas trop senti la différence avec son Espagne natale, mais quand elle vit la grossière ferme de bois, elle crut défaillir.

Elle se trouvait brusquement dans un autre monde. Elle était prise au piège entre cette forêt horrible, pleine de bêtes, au brouillard si dense qu'on aurait dit un manteau, et cette bâtisse sinistre, cette grand-salle, avec ses trophées de chasse : des têtes non vidées, à l'odeur effroyable, qu'on laissait en place jusqu'à ce que la décomposition les fasse tomber. Elle perdit le peu de bonne humeur, le peu d'espoir qu'elle avait su conserver, et Chilpéric se lassa vite de cette pleurnicheuse, laide de surcroît. Comme à Soissons, elle avait sa chambre à elle ; il la convia dans la sienne de moins en moins souvent et finit par la délaisser tout à fait.

Frédégonde savait que le passage de Soissons à Berny serait fatal à sa rivale, mais elle ne se pressa pas. Elle était sûre d'elle et elle avait envie de donner une leçon à Chilpéric pour l'avoir si brutalement congédiée. Elle garda sa robe grise ; elle se contenta de la resserrer un peu plus chaque jour, la rendant plus moulante. Elle s'arrangea également pour se trouver aussi souvent que possible sur le passage du roi. Au début, elle garda le regard baissé, puis elle leva les yeux.

Elle sut aussitôt qu'elle n'avait qu'un mot à dire pour qu'il la reprenne, mais elle ne le dit pas. Elle voulait que l'initiative vienne de lui, qu'il lui demande de revenir, qu'il la supplie... Cela se produisit un peu avant Noël : Chilpéric alla vers elle et lui parla humblement, fougueusement, éperdument. Elle fit semblant de réfléchir encore et le suivit dans sa chambre.

Frédégonde était désormais la maîtresse du roi. Galeswinthe était seule, dans ce lieu inaccessible où personne ne pourrait la secourir : elle était perdue. Alors et alors seulement, Frédégonde découvrit ses crocs et elle mordit !

Le soir de Noël, elle reprit ses habits de naguère : sa robe rouge et sa tunique jaune d'or ; elle mit ses bijoux barbares les plus étincelants, se teignit les cheveux en rouge et se maquilla de manière outrageuse.

La cour était en train de prendre le repas de fête

dans la grand-salle aux trophées, quand elle entra. Elle alla directement vers Galeswinthe, assise auprès de son mari et lui dit à haute voix :

— Cède-moi la place !

La malheureuse Espagnole était si surprise et effrayée qu'elle resta figée sans pouvoir ouvrir la bouche.

— Tu as compris ? Va-t'en ! C'est moi qui partage le lit du roi : c'est moi qui dois être à ses côtés. Va au bout de la table où j'étais moi-même avant. On te donnera des restes du repas, s'il y en a !

Toujours muette, Galeswinthe s'était mise à trembler. Les yeux de Frédégonde étaient plus brillants que ses bijoux cloisonnés. Elle s'adressa à Chilpéric :

— Comment avez-vous pu la supporter si longtemps, Seigneur ? N'avez-vous pas remarqué son teint de rat, son début de moustache et sa poitrine inexistante ?

Dans un sursaut de dignité, Galeswinthe fit face.

— Je suis la reine. Je suis fille de roi. J'exige que tu sois châtiée pour ces paroles !

Mais Chilpéric intervint :

— Vous n'avez rien à exiger. C'est moi seul qui commande ici ! Prends place près de moi, Frédégonde.

Galeswinthe s'enfuit en larmes. Dans l'assistance régnait un silence de mort.

Le repas achevé, Chilpéric et Frédégonde se retirèrent dans ce qui était, désormais, leur chambre. Mais ils ne se mirent pas au lit. Ils eurent une discussion fiévreuse. Chilpéric tournait en rond dans la pièce.

— Je ne peux te garder avec moi : j'ai juré sur le doigt de saint Serge de ne pas avoir de concubine. Je ne veux pas aller en enfer !

— Alors, reprenez le rat. Voulez-vous que j'aille le chercher ?

— Tu sais bien que c'est toi que je veux. Je ne toucherai plus Galeswinthe. Rien que cette idée me fait horreur. Mais d'un autre côté...

Chilpéric paraissait au désespoir.

— Je ne peux pas la répudier. Il me faudrait rendre sa dot. Tant de richesses, tant de merveilles...

Frédégonde s'approcha de lui. Son regard se posa sur le sien. Jamais il n'avait été aussi fascinant.

— Il y aurait bien un moyen. Si vous deveniez veuf, vous n'auriez rien à rendre...

— Galeswinthe n'est pas malade.

— Qui parle de maladie, Seigneur ?

Chilpéric eut un sursaut.

— Tu es folle ? C'est la sœur de Brunehaut ! Sa vengeance et celle de Sigebert seraient terribles !

— Comme vous vous alarmez facilement ! Faites-moi confiance...

Chilpéric ne l'écoutait pas. Il entendait Priscus lui décrire la terrible armée austrasienne, qui avait acclamé les mariés ; il se revoyait défait par Sigebert, dans les arènes de Lutèce. Il savait qu'il n'était pas de taille à lutter contre son aîné. Et puis, il y avait cet amour qu'il lui avait toujours porté. Il secoua la tête.

— Grand Loup... Non, je ne peux pas !

Frédégonde retira sa tunique d'or, puis sa robe rouge. Elle apparut nue, avec sa seule ceinture de couleuvre. Mais au lieu d'aller vers son amant, elle se dirigea vers ses anciens vêtements gris, qui traînaient par terre dans la pièce.

— Dans ce cas, je vais redevenir suivante de la reine. Adieu !

Chilpéric se jeta sur elle passionnément.

— Reste !

Frédégonde sourit.

— Aviez-vous vraiment cru que je partirais ? Nous avons toute la nuit devant nous. Rien ne nous presse...

Et ils roulèrent ensemble sur le lit.

Au même moment, à genoux, les mains jointes, dans sa chambre, Galeswinthe priait. Elle implorait le Seigneur, son seul secours, son seul interlocuteur dans la situation où elle se trouvait. Entre deux prières, entrecoupées de sanglots, elle réfléchissait. Demain, elle irait trouver Chilpéric. Elle lui dirait qu'elle renonçait à être reine ; elle lui laisserait sa dot, tout son or, la statuette de Jupiter ; elle lui laisserait son don du matin, Bordeaux et les autres villes. Elle lui demanderait, comme une humble prière, de rentrer chez elle, sans rien, dans le brouillard et la neige, au milieu des loups et des démons, car ainsi elle aurait une petite chance, la seule...

Après une nuit entière de prières et de larmes, Galeswinthe, épuisée, s'était endormie. Elle n'entendit rien quand on entra dans sa chambre.

Quand le coussin se plaqua sur son visage, elle eut un cri étouffé, mais elle se débattit à peine. Sans doute s'attendait-elle à ce qui lui arrivait. Bientôt, elle ne fut plus qu'un corps sans vie. Elle avait perdu son teint de rat : elle était toute blanche... Derrière les parois de bois, un petit jour brumeux se levait sur Berny.

Galeswinthe venait de recevoir son second don du matin...

Ses funérailles eurent lieu le lendemain. En raison de la soudaineté de son décès, on n'avait pas eu le temps de lui confectionner un sarcophage en pierre, avec des motifs gravés, ainsi qu'il convenait aux grands personnages. La reine de Soissons n'eut droit qu'à un cercueil en planches.

Elle fut inhumée dans un champ non loin du palais. Selon la coutume, elle était couverte de bijoux, afin de pouvoir, le cas échéant, les offrir aux esprits, en échange de leur protection. Mais il ne s'agissait pas de ses joyaux à elle. Chilpéric n'aurait pas commis la folie d'enterrer un pareil trésor. Galeswinthe était parée comme une Franque, de verroterie cloisonnée en laiton et en fer-blanc. Conformément aux usages, aucun religieux n'était présent. L'Eglise n'avait pas encore pu imposer un caractère religieux aux funérailles. Elle se contentait, ainsi que Chilpéric l'avait reproché à Eulalius, de recueillir des dons pour le repos des défunts.

La cour assistait, au grand complet, à la

cérémonie funèbre. Tout le monde était figé, dans un silence glacial. Chilpéric avait proclamé que la reine était morte d'une brusque fièvre, mais personne n'y croyait et la réprobation se lisait sur tous les visages. Pour certaines personnes droites, comme Priscus, c'était à cause de l'acte lui-même, mais pour presque tous, c'était à cause de ses conséquences. Le meurtre de Galeswinthe ne resterait pas impuni. On imaginait déjà avec effroi les hordes austrasiennes, ces guerriers invincibles qui ignoraient la pitié, déferler sur le royaume, et on maudissait Chilpéric.

Ou plutôt Frédégonde. Car c'était elle qui commandait à présent : il n'y avait aucun doute à avoir. Alors que tout le monde, y compris le roi, avait revêtu des vêtements sombres qui convenaient à ce jour de deuil, elle n'avait pas quitté sa tenue rouge et or ; elle souriait ostensiblement et, dans un défi supplémentaire, s'était parée des bijoux de sa victime...

Frédégonde tint, d'ailleurs, à mettre les choses au point dès la fin de la cérémonie. Elle demanda un entretien à Chilpéric dans leur chambre et déclara sans préambule :

— Nous allons nous marier. Je veux être vraiment reine !

C'était la première fois qu'elle disait : « Je veux ! » Chilpéric fit semblant de ne pas s'en apercevoir.

— Pourquoi ? Concubine, c'est la même chose. Tes fils seront rois.

— Il ne s'agit pas de mes fils, mais de nous. Je

veux que nous soyons unis dans le crime devant Dieu.

L'exigence était terrible. Chilpéric se contenta d'objecter pauvrement :

— Eulalius ne voudra jamais.

— Il voudra ! C'est une question de prix.

Elle désigna les bijoux qu'elle portait.

— Cela m'a amusée de les mettre à l'enterrement du rat, mais je ne les aime pas. Je vais les donner à l'évêque. Je lui dirai que c'est pour l'âme de la défunte...

Le mariage religieux de Frédégonde et de Chilpéric eut lieu dans la chapelle de Berny, quelques jours plus tard. Comme Frédégonde l'avait prévu, Eulalius avait fait taire ses scrupules quand il avait vu les bijoux. Cette fois, il ne fut pas question de messe en latin. La liturgie eut lieu en langue vulgaire et il n'y eut pas la moindre fausse note dans la cérémonie.

Un banquet fastueux suivit, dans la grand-salle aux trophées de chasse. Frédégonde était rayonnante. A vingt-deux ans, elle était femme de roi, après avoir éliminé deux rivales. Ce jour était son triomphe.

Mais elle était la seule à afficher sa joie. Le reste de l'assistance était étrangement silencieux. Et d'abord, Chilpéric lui-même. Une ride soucieuse lui venait de temps en temps. Avec Galeswinthe, il avait enterré ses rêves de civilisation. En épousant

Frédégonde, il avait choisi la barbarie. Ou plutôt, non. Il n'avait rien choisi. Maintenant, il n'était plus maître des événements.

Les seigneurs francs et leurs compagnes laissaient voir le même souci. L'avenir était chargé de trop de menaces pour qu'ils profitent de la fête. On mangeait comme on l'aurait fait à un repas mortuaire.

Le grand et large vase en or massif, aux parois irrégulières et aux grosses pierres mal taillées, provenant de la dot de Galeswinthe, était posé près des souverains. Il était rempli de vin rouge. Frédégonde eut un petit rire. Elle héla une suivante et lui dit quelque chose à l'oreille. La jeune fille revint peu après, avec un bol rond sans pied. Il était comme les autres, c'est-à-dire malhabile au possible, tout bosselé et tordu ; la seule différence était sa matière : il était d'or pur. La reine se tourna vers son époux.

— Savez-vous ce que c'est ?

Chilpéric eut une moue négative.

— Le Jupiter ! Le fameux Jupiter auquel le rat tenait tant. Je l'ai fait fondre. N'est-il pas plus beau ainsi ?

Elle rit de nouveau, contemplant ce qui avait été un chef-d'œuvre antique et qui était, à présent, un ustensile barbare, le remplit à la grande coupe et le tendit à son époux.

5.

Un chrétien, un païen et un juif

MÉROVÉE, qui venait d'atteindre ses dix ans, vivait l'aventure la plus exaltante de sa vie. Depuis une journée entière, il voyageait, caché par une couverture, sur le dos d'un chameau. Malgré un léger mal de cœur dû au balancement de l'animal, il débordait de joie : il allait enfin voir un combat !

La veille, en effet, on avait signalé à Rouen une arrivée de bateaux bretons dans l'estuaire de la Seine. Les Bretons, peuplade voisine, n'étaient pas des païens barbares. Ils étaient bons catholiques et leur civilisation valait celle des Francs ; seulement, ils n'avaient jamais admis ces derniers. La Bretagne était la seule partie de l'ancienne Gaule que les rois chevelus n'avaient pu conquérir et, de temps en temps, ses habitants faisaient des incursions meurtrières dans le voisinage.

A l'annonce de cette nouvelle, l'archevêque Prétextat avait réuni la garnison de la ville et était parti dans leur direction. Bien entendu, il n'avait pas permis à son filleul de l'accompagner, mais l'enfant avait réussi à se glisser au dernier moment dans le chargement d'un des chameaux qui convoyaient la nourriture et l'équipement...

Cela faisait six ans que Mérovée était à Rouen. Ainsi que son père le lui avait dit, il s'était tout de suite accordé avec son parrain. Paternel et indulgent, l'archevêque l'avait, de son côté, adoré, manifestant pour lui toutes les faiblesses. Il s'était occupé avec bonhomie de son instruction et, pour le reste, l'avait laissé se comporter à sa guise.

Mérovée ne lui avait posé aucun problème. Les petits Rouennais étaient trop intimidés pour l'approcher, mais il ne paraissait pas souffrir de la solitude. Il passait de longues journées à rêver au règne glorieux qui l'attendait, lui qui portait le plus grand nom de tous les Francs, celui de leur ancêtre, fondateur de la dynastie. Souvent aussi, il allait se mesurer contre le scramasaxe pour savoir s'il avait atteint sa taille. A son grand désespoir, ce n'était pas encore le cas ; il était petit pour son âge...

Mais pour l'instant, Mérovée n'y pensait pas. Son chameau venait de s'arrêter et de baraquer. Il passa la tête hors de la couverture. C'était le soir. On faisait halte pour le bivouac. Il décida de se montrer, estimant qu'il était, à présent, trop tard pour qu'on le renvoie à Rouen. En l'apercevant, Prétextat poussa de hauts cris, mais Mérovée comptait sur son pardon et il n'avait pas tort. Le prélat finit par s'adoucir. Son visage un peu empâté, aux yeux très clairs et à la bouche épaisse, qui avait naturellement quelque chose de paisible, se détendit.

— Je sais bien que les fils de rois doivent être

habitués jeunes à la guerre, mais tout de même... Que dirait ton père s'il t'arrivait quelque chose ?

— Il ne m'arrivera rien. J'ai prié saint Martin depuis le début du voyage... Où allons-nous ?

Prétextat eut un soupir fataliste.

— Là où la Seine rencontre la mer. Il y a un village de pêcheurs, avec un temple de Vénus.

— Qui est Vénus ? Une sainte ?

— Une déesse païenne.

— Nous allons secourir des païens ?

— Bien sûr. Ils font partie du royaume.

La conversation entre le parrain et le filleul s'arrêta là. Prétextat donna des ordres à ses soldats pour que Mérovée soit protégé, au besoin au prix de leur vie. Ce dernier s'endormit dans la béatitude. Non seulement il allait voir un combat, mais des païens qui adoraient une déesse !...

La troupe arriva sur les lieux le lendemain, en fin d'après-midi. Depuis quelque temps déjà, en raison de l'épaisse fumée qui s'élevait, on savait qu'il était trop tard. Comme beaucoup, le village était bâti sur un éperon. Peu élevé, mais raide, ce dernier était accessible par un seul côté, dont il suffisait de barrer l'entrée. C'était ce qu'avaient fait les habitants avec de grosses pierres que leurs assaillants avaient dispersées.

Les païens n'avaient pas été pris par surprise ; ils avaient vu venir leurs ennemis et s'étaient soigneusement préparés, comme en témoignait le résultat de l'affrontement. Il n'y avait plus âme qui vive, rien que des cadavres ; même les animaux avaient été tués. Il y avait beaucoup de Bretons parmi les victimes. Ils étaient reconnaissables à leurs armes dont ne se servaient pas les Francs : la hache à deux tranchants, la fronde, mais surtout à leurs cheveux longs.

Les villageois, qui n'étaient pas des soldats, n'avaient pas de scramasaxes à leur disposition. Mais ils s'étaient confectionné des armes qui n'étaient pas moins redoutables. Il s'agissait de grosses massues garnies de clous. L'effet pouvait s'apprécier sur les cadavres bretons : ce n'étaient que crânes éclatés, poitrines déchiquetées et enfoncées.

Les Bretons n'avaient pas fait preuve d'un acharnement moindre. Ils avaient même tué les vieilles femmes. En revanche, il n'y en avait plus de jeunes ni de petites filles ; ils les avaient enlevées avant de s'enfuir.

Ils avaient également mis le feu au village et ce dernier n'existait plus. Les maisons étant faites en claies enduites d'argile, avec un toit en branchages ou en chaume, il n'en restait rien. Même les meubles de bois : coffres, tables, bancs, planches pour dormir, étaient en cendres. Il n'y avait plus que des débris de poterie et de la vaisselle métallique au milieu des braises.

Mérovée regardait sans mot dire. Prétextat se tenait à ses côtés, inquiet, craignant que ce spectacle ne choque sa jeune âme. Il n'en était rien ; Mérovée observait avec attention, curiosité, comme s'il ne voulait perdre aucun détail. Mais brusquement, la vision d'un jeune enfant de deux ans environ, au cou tranché, lui arracha un cri :

— Les petits ! Ils ont tué les petits !

Prétextat lui passa le bras autour des épaules.

— C'est la guerre, Mon Cher Fils.

— Les petits, je croyais qu'on ne pouvait pas !

Mérovée était saisi de fureur. Il commença :

— Quand je serai roi, je...

Il s'arrêta au milieu de sa phrase. Il venait d'apercevoir, au bout du piton, le seul bâtiment du village qui n'avait pas brûlé. Là-bas, se dressait, intact, le temple de Vénus et c'était tellement impressionnant, qu'il en oublia aussitôt le petit cadavre...

Le temple de Vénus était rond, avec de hautes colonnes de marbre impeccablement blanc et un toit de tuiles pointu. Les Francs s'y dirigèrent. Plus ils s'en approchaient et plus les morts étaient nombreux. Attaquants et défenseurs s'y étaient battus avec acharnement, avec furie.

Prétextat en comprenait la raison. Il savait que les prêtresses de Vénus étaient choisies parmi les plus jolies filles de la région. Elles restaient à son service quelques années, jusqu'à ce que, par la grâce de la déesse, elles tombent amoureuses et se marient. C'étaient elles que convoitaient les Bretons et c'étaient elles également que les villageois avaient voulu de toutes leurs forces défendre. L'archevêque et les siens pénétrèrent à l'intérieur du temple. Apparemment, les Bretons avaient eu ce qu'ils désiraient, car aucune prêtresse n'était visible ; les corps qui jonchaient le sol étaient ceux de combattants.

Mérovée ne prêtait aucune attention au carnage ; il était ébloui. Sur tout le mur, il y avait une fresque représentant un bois, avec des oiseaux, des fontaines, des rivières, des fleurs ; des bêtes qu'il connaissait : chiens, chats, renards, cerf et biche, allaient par deux ; mais il y en avait aussi d'autres qu'il n'avait jamais vues. Des couples d'hommes et de femmes nus étaient étendus sur l'herbe et, partout au-dessus, volaient de petits garçons ailés, tenant un arc.

Et ce n'était pas tout ! Au centre du temple, se dressait la statue de la déesse. Vénus était représentée nue, sortant de la mer, figurée par des vagues sous ses pieds. Elle souriait à un coquillage, qu'elle élevait à la hauteur de ses yeux... La statue avait souffert dans l'affrontement : une partie de sa hanche droite avait éclaté.

Le temple comportait une fenêtre unique, du côté opposé à la porte. Les soldats s'y penchèrent... Non, les assaillants n'avaient pas eu gain de cause ! Le temple donnait, de ce côté, sur le vide, et les prêtresses étaient là, une quinzaine de mètres plus bas. Elles s'y étaient jetées, préférant la mort à l'asservissement.

Mérovée, qui était allé regarder avec les autres, poussa un cri :

— Là, il y a quelqu'un de vivant !

Effectivement une forme bougeait faiblement. Bien qu'elle soit vêtue comme les jeunes femmes d'une tunique romaine, c'était un garçon. On alla chercher une corde et un soldat descendit ramener le rescapé. Il parut dans le temple peu après. Il avait une plaie sur sa tête aux cheveux bruns bouclés. Il était extrêmement pâle et perdait beaucoup de sang. Prétextat l'interrogea avec douceur :

— Comment t'appelles-tu ?

— Gallien...

— Comment se fait-il que tu sois vivant ?

— Optata m'a pris dans ses bras quand elle a sauté...

Prétextat comprit : l'une des prêtresses s'était sacrifiée pour lui sauver la vie. Mais qui était-il, pour vivre seul au milieu de ces jeunes filles ?... Il n'eut pas le loisir de lui poser la question. Gallien, visiblement très éprouvé, venait d'éclater en sanglots en constatant que la statue de Vénus était brisée. Il se baissa et en ramassa un morceau, qu'il serra dans sa main et tomba évanoui.

La troupe ne repartit que le lendemain. Il fallut, en effet, que les soldats creusent une vaste fosse pour que les morts, assaillants et défenseurs confondus, aient une sépulture. Prétextat prononça une prière quand elle fut refermée. Pendant ce temps, Gallien délirait sur un brancard improvisé, serrant dans sa main l'éclat de marbre provenant de la statue. Quant à Mérovée, il était rempli de curiosité pour ce jeune païen qui avait à peu près son âge. Il décida qu'il en ferait son compagnon....

Le retour à Rouen fut plus long que l'aller, en raison de l'état du blessé, qui semblait entre la vie et la mort...

Rouen, sur la rive droite de la Seine, était une ville modeste, comparable à Soissons. Ses remparts étaient une simple palissade qui ne protégeait de rien, de nombreux poteaux étant pourris ou manquants. Les seuls bâtiments de pierre étaient la cathédrale, le campanile, abritant un clocher neuf, et le baptistère. Tout autour, s'élevaient des constructions de bois : la maison de l'archevêque et celles de ses serviteurs. Les autres habitations étaient des fermes plus que des maisons urbaines ; elles étaient disséminées au milieu des vignes et des champs. Il n'y avait pas de rues.

Au-delà des palissades, sur une hauteur dominant la Seine, s'élevaient les ruines de la cité antique, Rotomagus. Personne n'y allait, sauf les enfants, car on la disait peuplée de démons qui n'acceptaient qu'eux. Et encore, depuis l'arrivée de Mérovée, les petits Rouennais ne s'y rendaient plus. Rotomagus, avec ses temples, son forum, ses boutiques, ses villas patriciennes et ses maisons populaires à étages était le domaine du seul Mérovée...

Gallien fut installé dans la chambre de ce dernier, elle-même située à l'extrémité de la maison de Prétextat, une longue bâtisse sans étage. Sa blessure à la tête était grave. Il n'avait pas sa conscience et délirait en latin. Il ne se séparait pourtant pas du morceau de la statue de Vénus, qu'il tenait serré dans sa main, même pendant son sommeil.

Matrona s'occupa de lui. Cette femme, dont l'allure imposante et la maternelle bonté correspondaient exactement à son nom, était la gouvernante de Prétextat. Mais outre la tenue de la maison de l'évêque, Matrona pratiquait la médecine. Pour Gallien, elle eut recours au moyen le plus utilisé quand il s'agissait de plaies : les ventouses. Elle mettait sur la tête du jeune garçon des mèches allumées, qu'elle couvrait de petits pots d'argile, ce qui avait pour résultat de le faire hurler. Mais ce remède n'eut pas les effets espérés. Chaque jour, Gallien semblait plus mal.

A la fin, Matrona exposa ses craintes à Prétextat. Le malade était perdu, à moins d'utiliser l'ultime recours : des compresses d'hysope. L'hysope était une plante très rare, poussant dans les pays chauds, qui servait pour la bénédiction solennelle des cathédrales et des lieux saints. Prétextat en avait fait venir un rameau à prix d'or, lorsqu'il avait consacré le campanile. Mais il n'hésita pas. Il donna la précieuse branche à Matrona. Après tout, l'ensemble ecclésiastique de Rouen était complet, avec la cathédrale et le baptistère, et il n'en avait plus besoin.

L'hysope fut donc broyée et appliquée sur la plaie. Matrona cessa immédiatement les ventouses, car nul autre remède ne devait être administré en même temps et le miracle se produisit ! Jour après jour, Gallien alla mieux et bientôt, il retrouva l'usage de la parole.

Après avoir rendu grâces à Dieu et remercié Matrona, Prétextat interrogea le jeune blessé.

— Pourquoi vivais-tu dans le temple ?

Le blessé eut un sourire triste.

— A ma naissance, ma mère m'a abandonné sur les marches et les prêtresses m'ont recueilli.

L'archevêque hocha la tête. Il arrivait aussi que les pauvresses de Rouen et des environs déposent les enfants qu'elles ne pouvaient nourrir devant la cathédrale. Les païennes faisaient de même, cela n'avait rien d'étonnant...

— Et les prêtresses t'ont instruit dans leur religion ?

— Elles m'ont appris le latin et le culte de Vénus.

— Es-tu prêt à l'abandonner, à recevoir de ma bouche l'enseignement du Christ et le baptême ?

— Je ne sais pas. Je ne connais rien du Christ.

— Dès que tu iras mieux, je t'instruirai. Et je suis sûr que tu feras un excellent compagnon pour Mérovée. Quel âge as-tu ?

— Onze ans, je crois.

— Juste un de plus : c'est parfait ! N'est-ce pas, Mérovée ?

Mérovée s'approcha du lit. Il souhaitait de tout cœur avoir l'ami qui lui manquait, mais cette année de plus lui déplaisait. Il fallait mettre d'entrée les choses au point. Il prit une voix énergique :

— Je veux bien de toi, mais sache que je suis fils de roi. Tu devras m'appeler : « Noble Prince. »

Docilement, Gallien répliqua :

— Oui, Noble Prince.

Et tout fut dit...

Il fallut encore une semaine à Gallien pour être sur pied et, dans les premiers jours de l'an 171 après la mort de saint Martin, il put suivre Mérovée pour la première fois. Tout naturellement, ce dernier l'entraîna dans son domaine : la cité antique. Bien qu'on soit en plein hiver, il faisait ce jour-là un soleil splendide.

Les deux enfants étaient aussi beaux l'un que l'autre, mais dans des genres totalement différents. Mérovée, vêtu à la franque, était un vrai fils de son peuple, avec ses yeux bleus, ses cheveux blonds très longs se terminant par une soyeuse ondulation. Ses traits restaient tout imprégnés de l'enfance ; il gardait même quelque chose de poupin.

Gallien, vêtu de la toge, était aussi brun que son compagnon était blond : ses cheveux formant des boucles crépues avaient la noirceur du corbeau. Il était de teint mat et présentait ce profil si particulier qu'ont les statues romaines, avec le nez dans le prolongement du front. De petite taille, lui aussi, il était mieux musclé et bâti. Il faisait incontestablement plus vieux. Il y avait, dans son regard brun et ses lèvres bien dessinées, des expressions qui annonçaient l'adolescence.

Tous deux franchirent la palissade par une brèche et se retrouvèrent devant la ville antique, mais Mérovée, au lieu de continuer tout droit, se mit à suivre les remparts. Au bout de quelques pas, il arriva devant une déroutante construction.

Elle avait la particularité d'être bâtie dans un arbre. A mi-hauteur d'un énorme chêne, avait été installé une sorte de plancher auquel on accédait par un escalier rudimentaire. Une grosse pierre cubique y avait été posée. Au-dessus de celle-ci, un hareng séché pendait au bout d'une ficelle. L'endroit pouvait tout juste contenir trois personnes debout. Mérovée commença l'escalade ; Gallien voulut le suivre, mais le jeune prince l'apostropha :

— Au large, païen ! C'est ici un oratoire de Saint-Martin. Un véritable oratoire ! Il y a une de ses dents sous l'autel. On a été la chercher à Tours. Et le poisson que tu vois, c'est pour représenter le Christ.

Mérovée s'agenouilla devant la pierre et commença ses invocations à voix basse, prenant un visible plaisir à manifester sa supériorité sur son compagnon. Ce dernier resta devant l'étrange édifice, tout étonné.

— Vous priez le Christ, Noble Prince ?

Mérovée fit « non » de la tête.

— On ne peut pas prier Jésus directement. Il est trop grand, trop loin. Il faut prier le saint de l'église où on est et aussi lui dire des choses aimables et flatteuses. Ecoute !...

Il joignit les mains :

— Grand saint Martin, patron de la Gaule, le plus grand des saints qui soient sur terre, demandez, je vous en prie, à Notre Seigneur Jésus-Christ d'être indulgent avec ma mère Audovère et de lui apporter quelque joie. Demandez-lui aussi de faire mourir Frédégonde dans les pires supplices, ainsi que mes frères Théodebert et Clovis pour que je devienne roi de tous les Francs, Amen... Tu as compris ?

— Oui, Noble Prince.

Mérovée descendit alors de son perchoir et prit

le chemin de la cité antique. Là, il fit à son nouveau compagnon les honneurs de son domaine et en particulier de ce qu'il nommait « sa maison ». Il s'agissait d'un immeuble romain à six étages. Il avait l'habitude de se rendre dans l'appartement le plus élevé et d'y passer ses journées... Le panorama y était vraiment magnifique. En bas, étincelait le marbre de l'antique Rotomagus, plus loin, se dressait la nouvelle Rouen, avec son rempart et ses maisons de bois et, tout autour, s'étalait le coude majestueux de la Seine.

En redescendant, le jeune Gallien eut l'occasion de prendre une revanche sur son compagnon. Mérovée le vit se jeter brusquement à terre et se relever, tenant une colombe dans la main. Il s'approcha ensuite d'une table de marbre au milieu du forum.

— Qu'est-ce que tu fais ?

— Je vais sacrifier une colombe à Vénus. Il y a si longtemps que je n'ai pas pu.

— Comment fait-on ?

— Il faut lui ouvrir la poitrine et lui enlever le cœur.

Gallien avait posé l'oiseau sur la table et sorti de sa toge l'éclat de la statue, tranchant comme un couteau, dont il ne s'était pas séparé. Mérovée s'approcha.

— Je peux t'aider ?

Ce fut au tour de Gallien de faire « non » de la tête.

— Vous êtes chrétien, Noble Prince. Ce serait un péché et vous iriez tout droit en enfer...

Mérovée recula. Il regarda, blême d'envie, Gallien inciser le ventre avec sûreté, couper un petit organe rouge, l'exposer au soleil et murmurer quelques mots en latin. Quand ce fut fini, il prit la parole d'un air boudeur.

— De toute façon, cela ne sert à rien. Prétextat m'a dit que les dieux païens n'existaient pas.

— Ce n'est pas vrai. Ils ont été vaincus par le Christ, comme les Romains par les Francs. Le Christ les a mis en prison dans l'enfer. Mais quelquefois, ils arrivent à tromper le diable et ils viennent sur terre faire des miracles.

— Comme les saints ?

— Oui, mais de petits miracles seulement. Comme les petits saints.

Mérovée hésita un instant et se décida.

— Est-ce que tu pourrais demander à Vénus de faire mourir Frédégonde et mes frères ?

— Ce n'est pas possible. Vénus donne l'amour aux gens. C'est tout ce qu'elle sait faire.

— Alors, elle n'est pas intéressante.

— L'amour ne vous intéresse pas, Noble Prince ?

— Non ! Rentrons...

Prétextat entreprit sans attendre l'enseignement religieux de Gallien. Celui-ci consistait essentiellement, outre les prières usuelles, dans la narration des vies de saints. Il commença par les deux saints locaux : saint Chalétric et sainte Baudule.

Saint Chalétric était un ermite qui vivait dans la forêt de Brotonne, en bordure de Seine. Il n'avait, pour toute nourriture, que le lait de sa vache et défrichait autour de lui avec une hache. Il priait beaucoup saint Martin, admirant avec quelle générosité il avait coupé son manteau pour en donner la moitié au mendiant. Il rêvait de l'imiter, mais il était si pauvre qu'il n'avait même pas de manteau.

Un jour, il entendit des cris. C'était un voyageur qui avait eu une jambe arrachée par un ours et qui allait mourir. Chalétric n'hésita pas. Il retourna dans sa clairière, coupa une patte à sa vache avec sa hache et vint la donner au blessé. La patte devint jambe et le voyageur fut guéri. Quelque temps plus tard, ce dernier voulut le remercier et se rendit dans la clairière avec des présents. Il trouva Chalétric mort. Sa vache n'avait pas survécu à l'amputation ni lui-même à la faim.

Depuis, tous ceux qui ont perdu un membre se rendent par bateau sur le tombeau de saint Chalétric au bord de la Seine. S'ils font assez vite et ne meurent pas d'avoir trop saigné, la partie perdue repousse miraculeusement.

L'histoire de sainte Baudule n'était pas moins étonnante. C'était une très belle femme de Rouen, que les hommes poursuivaient de leurs assiduités, mais qui avait décidé de rester vierge pour se consacrer à Dieu. Un jour qu'elle était en grand danger d'être violentée, le Seigneur fit un miracle. Il la fit voler. Mais pour qu'on ne puisse pas voir sous sa robe, il la suspendit la tête en bas et ses vêtements tenaient en l'air aussi fermement que s'ils avaient été de pierre.

Sainte Baudule vécut ainsi toute sa vie, objet de la vénération générale. Aujourd'hui, son tombeau était à Rouen, près du baptistère. Elle était la sainte patronne des fous furieux, qui, eux aussi, marchent sur la tête. Aux grandes fêtes, ils venaient se presser sur sa tombe et beaucoup étaient guéris.

Un jour, Gallien se lassa des vies de saints. Il voulut en savoir un peu plus à propos du Christ et posa à l'archevêque une question toute simple :

— Quand Jésus est-il né ?

Prétextat, très embarrassé, se contenta de répondre :

— Il y a longtemps.

— Combien de temps ?

— Je ne sais pas. Personne ne sait. Il a été crucifié sous Ponce Pilate. Il vivait du temps des Romains. Voilà ce qu'on sait.

Dans la question de Gallien, il entrait une part d'animosité. Il savait fort bien que le Christ avait vécu sous les Romains et c'était précisément ce qu'il lui reprochait.

— Il a pourtant chassé leurs dieux. Croyez-vous qu'il soit honorable de chasser les dieux des gens chez qui on vit ?

Pour une fois, le bon archevêque se fâcha.

— C'étaient de faux dieux ! Si tu veux rester païen, dis-le tout de suite et arrêtons.

Tout ce qu'avait entendu Gallien jusque-là ne l'incitait guère à se convertir, mais il ne voulut pas se prononcer si vite. Il fit ses excuses et se tut...

Quant à l'enseignement scientifique de Prétextat, il était des plus simples et tenait en une seule leçon. Une fois, il exhiba un reliquaire cloisonné, une boîte de forme rectangulaire, et transmit toutes ses connaissances à son élève.

— Le monde est fait comme cette boîte. Sur le fond, se trouve la terre, qui forme un cercle, entouré par la mer Méditerranée. Les autres parois de la boîte sont le ciel. Nous, nous sommes tout près de la mer, puisque la Seine va à sa rencontre. Jérusalem est au centre de la terre et un escalier y monte jusqu'au ciel.

Gallien avait entendu dire, par les prêtresses de Vénus, que la terre était ronde, mais cette fois-là non plus, il n'osa pas contredire l'archevêque...

Le jour de Pâques 171 fut, pour Gallien, mémorable entre tous, car c'était la première fois qu'il assistait à la plus grande fête de la chrétienté. Jusque-là, il en connaissait seulement l'existence : dans son village, c'était un jour comme les autres. De plus, Prétextat, dans l'espoir de hâter sa conversion, l'avait autorisé exceptionnellement à assister à l'office...

La place de la cathédrale de Rouen, calme d'habitude, était le cadre d'une animation extraordinaire. D'abord, les cloches du campanile n'arrêtaient pas de sonner et leur bruit était assourdissant. A leur appel, étaient accourus non seulement les habitants de Rouen, qui n'étaient guère plus de quelques centaines, mais ceux des campagnes avoisinantes, la plupart à pied, certains à dos de chameau. Beaucoup portaient des victuailles et du vin, car la messe de Pâques était traditionnellement suivie d'un festin, qui tournait le plus souvent à l'orgie.

Les paysans avaient mis leur unique habit propre : des pantalons et une tunique sans manches. L'ensemble était jaune, couleur naturelle du lin, car la teinture coûtait trop cher. Les paysannes, elles aussi vêtues de leurs habits de fête, avaient remplacé les inaccessibles bijoux par des fleurs, qu'elles portaient en couronnes, en colliers et en ceintures ; quelques-unes en avaient en bracelets aux poignets et aux chevilles.

Beaucoup de villageois étaient venus avec les animaux de leur élevage : cochons, poules, canards, grues, cygnes. La messe de Pâques était aussi une occasion privilégiée de rencontre et on en profitait pour organiser une foire avant l'office. Le troc allait bon train ; on échangeait les produits de basse-cour, dans un concert de gloussements, de cancanements et de grognements.

C'était autour du tombeau de sainte Baudule, non loin du baptistère, que l'agitation était la plus grande. Les fous s'y bousculaient. Quelques-uns marchaient sur les mains, imitant la posture de la sainte, afin d'obtenir plus sûrement leur guérison ; d'autres hurlaient, d'autres encore se battaient...

Prétextat, sans en venir aux mains, était engagé dans une controverse orageuse avec quatre moines, reconnaissables à leur tonsure et à leur robe sale. Lui-même portait sa plus belle tunique blanche et tenait un bâton recourbé, insigne de sa fonction. Les moines venaient de Bayeux où ils avaient déjà assisté, quatre semaines plus tôt, à la messe de Pâques. Ils prétendaient que Prétextat s'était trompé sur la date de la fête. Celui-ci était hors de lui.

— L'évêque de Bayeux est un âne ! Pâques a lieu le dimanche qui suit la première pleine lune de printemps et le printemps commence le 25 mars !

— Non, le 21 !

Il s'en fallut de peu que Prétextat, oubliant sa légendaire douceur, ne frappe les moines à coups de crosse. Il se contenta de les exclure de la communion et promit de sévères remontrances à l'évêque fautif, qui était son subordonné, car Bayeux dépendait de son archevêché...

Il était environ neuf heures du matin. Gallien et Mérovée, le premier en tunique blanche, le second en costume d'apparat, étaient déjà dans la cathédrale. Mérovée avait, ainsi que l'exigeait le rituel, les bras écartés en croix comme le Christ et attendait dans cette position. Gallien se contentait de garder un silence respectueux, mais c'était loin d'être le cas de tout le monde. Beaucoup s'entretenaient à haute voix et leurs conversations, entrecoupées de rires ou de jurons, étaient amplifiées par la dimension des lieux ; des enfants pleuraient, des chiens, qu'on avait laissé pénétrer, aboyaient.

Enfin, Prétextat, archevêque de Rouen, fit son entrée, précédé de quatre diacres et frappant régulièrement le sol de son bâton. Ceux qui le connaissaient entonnèrent le Trisagon, le cantique d'ouverture, les autres se turent et la messe de Pâques commença... Après le Kyrie et la lecture des textes saints, ce fut le moment du sermon. Prétextat, malgré ses quarante-cinq ans, avait gardé une voix forte. Il s'exprima avec fermeté et douceur à la fois.

— Vous avez, mes chers frères et sœurs, mis en cette occasion solennelle, des vêtements neufs si possible, ou du moins bien propres. Mais vous devez aussi avoir pris soin de votre âme. Il ne sert à rien d'avoir des vêtements propres aux yeux des hommes et une âme sale aux yeux des anges.

Ensuite, il rappela des consignes essentielles, avec la paternelle patience qui était la sienne.

— Ne rendez pas de culte aux arbres, ne priez pas auprès des fontaines. Fuyez les enchanteurs. N'accrochez pas aux branches ni sur vous des exorcismes gravés sur le métal ou la terre cuite. Si vous trouvez dans votre champ une statue romaine, ne la détruisez pas, si vous la trouvez belle, mais ne l'adorez pas...

Après d'autres conseils du même genre et quelques mots sur la résurrection du Christ, il en vint aux exhortations finales, qu'il savait, par expérience, inutiles :

— Pâques est un jour de joie et, tout à l'heure, vous allez manifester votre liesse. Vous avez jeûné pendant toute la semaine et vous vous êtes abstenus de commerce charnel depuis le vendredi saint. Mais ne vous livrez pas à la goinfrerie ni à l'ivrognerie. Que les femmes ne dansent pas nues. Ne commettez pas l'acte de chair à la vue de tous...

Un silence relatif succéda à ces dernières paroles. Un diacre s'avança alors vers l'autel, venant du fond de la cathédrale. Il portait un gros et lourd calice d'argent en forme de tour, qui contenait le pain consacré. Prétextat bénit l'assistance et tous ceux qui n'avaient pas l'intention de communier se retirèrent. Les autres se mirent en marche vers la Sainte Table.

Gallien ne pouvait faire autrement que de sortir et Mérovée l'imita. Une fois dehors, ils purent constater à quel point les conseils de l'archevêque avaient été vains. Après la messe, c'était la bacchanale ! Les paysannes, dont aucune n'avait voulu prendre part à la communion, étaient en train de se dévêtir. Leurs compagnons s'occupaient de la ripaille. Certains mettaient des tonneaux en perce, d'autres faisaient rôtir des morceaux de mouton ou de porc. Les fous, qui n'avaient pas quitté le tombeau de sainte Baudule pendant la messe, étaient rendus plus excités encore par l'agitation environnante ; ils se livraient à des démonstrations de frénésie indescriptibles, se frappant eux-mêmes ou entre eux, en hurlant de rire...

Mérovée interrogea son compagnon, tandis que

les paysannes commençaient à faire des rondes en chantant toutes nues.

— As-tu décidé de devenir chrétien ?

— Je ne sais pas encore...

Mérovée n'insista pas. Il n'avait, dans le fond, aucune envie de voir son compagnon se convertir. Il adorait le voir sacrifier ses colombes, ce qu'il n'avait pas cessé de faire, malgré l'enseignement de Prétextat. De plus, il était sûr que Vénus pouvait faire autre chose que donner l'amour aux gens. Si Gallien l'invoquait comme il fallait, elle devait pouvoir l'aider, elle aussi, à devenir le plus grand roi de tous les Francs. Plus il y réfléchissait et plus il était persuadé qu'un chrétien et un païen ensemble pouvaient accomplir de grandes choses...

Peu après, Gallien renonça définitivement au christianisme. Deux raisons bien différentes y contribuèrent. La première fut la rencontre avec le moine.

Celui-ci était un copiste qui venait d'arriver à Rouen. Prétextat l'avait fait venir de Tours, le plus grand centre religieux de Gaule, pour reconstituer la bibliothèque, dont les rares livres partaient en lambeaux. Le religieux, qui était venu avec tout son matériel : parchemins, encres multicolores et outils de reliure, s'était mis sans attendre à la tâche.

Peu après son installation, Gallien décida d'aller le voir, espérant recueillir des lumières auprès de cet érudit. C'était un petit homme au teint rubicond et à l'aspect jovial. Tout fier de l'attention dont il était l'objet, il exhiba le travail qu'il était en train d'accomplir : une page de format carré couverte d'une écriture serrée. Dans la marge, étaient dessinés des animaux grossièrement stylisés et sans aucun souci de réalisme : il y avait des serpents rouges, des chiens verts, des poissons jaunes.

— C'est la vie de sainte Docrovée. Docrovée était une riche Romaine, si belle que tous les hommes entraient en érection en la voyant. L'empereur lui-même en tomba amoureux et la voulut dans son lit. Mais Docrovée était chrétienne et refusa. Elle fut condamnée à être dévorée dans le cirque. Mais en la voyant, les bêtes, elles aussi, entrèrent en érection et ne lui firent pas de mal. Depuis, sainte Docrovée est la patronne des hommes impuissants. Chaque fois qu'ils l'invoquent, elle les guérit.

— Et ces dessins, quel rapport ?

— Aucun. C'est pour la beauté... A présent, je vais écrire la vie du grand saint Litorius. Pour cela, il me faudra au moins trois pages.

Le moine alla vers la pile de parchemins qu'il avait apportés avec lui, se saisit d'un stylet pointu et découpa soigneusement trois feuillets de mêmes dimensions que le premier. Puis il s'empara d'une pierre ponce et se mit à gratter l'un d'eux, car il portait déjà un texte. Gallien se pencha et poussa un cri.

— Mais c'est l'*Enéide !*

— Je ne sais pas. C'est l'œuvre d'un païen, en tout cas.

— Et, pour la vie de sainte Docrovée, vous en avez effacé un autre passage ?

Le petit moine rougeaud continua à gratter avec application.

— Oui, bien sûr...

Gallien révérait par-dessus tout l'*Enéide,* l'épopée de Virgile à la gloire de Vénus, et il ne put admettre ce sacrilège. Il alla aussitôt trouver Prétextat et lui fit part de ses intentions.

— Pardonnez-moi, Très Saint Père, mais je suis trop attaché à ma religion pour pouvoir la quitter.

Le bon archevêque exprima sa désolation, tenta de le faire revenir sur sa décision, mais, voyant que c'était peine perdue, finit par conclure :

— Je préfère un païen qui soit pur dans son âme qu'un chrétien méchant et fourbe. Promets-moi au moins d'être toujours fidèle à Mérovée.

— De tout mon cœur, Très Saint Père !...

Gallien ne mentait pas : il était fidèle à Mérovée ; le mot était même trop faible... C'était la première fois, lui qui avait été élevé au milieu des femmes, qu'il rencontrait un garçon. Il en avait été émerveillé, il s'était laissé guider par lui, pour découvrir ce monde dont il ignorait tout et comme, en même temps que sa guérison, il était devenu homme, il était tombé tout simplement amoureux de son compagnon.

Gallien n'avait pas tenté de se rebeller contre ce sentiment, qui lui avait paru la plus naturelle des choses. N'était-il pas courant, dans tous les textes que lui avaient lus les prêtresses, que deux jeunes gens s'éprennent l'un de l'autre ? C'était même dans un poème de Virgile chantant ce genre d'amour qu'il avait appris à lire : « *Formusum pastor Corydon ardebat Alexim...* [1] » Les prêtresses de Vénus lui avaient toutes dit qu'il vivrait un grand amour. Optata elle-même le lui avait promis en se sacrifiant pour lui. Elle lui avait crié, tandis qu'elle sautait dans le vide, le tenant dans ses bras : « Tu aimeras et tu seras aimé !... »

Voilà, c'était fait : Gallien aimait Mérovée. Il était beau, il était prince, il lui avait sauvé la vie : que demander de plus ?... Maintenant, il fallait que Mérovée l'aime à son tour. Et telle était la seconde raison, la plus profonde, la plus forte, qui le faisait rester païen : prier Vénus de rendre Mérovée amoureux de lui.

D'après tout ce que lui avait dit Prétextat, aucun saint ou sainte n'avait le pouvoir de donner l'amour aux gens. Vénus était la seule qui pouvait exaucer son rêve. Et désormais, chaque fois qu'il ouvrait la poitrine d'une colombe et élevait le petit morceau rouge encore palpitant vers le soleil, il murmurait en latin :

— Vénus, je t'en prie, sors de l'enfer et fais que Mérovée partage mon amour...

Ce dernier était à mille lieues de se douter de l'état d'esprit de son compagnon. Une telle chose était pour lui, comme pour tous ceux de son peuple, totalement inconcevable ; à la différence de ce qui se passait dans l'Antiquité, l'homosexualité était inconnue chez les Francs... Lui aussi, en atteignant

1. Le berger Corydon brûlait d'amour pour le bel Alexis.

ses onze ans, était parvenu à la puberté. Il avait grandi d'un seul coup et dépassé la taille du scramasaxe. Pourtant, ce changement ne lui avait pas apporté l'euphorie attendue, car étaient survenus en même temps des songes douloureux.

Il rêvait à une femme, mais cela n'avait rien d'agréable, bien au contraire. Il rêvait à la femme en rouge, à Frédégonde. Prétextat lui avait appris l'abominable meurtre de Galeswinthe et, à la haine qu'il éprouvait pour elle, s'ajoutait à présent de la peur. Son rêve était toujours le même : il entrait dans la chambre de Soissons, la surprenait avec son père, mais Chilpéric ne le défendait pas. Il laissait Frédégonde se jeter sur lui et l'égorger... Ces cauchemars à répétition, dont il ne voulut parler à personne, finirent même par provoquer en lui une crainte maladive des femmes.

Quelque temps plus tard, les nouvelles que lui rapporta son parrain contribuèrent à le rassurer... Quand il avait su le meurtre de Galeswinthe, Sigebert avait réuni son armée. Il allait envahir le royaume de Soissons, lorsque Gontran avait proposé son arbitrage, en tant qu'aîné. Sigebert avait fini par se laisser convaincre. Il avait accepté de son frère, en dédommagement du meurtre de Galeswinthe, son don du matin : les cinq villes de Neustrie, Bordeaux, Limoges, Cahors, Béarn et Bigorre.

Pourtant, Brunehaut s'était dressée contre cet arrangement. Alors que seuls les rois ont la parole, elle s'était permis d'intervenir. Elle avait dit que cinq villes ne rachetaient pas le meurtre de sa sœur, que le sang appelait le sang. Elle avait dit que la loi franque était barbare, que seul le droit romain était digne de respect. Elle n'avait pourtant pas eu le dernier mot et la paix civile avait été sauvée...

Mérovée ne connaissait pas la loi franque et son parrain lui en détailla à cette occasion les merveilles. Tous les délits possibles et imaginables pouvaient se racheter, selon un tarif d'une extrême précision. La vie d'un archevêque valait neuf cents sous d'or, celle d'un homme libre deux cents, celle d'un esclave trente. Une main coûtait cent sous, un pouce cinquante, un index trente-cinq. Et ainsi de suite : toucher le bras d'une femme mariée, trente sous, le sein, cinquante ; tuer ou voler un porc adulte, dix sous, un porc de deux ans, huit sous, à la mamelle, quatre sous ; arracher la tête d'un ennemi fichée sur un pieu, dix sous ; mettre un cadavre dans une tombe déjà occupée pour profiter de ses protections, vingt sous, etc.

Les années passèrent... Au grand soulagement de tous, l'accord conclu entre Sigebert et Chilpéric tint bon et la paix continua de régner entre les Francs...

Mérovée et Gallien n'avaient pas quitté Rouen. Ils restaient inséparables. Ils passaient d'interminables journées à rêver dans la ville antique. Mérovée parlait de la grandeur de son futur règne et Gallien l'écoutait... A près de dix-sept ans, le jeune prince était encore vierge. Les cauchemars de la femme en rouge le hantaient toujours et, alors que toutes les Rouennaises tournaient autour de lui, il les repoussait avec obstination.

Gallien, qui, pour des raisons différentes, fuyait lui aussi le commerce des femmes, en concevait une immense espérance : Vénus était en train de l'exaucer. Mérovée ne lui ayant rien dit des sentiments qui l'agitaient, il s'imaginait qu'il était épris de lui, mais qu'il ne s'en était pas encore rendu compte. Quand le moment viendrait où il en prendrait conscience, leur bonheur serait sans limites !

C'est dire la désillusion qui l'attendait le premier jour de l'année 178 après la mort de saint Martin...

Le 1er janvier, la population s'adonnait aux pires excentricités. Les hommes et les femmes se déguisaient en animaux et dansaient en invoquant Janus, l'antique dieu présidant à ce jour, dont le culte, malgré l'Eglise, n'avait pas été oublié. Prétextat interdisait rigoureusement ces pratiques, ce qui n'empêchait pas les Rouennais de s'y livrer en secret dans un endroit connu d'eux seuls.

Mais cette année-là, l'archevêque avait été retenu à Paris pour un synode destiné à régler des problèmes ecclésiastiques et quelques points de théologie. Il n'avait même pas pu célébrer la messe de Noël ; un de ses diacres s'en était chargé. Aussi, en son absence, ses ouailles ne se gênèrent pas pour fêter le nouvel an au grand jour...

Ils passèrent toute la nuit du 31 décembre à mettre des tonneaux en perce et à ripailler à la lueur des torches. Les soldats de la garnison, bien loin de tenter de les en empêcher, s'étaient joints à eux ;

Mérovée et Gallien, intrigués, firent de même. Ils burent tous deux plus que de raison et, au matin, ils étaient plus qu'éméchés.

Ils virent alors les habitants de la ville se parer de dépouilles d'animaux et mettre sur leur visage des têtes vidées de vache, de veau, de porc, de mouton ou de sanglier. Bientôt, Rouen n'eut plus rien d'humain. Ce ne fut qu'un gigantesque troupeau mugissant, bêlant ou grognant.

Puis, spontanément, une chaîne se forma. Les gens se prirent par la main et se mirent à serpenter en dansant, sans cesser de pousser des cris de bêtes. Un sanglier menait la file ; après quelque temps, il l'entraîna dans le baptistère où elle disparut tout entière. Mérovée et Gallien ne purent pas résister à la curiosité et entrèrent à leur tour...

Un spectacle déconcertant les y attendait. Les cierges avaient été allumés et ils illuminaient le lieu de culte de manière vive. Les danseurs, se tenant par la main, tournaient autour du bassin ; ils s'étaient dévêtus jusqu'à la ceinture, sans doute pour montrer s'ils étaient homme ou femme et chantaient à tue-tête :

— Janus ! Janus ! Rends-nous l'année favorable !

Un cri échappa au jeune prince. Là, au milieu du bassin consacré, se dressait une statue de Janus. Le dieu romain était figuré, selon la tradition, avec ses deux visages regardant dans deux directions opposées. Mérovée en eut le souffle coupé. Ainsi la croyance en Dieu de ces gens n'était qu'une façade !

Prétextat n'était plus là et, dès qu'il avait le dos tourné, tous retournaient au paganisme.

Il voulut faire part de sa surprise à Gallien, mais il n'en eut pas le temps. La ronde s'arrêta soudain. Il eut à peine le temps de comprendre ce qui lui arrivait. Une femme à tête de porc s'était jetée sur lui et avait entrepris de le déshabiller. L'ivresse aidant, il ne résista pas. Il trouvait, au contraire la chose très amusante et répondit à ses caresses. Ce fut ainsi que le fils de Chilpéric, qui portait le plus grand nom de tous les Francs, découvrit l'amour avec une femme-truie... Il ne vit pas que, non loin de lui, Gallien en pleurait de douleur et de rage.

Au contraire, lorsque, peu après, leur union consommée, les couples se séparèrent et que la danse recommença, il prit place dans la ronde et chanta à pleins poumons avec les autres :

— Janus ! Janus ! Rends-nous l'année favorable !

Il n'avait plus peur des femmes. Il était heureux...

Prétextat n'était toujours pas rentré lorsque Priscus arriva à Rouen, à la tête d'une petite troupe. L'homme de confiance de Chilpéric alla trouver Mérovée. Il était grave.

— J'ai ordre de vous ramener à Soissons, Noble Prince. Vous n'êtes plus en sécurité. Les troupes de Sigebert ont envahi la Neustrie. Elles sont peut-être tout près d'ici.

Mérovée tomba des nues.

— Je croyais que mon oncle Gontran avait imposé un accord.

— Oui, mais votre père l'a rompu. Il a décidé de récupérer le don du matin de Galeswinthe. Il a confié une armée à votre frère Théodebert pour prendre Bordeaux.

— Comment a-t-il pu faire cette folie ?

Le juif regarda Mérovée dans les yeux.

— Chilpéric n'est plus roi de Soissons. Il n'est que le mari de Frédégonde. C'est elle qui décide de tout à présent. Nous devons partir, Noble Prince, votre vie est en danger.

— Mais je hais Frédégonde et elle me hait aussi !...

— Croyez-vous que Sigebert le sache et qu'il s'en soucie ? Votre tante Brunehaut veut une vengeance totale, l'anéantissement de votre famille. C'est elle qu'il écoutera.

Il n'y avait rien à répliquer. Mérovée poussa un soupir, alla faire ses bagages et, suivi de Gallien, quitta Rouen... Il y avait passé treize ans de sa vie. Il avait, certes, grandi pendant tout ce temps ; son scramasaxe, qu'il portait à la ceinture, était parfaitement proportionné à sa taille. Mais intérieurement, il n'avait pas changé ou presque. Il était resté l'enfant rêveur, à la fois enthousiaste et violent qu'il était en venant. Cela se lisait sur son visage, curieux mélange de traits poupins et virils. Il était toujours sûr d'être un jour le plus grand de tous les Francs, même s'il se demandait maintenant comment la chose allait être possible.

6.

Le ciel de Paris

SIGEBERT avait deux armées. La principale, dont il avait pris la tête, arrivait aux environs de Saint-Denis. Comme à son habitude, il avait formé son avant-garde avec les plus sauvages de ses guerriers germains, ceux qui n'étaient pas venus à son mariage, qui faisaient des sacrifices humains et pratiquaient l'anthropophagie rituelle. Pour eux, on avait renoncé à appliquer la loi la plus sacrée des Francs : ils n'avaient pas les cheveux coupés. D'ailleurs, ils n'étaient pas francs ; leurs peuplades n'avaient pas de noms. Avec leurs tignasses hirsutes qui leur descendaient jusqu'aux fesses, ils ressemblaient plus à des bêtes qu'à des hommes.

Ils riaient beaucoup, aussi. A la différence du reste des soldats, le butin ne les intéressait pas. Ils n'avaient que faire de l'or. N'ayant, bien entendu, pas la moindre idée des raisons du conflit, ils étaient venus pour une seule chose : tuer, et tuer les faisait rire. La vision d'un village ou d'un monastère déclenchait par avance leur hilarité... L'armée était annoncée par un énorme éclat de rire, qui était bien plus effrayant que les pires clameurs guerrières.

Ensuite, venaient Sigebert et ses Austrasiens. Eux, étaient armés de manière traditionnelle. Méthodiquement, au scramasaxe, au javelot ou à la francisque, ils exterminaient tous ceux que, dans leur impétuosité brouillonne, les barbares avaient oubliés, ne laissant en vie que les petits enfants. Ils procédaient également au pillage systématique, non seulement des objets précieux, mais de tout ce qui pouvait avoir une valeur. Ainsi, les maisons de bois étaient soigneusement démontées et les planches et les clous chargés dans des chariots prévus à cet effet.

Sigebert était entouré de ses principaux chefs. Comme toujours, son cheval, son équipement et ses armes ne brillaient pas d'un éclat particulier, mais c'étaient les meilleurs qu'on pouvait trouver. Il avait juste quarante ans et ne les paraissait pas. Il n'y avait pas un fil blanc dans ses longs cheveux noirs ni dans sa barbe, taillée en carré. Il portait la francisque, son arme favorite et, autre emblème qui lui était propre, avait mis sur ses épaules une dépouille de loup, dont la gueule ouverte lui faisait une sorte de casque.

Derrière encore, entourée des Germains civilisés : Alamans, Bavarois, Thuringiens, venait la reine Brunehaut, qui, contrairement à tous les usages, avait suivi son mari à l'armée.

Elle allait dans un char doré tiré par quatre bœufs. Assise, quelquefois étendue, légèrement dressée sur les coudes, elle était vêtue, comme presque toujours, de bleu ciel et de bleu marine et l'harmonie restait parfaite avec son teint mat, ses yeux bleus et sa chevelure noire.

A trente ans, Brunehaut était une femme mûre, mais n'avait pas perdu son charme. Trois maternités, deux filles suivies d'un garçon, en avaient fait une créature épanouie et opulente. Le dernier de ses enfants, son héritier Childebert, un charmant blondinet de cinq ans, qui ne ressemblait ni à elle ni à son père, était à ses côtés. De temps à autre, elle le prenait dans ses bras.

Brunehaut affichait le plus grand calme ; un léger sourire ne la quittait pas. Et pour tout observateur perspicace, cette mère qui tenait son enfant avec grâce était bien plus redoutable que les féroces guerriers qui l'entouraient.

Cette guerre, c'était elle qui en avait fixé les objectifs, qui en était l'âme. Elle n'avait jamais admis le scandaleux marchandage lui attribuant cinq villes contre la vie de sa sœur et voilà que l'adversaire rompait le premier l'accord. C'était inespéré ! Elle allait pouvoir anéantir Chilpéric, sa descendance et la criminelle, celle qu'elle n'appelait jamais autrement que « la chienne des marais ».

Ce n'était pas tout. Si l'armée se trouvait à cet instant à Saint-Denis, c'est qu'elle avait pour objectif Paris. Non sans mal, Brunehaut avait convaincu son mari de violer le serment qu'il avait prononcé à Chalon : il entrerait, malgré l'interdiction, dans la grande ville de Neustrie. Chilpéric serait éliminé, Gontran était trop faible pour tenter quoi que ce soit : bientôt, Sigebert et elle seraient roi et reine de tous les Francs et Paris serait leur capitale !

Ce fut bien en reine que Brunehaut fit, deux jours plus tard, son entrée dans Paris. Elle était sur son char, assise sur un trône doré, prévu pour la circonstance, avec Childebert sur ses genoux. Ses suivantes en soie rose se tenaient debout derrière. Exceptionnellement, pour frapper le peuple, elle avait renoncé à sa trop discrète harmonie de bleus ; elle portait, par-dessus sa robe bleu ciel, une tunique jamais vue, faite uniquement de fils d'or. De même, au lieu de son camée raffiné, elle arborait des bijoux cloisonnés.

Le résultat fut à la mesure de ses espérances. Les Parisiens, qui avaient conservé le souvenir des épouses et concubines de basse extraction de feu Caribert, eurent le souffle coupé devant cette beauté rayonnante, ce port d'impératrice. Mais Sigebert eut le même succès.

Il chevauchait à côté de la reine et sa carrure puissante, sa prestance en imposaient autant que la beauté de son épouse. De plus, tout comme elle, il avait soigné son apparat. Il avait des armes d'or et montait un cheval blanc magnifique. Il n'avait conservé que sa dépouille de loup, formant à la fois cape et casque, mais cet ornement n'était nullement déplacé ; bien au contraire, il lui donnait l'indispensable allure guerrière qui convenait à son rang.

Derrière le couple, les troupes, comprenant les Austrasiens et les Germains civilisés, défilaient dans un ordre inhabituel. Par calcul politique, Sigebert avait laissé les barbares à Saint-Denis. Là, ils se conduisaient de la plus épouvantable façon. Après avoir dévasté la basilique et tué les religieux, ils traquaient les habitants terrorisés, qui se terraient dans les bois.

Mais les Parisiens s'en moquaient. Ils voyaient arriver une armée disciplinée et non une horde d'envahisseurs. Ils voyaient surtout un roi et une reine et c'était la première fois depuis longtemps. L'accord de Chalon les avait humiliés et frustrés. Paris avait été capitale de la Neustrie et même, naguère, du royaume franc tout entier. Alors, privés depuis si longtemps de souverains et en voyant d'aussi superbes, les Parisiens donnèrent libre cours à leur enthousiasme. Les cris de « Vive le roi ! », « Vive la reine ! », retentirent de manière de plus en plus frénétique. Ils accompagnèrent Sigebert et Brunehaut jusque dans le palais de la Cité.

Une fois seuls, ceux-ci se jetèrent dans les bras l'un de l'autre, riant de bonheur. Mais leur joie fut de courte durée. Un personnage entra dans la pièce, écartant les gardes... C'était le vieil évêque Germain. Paris était riche et cela se voyait à ses vêtements sacerdotaux : sa toge pourpre était du tissu le plus fin, sa crosse était terminée par une volute en or. Elle lui servait de canne, car il marchait avec difficulté, respirant bruyamment. Cela ne l'empêcha pas de prendre la parole d'une voix forte. A la surprise du couple, il s'adressa à Brunehaut ignorant Sigebert :

— Qu'êtes-vous venue faire ici, Reine ?

Brunehaut releva l'interpellation :

— Pourquoi est-ce à moi que vous parlez ?

— Parce que chacun sait que c'est à votre instigation que le roi agit. Je répète : qu'êtes-vous venue faire ici ?

— Combattre Chilpéric. Ignorez-vous qu'il a trahi son serment, qu'il tente de reprendre le don du matin de ma sœur ?

— Pour cela, vous avez une autre armée dans le sud. Mais qu'êtes-vous venue faire à Paris où vous n'aviez pas le droit de pénétrer ?

Brunehaut se tut. Elle se méfiait de son bouillant caractère et elle n'aurait pas voulu injurier un évêque. Après un moment de silence, Germain reprit la parole d'une voix plus forte encore :

— Qu'êtes-vous venue faire, sinon la guerre pour prendre un royaume qui ne vous appartient pas ? La guerre va ensanglanter la Gaule et la ruiner. La prophétie de Joël va s'accomplir : « La sauterelle mangera les récoltes, la chenille mangera les restes de la sauterelle, les vers, les restes de la chenille, et la rouille, les restes du ver. »

Brunehaut gardant obstinément le silence, le religieux s'adressa enfin à Sigebert :

— Et vous, Roi, avez-vous oublié tout sentiment ? N'avez-vous pas été élevé avec Chilpéric et ne l'aimiez-vous pas tendrement ? Si vous tourniez vos armes contre lui, jamais guerre n'aurait davantage mérité le nom de fratricide !

Sigebert baissa la tête sans répondre, mais sa femme intervint vivement.

— Depuis quand les évêques commandent-ils aux rois ?

Germain la considéra avec gravité.

— La malédiction de Dieu est au-dessus de votre tête. Renoncez, avant qu'elle ne s'abatte sur vous !

Brunehaut haussa les épaules et décocha un regard noir à l'évêque. Alors, sans ajouter un mot, celui-ci quitta la pièce, en s'appuyant lourdement sur sa crosse.

A peine était-il parti que Sigebert poussa un soupir.

— Le saint homme a raison : Chilpéric, Chien Batailleur, je ne pourrai pas...

— Vous n'allez pas vous laisser ébranler par ce vieillard ?

— Vous ne comprenez pas ? Chilpéric est mon frère et je l'aime toujours quoi qu'il ait fait.

Du coup, Brunehaut explosa :

— Et ma sœur : vous croyez que je ne l'aimais pas ? Elle s'appelait Galeswinthe. C'était la faiblesse et l'innocence mêmes et ils l'ont tuée, Chilpéric et la chienne des marais !

Le puissant et redoutable Sigebert n'était, en cet instant, qu'un être désorienté, perdu.

— Je crains que la force me manque au dernier moment...

— Quel est le lieu le plus sacré de Paris ?

— Pourquoi cela ?

— Répondez-moi !

— L'église Saints-Pierre-et-Paul, près des arènes de Lutèce. Elle contient les tombeaux de sainte

Geneviève, de sainte Clotilde et du roi Clovis. C'est là que nous avions juré, autrefois, mes frères et moi, après la mort de Clotaire.

Tout en parlant, Sigebert voyait des images défiler : Chien Batailleur et lui s'affrontant en combat singulier dans les arènes. Chien Batailleur, si touchant dans sa vanité, sa naïveté. Il aurait pu aisément le tuer, mais il l'avait épargné. Et maintenant, il fallait aller jusqu'au bout ?... Il s'imaginait, après l'avoir jeté à terre, lui enfonçant son scramasaxe dans la poitrine. Il était au comble du désarroi.

Brunehaut lui prit la main.

— Venez !

— Quoi faire ?

— Jurer...

Sigebert voulut appeler sa garde, mais Brunehaut secoua la tête.

— Pas d'escorte. Allons-y seuls !

Et, quelques minutes plus tard, les Parisiens découvrirent le surprenant spectacle du roi et de la reine d'Austrasie cheminant la main dans la main. Il y eut, au début, quelques acclamations, mais la mine fermée de Brunehaut les fit taire...

Le couple traversa le pont en face de Notre-Dame et gravit la montagne Sainte-Geneviève. C'était le couchant et les tons rouges étaient magnifiques. Ils ne parlaient ni l'un ni l'autre. A l'approche des arènes, Sigebert détourna le regard. L'église Saints-Pierre-et-Paul apparut tout de suite après. Ils y entrèrent.

Elle était éclairée par un cierge unique, mais de

grandes dimensions, d'un poids d'au moins vingt livres. Il n'y avait qu'une seule personne sur les lieux : un diacre, qui priait au pied de l'autel. Brunehaut lui demanda où étaient les tombeaux. Après un moment de surprise, il désigna l'escalier conduisant à la crypte. Il voulut les guider, mais la reine lui ordonna de quitter les lieux. Elle se saisit elle-même du lourd cierge et, précédant son mari, descendit les marches.

La crypte, de forme circulaire, était fort petite, mais nul endroit n'était plus impressionnant. Ils étaient là, dans trois sarcophages simples et massifs : sainte Geneviève, dont les prières avaient triomphé d'Attila et des Huns, Clovis, le conquérant de la Gaule, et sainte Clotilde, son épouse, qui l'avait converti au christianisme... Malgré eux, Sigebert et Brunehaut frissonnèrent. La voix de cette dernière s'éleva ; dans cet endroit confiné, elle avait un son caverneux, sépulcral.

— Si vous jurez sur ces tombeaux, vous sera-t-il possible de renier votre serment ?

— Comment l'imaginer ? J'irais droit en enfer !

— Alors, répétez après moi ! « Sur ces reliques sacrées, je jure de tuer Chilpéric et toute sa descendance... »

Sigebert répéta, d'une voix blanche. Brunehaut poursuivit :

— Quant à la chienne des marais...

— Je jure également de la tuer...

— Non ! Vous la ramènerez vivante, afin qu'elle périsse dans les supplices !

Sigebert jura... Quand ils sortirent de l'église, Brunehaut regarda son mari : il était blême, tendu à l'extrême, mais résolu. Elle comprit que, désormais, il ne faiblirait plus et en éprouva un immense soulagement.

L'évêque Germain était parfaitement renseigné quand il avait dit que les Austrasiens avaient une seconde armée plus au sud. Sigebert l'avait confiée à son meilleur capitaine, Gontran Boson. Il avait pour mission de rattraper Théodebert et de l'écraser. Dès que ce serait fait, Sigebert lui-même se mettrait en route, avec l'armée principale, vers Soissons, afin d'exterminer Chilpéric et les siens.

S'il était un bon chef de guerre, Gontran Boson ne brillait guère par ses qualités morales. Grand ami de l'évêque Aegidius et du comte Rauching, il était tout aussi cruel et fourbe qu'eux. Il était bel homme, avec sa haute taille, son visage séduisant, ses cheveux roux, coupés en queue de cheval, et sa barbe en collier, mais pour qui l'observait attentivement, la fausseté apparaissait dans certains de ses regards et de ses sourires.

L'armée de Gontran Boson, uniquement composée de Francs, à l'exclusion des Germains, était peu nombreuse. Sigebert, bien renseigné sur les piètres qualités militaires de Théodebert, l'avait estimée suffisante pour le battre. Et Théodebert devait être, lui aussi, de cet avis, car il avait entamé une fuite éperdue et chaotique. La principale difficulté qu'éprouvait Gontran Boson n'était donc pas de vaincre son adversaire, mais de le rencontrer...

Théodebert, fils aîné de Chilpéric, avait juste vingt ans et pourtant, on l'aurait pris pour le père de son cadet Mérovée ou presque. C'était un véritable colosse, pas loin d'être un géant, très brun, avec les cheveux et la barbe hirsutes. Il mangeait et buvait comme quatre et avait pour habitude de ne s'arrêter que quand le trop-plein de nourriture et de boisson le faisait vomir. Il allait alors se coucher avec la première qui passait.

C'était ainsi que malgré son jeune âge, Théodebert était déjà père de trois filles, une de huit ans, une de six et une de un an. Il avait promis à celle qui lui donnerait un héritier d'en faire sa concubine. Pour l'instant, ce n'était pas le cas et il continuait à copuler au hasard, le physique de ses compagnes de rencontre lui étant pratiquement indifférent...

Théodebert avait été rempli de fierté quand son père lui avait confié son armée. L'air de dépit de son frère Clovis l'avait fait rire de bon cœur ; il regrettait seulement que Mérovée n'ait pas été là lui aussi, pour assister à son triomphe. Il était parti euphorique pour Bordeaux, mais tout avait changé quand il avait découvert l'armée ennemie.

Il l'avait aperçue par hasard, alors qu'il se trouvait sur une hauteur et il avait vu cette chose inouïe : elle marchait en ordre. Alors que lui-même avait le plus grand mal à se faire obéir de ses hommes, les

Austrasiens semblaient sûrs d'eux et déterminés. Dès lors, il n'avait eu qu'une seule pensée : fuir.

Depuis plusieurs semaines, il allait n'importe où, dans la direction où la progression était la plus facile et la plus rapide. Chaque soir, il établissait son campement à l'endroit où le coucher du soleil l'avait surpris. Les soldats construisaient un rempart sommaire à l'aide d'arbres abattus, s'abritaient dans des petites huttes faites de branchages et de roseaux et laissaient leurs chevaux aller à l'aventure. Il n'y avait qu'une tente, la sienne, une hutte également, mais recouverte d'une étoffe pourpre. On lui apportait du vin à profusion, le gibier qu'on avait pu chasser dans la journée et lorsqu'il sortait pour vomir, une fille... A l'aurore, tout le monde repartait au hasard.

Cela aurait pu durer longtemps ainsi, mais le dernier jour de mars 178, le destin se manifesta de la manière la plus étrange...

C'était le milieu de l'après-midi. Il faisait un temps changeant, comme souvent à cette époque de l'année, avec des alternances d'averses et d'éclaircies. L'armée de Théodebert traversait une prairie et se préparait à entrer dans un bois. Le soleil était revenu et brillait même intensément.

Théodebert faisait aller son cheval d'un pas rapide, quand, soudain, il reçut une goutte d'eau sur le nez et poussa un cri.

Il n'aurait pas crié autrement si une flèche l'avait atteint. Mais son cri fit place à des hurlements, car d'autres gouttes vinrent le frapper. Et, dans toute l'armée, les mêmes hurlements retentirent. Ils exprimaient la terreur, l'horreur, tandis que la même exclamation s'élevait de toutes parts :

— *Uva ! Uva !...*

Les averses qui se produisaient sous le soleil étaient, en effet, considérées par les Francs comme envoyées par le diable. Rester sous elles était pire que la mort, car l'eau maudite faisait s'ouvrir le sol et précipitait tout droit en enfer.

Théodebert n'eut pas d'ordre à donner. D'un même mouvement, cavaliers et fantassins firent demi-tour et s'enfuirent dans la plus grande panique. Ils ne s'arrêtèrent que lorsque le soleil eut disparu derrière les nuages.

Il était malheureusement trop tard pour eux : l'armée de Gontran Boson était là !... Les conditions étaient inégales. Les hommes de Théodebert étaient essoufflés, mal remis de leur peur et en plein désordre. Les Austrasiens, au contraire, avaient été épargnés par la pluie maudite ; ils les avait entendus venir et ils étaient prêts. Sans plus attendre, le combat s'engagea...

Comme beaucoup de choses qui venaient des Romains, l'art de la stratégie s'était perdu. Les batailles étaient des chocs frontaux extrêmement meurtriers dégénérant en une multitude de combats singuliers. Il était de tradition que les deux chefs s'affrontent personnellement. Dans cette circonstance précise, leurs escortes ne tentaient pas de les protéger ; au contraire, elles les laissaient en présence et se battaient entre elles.

Théodebert et Gontran Boson se cherchaient

donc parmi la mêlée. Ils ne s'étaient jamais vus, mais Boson ne pouvait se tromper sur son adversaire : il était prince, c'était le seul qui avait les cheveux longs.

Gontran Boson avait à la main un angon. Cette arme peu utilisée était, en fait, un harpon servant à pêcher les gros poissons. Mais quand on savait la manier habilement, elle produisait des effets effroyables. Gontran Boson ne tarda pas à apercevoir la chevelure brune hirsute ; il dirigea son cheval dans sa direction.

Peu après, il était en face de son ennemi. Théodebert lui lança :

— C'est toi le chef austrasien ?

— Oui.

Instantanément, les deux escortes s'écartèrent. Théodebert leva son scramasaxe et cria :

— Alors, tu vas mourir !...

Ce furent les derniers mots du fils aîné de Chilpéric. Il n'eut pas le loisir d'en prononcer un autre, ni même de pousser un cri d'agonie : l'angon, lancé avec une force inimaginable, lui avait traversé la poitrine et était ressorti dans le dos. Il eut un vague geste des bras, comme pour le retirer, cracha un flot de sang et tomba de cheval comme une masse.

La mort de leur chef porta un coup fatal au moral, déjà bien atteint, des troupes du Royaume de Soissons. Elles se laissèrent égorger ou étriper presque sans résistance et leur extermination dura à peine plus d'une heure.

Quand ce fut fini, Gontran Boson donna l'ordre d'enterrer tout le monde, sauf Théodebert. Il lui coupa lui-même les bras, les jambes et la tête et laissa les restes mutilés aux corbeaux et aux bêtes sauvages. C'était un geste terrible, car c'était le vouer à l'enfer. C'était également une cruauté injuste, car Théodebert était mort en combattant bravement et méritait une sépulture. Les soldats austrasiens murmurèrent mais n'osèrent intervenir. Ils craignaient Gontran Boson. Ce dernier ordonna de passer la nuit sur place et, le lendemain matin, envoya un émissaire annoncer la nouvelle à Paris.

Pourtant, malgré la distance plus longue, un autre messager le précéda à Soissons. C'était un cavalier de l'armée battue, qui, miraculeusement rescapé, était parti la veille à fond de train.

L'annonce du désastre provoqua une panique générale à la cour, où Priscus, Mérovée et Gallien venaient juste d'arriver. Ce ne furent que cris et larmes. Des femmes et même des hommes se roulaient sur le sol. Chilpéric était effondré. A la catastrophe militaire s'ajoutait le deuil personnel : même s'il n'était pas son préféré, Théodebert était un de ses fils. Par chance pour lui il ne sut pas l'horrible mutilation, le messager s'étant enfui avant. Prostré sur son trône, il ne cessait de répéter :

— Nous sommes perdus !...

Dans ces circonstances dramatiques, ce fut encore

une fois Frédégonde qui se comporta en chef. Elle alla vers son époux et le secoua vivement.

— Nous partons pour Tournai !

— Pourquoi Tournai ?

— Parce que c'est la ville la plus au nord du royaume et la mieux fortifiée. C'est là qu'est notre seule chance.

Chilpéric contempla sa femme.

— Mais tu ne pourras jamais y aller !

Car il faut préciser que Frédégonde, qui, au moment où chacun perdait la tête, prenait la direction des opérations, Frédégonde était enceinte de huit mois.

— Et alors ? Je voyagerai en litière. Et tant pis si j'accouche en route : ce n'est rien à côté de ce qui m'attend si je reste !

C'était l'exacte vérité et c'était valable pour tout le monde. En quelques heures, chacun fit ses bagages, n'emportant que le strict nécessaire et ses objets les plus précieux.

Au même moment, la nouvelle était connue à Paris, provoquant, bien entendu, la réaction inverse. La liesse fut à son comble, avec toutefois, une légère ombre. Lorsque le messager, d'une voix qui tremblait, annonça quel traitement Gontran Boson avait infligé au prince vaincu, Sigebert ne put contenir son indignation.

— Il n'est plus digne d'être des miens. Tu retourneras à l'armée, tu le feras arrêter et mettre à mort !

Brunehaut approuva sans réserve. Gontran Boson faisait partie de ces grands seigneurs austrasiens qui faisaient tout pour entraver son action. La perspective de son élimination ne pouvait que la satisfaire... Lorsque le messager fut parti et qu'elle fut de nouveau seule avec son mari, ils donnèrent longtemps libre cours à leur joie. Brunehaut y mit enfin un terme.

— Pardonnez-moi, mon cher époux, je dois vous quitter. J'ai quelque chose à faire.

— Quoi donc ?

— Rêver.

— Rêver, vous ? C'est la première fois !

— Oui. C'est la première fois...

Sigebert n'insista pas davantage.

— Eh bien, je vais réunir l'armée. Je partirai demain.

Ils quittèrent ensemble le palais de la Cité et s'éloignèrent dans deux directions différentes...

Brunehaut n'alla pas loin. Elle emprunta la rue qui conduisait à la cathédrale Notre-Dame et s'arrêta dès que les maisons se firent plus rares. En fait, elle n'allait nulle part. Elle avait simplement besoin d'être seule pour savourer ce trop soudain et grand bonheur.

Immobile au milieu du chemin, elle posa la main sur son cœur, qui battait à tout rompre. Elle avait les vêtements bleu clair et foncé de son mariage : cela la fit sourire. Et méditer aussi... Neuf ans s'étaient écoulés déjà et qu'avait-elle fait ?

Elle avait administré l'Austrasie avec énergie, avec

sagesse, mais elle n'avait pas réussi à la transformer vraiment. Cela tenait à l'opposition des grands seigneurs, les Aegidius, les Rauching, les Gontran Boson, qui, par bonheur, allait être éliminé... Cela tenait aussi au médiocre développement du pays ; il était trop sauvage pour que la civilisation s'y implante rapidement.

Mais en traversant la Neustrie, Brunehaut avait pu constater à quel point cette dernière était plus évoluée. Dans son esprit, les choses se précisaient. Elle ferait de Paris sa capitale, d'où tout rayonnerait, comme jadis Rome.

Bien entendu, cela ne se ferait pas en un jour. Elle-même ne verrait pas le nouvel empire, mais son fils le verrait sans doute. A ce sujet, Brunehaut avait une volonté bien arrêtée : elle abolirait la désastreuse coutume franque consistant à partager le royaume entre les princes héritiers. Un royaume n'était pas un bien privé, c'était un Etat à qui il fallait un chef unique. Seul son aîné lui succéderait ; si Dieu lui prêtait vie, Childebert serait roi de tous les Francs...

Brunehaut leva les yeux et, cette fois, oubliant ses projets politiques, se laissa aller tout entière à la rêverie.

Le ciel : c'était le ciel qu'il fallait regarder ! Combien de fois, petite fille, elle l'avait contemplé, à Tolède ! Elle voyait dans son bleu intense, dur, la promesse d'un destin d'exception. Ici, les couleurs étaient plus tendres. De beaux nuages, aux formes lourdes et bien dessinées, passaient, poussés par un vent vif.

C'était le ciel qu'il fallait regarder... La terre était malade, mais le ciel n'avait pas changé. Dans ce monde supérieur, il n'y avait plus de palais détruits, de routes défoncées, d'hommes vêtus comme des bêtes. Tout était resté intact, immuable. C'était ce même ciel qu'avaient contemplé les Césars.

Et César, justement, apparut à Brunehaut. Il lui sembla que les nuages formaient un cortège, comme autrefois, à Rome, lors des triomphes. Les triomphes avaient lieu au retour des empereurs victorieux. L'*imperator* était debout sur son char d'or, là, précisément, sur ce majestueux nuage : derrière lui, un esclave dont on devinait la forme, brandissait une couronne de laurier.

Puis venaient, à pied, les mains attachées dans le dos, la corde au cou, les chefs barbares vaincus : c'étaient ces petits nuages qui suivaient le gros ; ensuite les généraux romains à cheval, et enfin, encadrée de soldats, la cohorte, l'immense cohorte des prisonniers.

Brunehaut avait perdu le sens du temps, de l'espace. Le char impérial était déjà loin et les petits nuages représentant les prisonniers ne cessaient d'arriver. Ils étaient des milliers en rangs serrés. Elle assistait, éblouie, à son triomphe... Une voix, dans son dos, la fit sursauter :

— Retourne-toi, Reine !

Elle fit volte-face et se trouva devant une vieille en haillons, au nez crochu et au sourire édenté.

— Qui es-tu ?

— Une sorcière. Cela ne se voit pas ?

— Que me veux-tu ?

— Te dire que tu te trompes. Tu lis ton avenir du mauvais côté. Il est là. Regarde !

En même temps, elle pointa le doigt en l'air... Effectivement, dans cette direction, le ciel était tout différent : noir, tourmenté, menaçant. Et il s'étendait, avalant rapidement les jolis nuages blancs. Il était évident qu'un orage allait éclater... Juste à cet instant, il y eut une lueur et un grondement dans le lointain. La vieille ricana.

— Les ténèbres vont recouvrir le monde et toi aussi, Reine, elles te recouvriront !

Brunehaut s'avança vers elle, folle de rage.

— Je vais te faire coudre dans un sac et jeter dans la Seine !

Elle regarda alentour, cherchant un soldat pour l'appeler, mais il n'y avait personne. Quand elle se retourna vers la sorcière, celle-ci avait disparu... Elle se décida à rentrer au palais.

Avant même qu'elle n'y arrive, le ciel s'assombrit entièrement et l'orage éclata. Ce fut sous des trombes d'eau qu'elle franchit la porte. Tout autre qu'elle aurait été terrorisé, aurait vu là un présage terrible. Mais Brunehaut ne croyait pas aux présages. Elle était seulement déçue : son beau rêve était gâché...

Quelques heures plus tard, elle avait totalement oublié sa déception. Elle était dans les bras de

Sigebert. Cette nuit, la dernière avant qu'ils ne soient roi et reine des Francs, ils l'avaient voulue tous deux exceptionnelle. Pour la première fois, Brunehaut avait laissé les lampes de leur chambre allumées et Sigebert avait gardé sur son dos la dépouille de loup.

Jamais il n'avait été aussi beau. Il était ainsi l'image même du grand mâle, puissant, viril, mais il y avait dans ses étreintes une tendresse que les années n'avaient pas émoussée. Quel couple ils formaient ! Qui, mieux qu'eux, était capable de dominer et de sauver le monde ?

Brunehaut se donna à son mari passionnément, éperdument, jusqu'à en perdre presque connaissance...

Le lendemain, il faisait un temps radieux, qui ajoutait encore à la liesse du moment. Brunehaut était montée aux remparts et regardait Sigebert réunir ses hommes à grands cris. Il fut bientôt prêt et se mit en marche, quand, sur le pont qui conduisait au nord, une silhouette bien connue se planta devant lui.

Germain était immobile dans sa toge pourpre, tenant fermement sa crosse à volute d'or. Il prononça d'une voix terrible :

— Roi Sigebert, si tu pars sans intention de mettre à mort ton frère, tu reviendras vivant et victorieux. Mais si tu as une autre pensée, tu mourras. Car le Seigneur a dit, par la bouche de Salomon : « La fosse que tu prépares afin que ton frère y tombe te fera tomber toi-même ! »

Depuis qu'il avait juré sur les tombeaux et surtout depuis l'annonce de la victoire de Gontran Boson, Sigebert n'était pas d'humeur à discuter, même avec un évêque. Il rétorqua sèchement :

— Ecartez-vous, Saint Homme, sinon mes cavaliers risquent de vous piétiner.

Germain s'effaça, avec un geste résigné et Sigebert, après avoir jeté un dernier regard à sa femme, franchit le pont.

Du haut des remparts, Brunehaut débordait de joie en voyant s'ébranler les troupes. La petite armée du sud n'avait fait qu'une bouchée de celle de Théodebert. Alors que pèseraient Chilpéric et ses derniers fidèles face à ce déferlement d'Austrasiens et de barbares ? L'heure de la victoire, de la vengeance, du triomphe était toute proche. Elle tint à marquer pour toujours dans son esprit ce jour mémorable : c'était le premier mardi d'avril de l'an 178 après la mort de saint Martin.

7.

« *La fosse que tu prépares pour ton frère...* »

Arrivé à Saint-Denis, Sigebert retrouva ses barbares, ripaillant au milieu des décombres et des cadavres. Mais il ne les laissa pas, comme auparavant, prendre la tête de son armée. Au contraire, il les congédia purement et simplement. Bien entendu, les sauvages chevelus accueillirent la nouvelle avec des cris de rage. Il en fit lapider quelques-uns pour l'exemple et les autres, furieux mais domptés, reprirent le chemin de l'Est, solidement encadrés par un détachement austrasien.

C'est que Sigebert avait décidé de mettre fin aux pillages et aux carnages. Il voulait conquérir le pays non par la terreur, mais par la simple démonstration de sa force. La Neustrie allait faire partie de son futur royaume et il aurait été stupide de la dévaster.

Cette tactique s'avéra payante. Elle dépassa même toutes ses espérances... Peu après Saint-Denis, un chef vint à sa rencontre, escorté d'une centaine de guerriers remarquablement équipés. Il mit pied à terre et s'arracha un cheveu, qu'il lui tendit, signe suprême de respect chez les Francs.

— Je suis venu me mettre à vos ordres, glorieux roi d'Austrasie, de Neustrie et de Soissons.

— Qui es-tu ?

— Malute, seigneur de Lagny, Votre Sublimité.

Sigebert n'avait qu'un vague souvenir du dépeçage de la Neustrie, effectué lors du banquet de Chalon, dans l'ivresse et la confusion, mais il lui semblait se souvenir que Lagny avait été attribué à Gontran. Il posa la question.

— N'es-tu pas sujet de Gontran ?

Malute, superbe et puissant guerrier, eut un large sourire.

— Gontran est loin, Votre Sublimité, vous, vous êtes près. Gontran est faible, vous, vous êtes fort. Vous saurez me protéger, moi et les miens.

Sigebert invita joyeusement Malute à chevaucher à ses côtés et poursuivit sa route. Même s'il ne s'attendait pas à un revirement aussi soudain, il n'était pas étonné de ce qui arrivait. La souveraineté des rois sur leur territoire ne voulait pas dire grand-chose. Seuls leur obéissaient vraiment les « hommes de bouche », c'est-à-dire ceux qui pouvaient entendre leur voix.

Et, effectivement, à mesure qu'il progressait vers le nord, les chefs locaux se ralliaient à lui : ceux de Chelles, de Meaux, de La Ferté, pour ne citer que les plus importants... Par l'un d'eux, il apprit que son frère avait quitté Soissons pour Tournai. Il eut un haussement d'épaules à cette nouvelle. Qu'espérait Chilpéric, en se réfugiant dans la ville la plus septentrionale de son royaume, à part gagner du temps ? Que pèserait-il face à l'invincible armée austrasienne renforcée de milliers de Neustriens ?...

D'autant que les choses tournèrent de manière plus favorable encore. En pénétrant dans le royaume de Soissons, non seulement Sigebert ne rencontra aucune résistance, mais tous les chefs de son frère vinrent, eux aussi, lui faire allégeance ; il fut bientôt à la tête de troupes jamais vues. Il poursuivit sa route vers le nord et s'arrêta brusquement quand il fut à une heure de cheval de Tournai.

Il y avait là, non loin du village de Vitry, une grande plaine au milieu de laquelle coulait la Scarpe, affluent de l'Escaut. Avant l'assaut final, il avait décidé, afin de mieux souder son armée, de donner un caractère officiel à ces ralliements.

Une fois les soldats installés, Sigebert fit allumer, au milieu de ce campement rassemblant plus d'hommes que toutes les villes du royaume réunies, de gigantesques brasiers. Ensuite, eut lieu une grandiose cérémonie à la mode franque. Quatre de ses soldats le hissèrent sur un pavois et lui firent faire le tour des chefs ralliés rangés en cercle. Ceux-ci l'acclamèrent en frappant leur bouclier de leur épée :

— Gloire au roi d'Austrasie, de Neustrie et de Soissons !

Sigebert avait sa dépouille de loup sur le dos et sa francisque à la main. Il contemplait la multitude qui s'étendait à ses pieds et les flammes des feux de joie. Ce jour était le plus beau de sa vie après celui de son mariage... Il allait être maître de toute l'ancienne Gaule, sauf la Bourgogne, mais Gontran était âgé et sans héritier. Bientôt, Brunehaut et lui seraient reine et roi de tous les Francs.

Sa femme avait voulu rêver à Paris, c'était à son tour de le faire. Il allait offrir à Brunehaut mille soleils pour faire resplendir le monde. Il n'avait pas d'illusion : il ne serait pas le premier roi de la civilisation retrouvée, le premier empereur de la nouvelle Rome. C'était trop tôt ; Rome, ainsi qu'on le disait, ne s'était pas faite en un jour. Ce rôle serait réservé à leur fils Childebert... Childebert, empereur de tous les Francs : comme cela sonnait bien !...

Sigebert resta longtemps à savourer ces instants inoubliables, mais sa rêverie se termina pourtant sur une note douloureuse. La condition de tout cela était la mort de Chien Batailleur. Il ne lui ferait pas grâce : il ne pouvait pas, il l'avait juré sur les tombeaux de Clovis, de sainte Geneviève et de sainte Clotilde. Il ferait, du moins, en sorte que sa mort soit aussi douce que possible. Si Chilpéric n'était pas tué au combat, il lui dirait qu'il l'épargnait et le condamnait au couvent. Il le ferait emmener par deux soldats et un troisième lui fendrait la tête par-derrière d'un coup de hache, comme l'avait fait faire Gontran. Ainsi, Chien Batailleur mourrait sans souffrir et en gardant espoir...

Descendu de son pavois, Sigebert décréta trois jours de liesse avant d'attaquer. Une gigantesque beuverie commença alors dans la plaine de Vitry.

A Tournai, régnait la panique la plus complète. Mérovée était dans la cathédrale noire de monde, pour assister à l'office. Plus que de la peur, c'était de la rage qu'il ressentait. Que faisait-il ici, au milieu de tous ces gens ? Il ne les connaissait pas, il n'avait rien de commun avec eux. Il avait juste entrevu son père : Chilpéric ne voulait voir personne... Frédégonde ! C'était la faute de Frédégonde. Et c'était sa faute aussi s'ils allaient tous mourir, lui comme les autres. Il n'aurait jamais dû quitter Rouen...

La liturgie et la prière en commun finirent par lui apporter quand même un peu de calme, mais arriva le moment du sermon. Si l'évêque de Tournai, Parégorius, un grand homme maigre, était réputé pour sa moralité irréprochable, il l'était aussi pour sa sévérité. Il considérait que le meilleur moyen d'amener ses ouailles à la religion était de les terroriser... Dans les circonstances présentes, il n'eut aucun mal à y parvenir. Il prit la parole d'une voix terrible :

— Préparez-vous à la mort ! Les supplices que vous allez subir ne sont rien en comparaison de ceux que vous réserve l'enfer, si votre âme n'est pas assez pure. Les femmes vont être violées interminablement, les hommes vont périr dans les pires tortures, mais ce seront des moments d'extase à côté de ce que vont leur faire les démons...

Des cris épouvantables s'élevèrent dans l'assistance, que Parégorius couvrit en haussant encore le ton. Il commença alors une description détaillée des châtiments infernaux... Mérovée, qui était habitué aux paternelles remontrances de Prétextat, ne put en supporter davantage. Il prit ses jambes à son cou et quitta la cathédrale.

Dehors également, il y avait beaucoup de monde. Des paysans, des domestiques, hommes et femmes, mais aussi des soldats, qui avaient abandonné leurs armes. Tout ce monde-là tournait en rond en se tordant les mains et en s'arrachant les cheveux. Il eut la surprise de voir parmi eux Eulalius, l'évêque de Soissons. Le prélat, qui avait suivi Chilpéric et Frédégonde comme le reste de la cour, était en proie au désespoir le plus total. Ne songeant même pas à entrer dans la cathédrale, il pleurait comme un enfant.

Ce fut alors que le jeune prince aperçut Gallien. A l'écart des autres, il souriait, l'air lointain, debout et immobile, au milieu de l'unique rue de la ville, qui allait de la villa royale à la cathédrale. Dans le soir qui tombait, avec sa tunique, ses cheveux bouclés et son profil droit, il ressemblait à s'y méprendre à une statue antique. Mérovée l'apostropha.

— Pourquoi es-tu si calme ? Tu n'as donc pas peur de mourir ?

— Non, Noble Prince, puisque c'est en votre compagnie.

— Mais moi, je ne veux pas mourir ! Prie Vénus pour que nous soyons épargnés. Elle va sûrement faire un petit miracle pour nous.

— C'est inutile, Noble Prince. Elle ne peut plus sortir de l'enfer pour exaucer mes prières.

— Qu'est-ce que tu en sais ? Prie-la quand même, c'est un ordre !

— Bien, Noble Prince...

Mérovée aperçut une autre personne qui gardait sa sérénité au milieu du tumulte environnant. Priscus était, lui aussi, debout et immobile, sous un arbre un peu plus loin, les mains croisées. Il alla vers lui.

— Je vais mourir à cause de Frédégonde. Ce n'est pas juste.

Le juif le regarda calmement.

— Seul Dieu sait ce qui est juste et ce qui ne l'est pas.

— Tu es bien sûr que Sigebert ne m'épargnera pas si je lui dis que Frédégonde me hait ?

— Depuis la mort de Théodebert, vous êtes le fils aîné de Chilpéric, Noble Prince. Alors...

Mérovée eut un cri de douleur et de rage. Il considéra l'homme de confiance de son père.

— Tu étais en train de prier ton Dieu ?

Priscus hocha la tête affirmativement.

— Comment s'appelle-t-il ?

— On ne peut prononcer son nom.

— Est-ce qu'il est puissant ?

— Il l'est.

— Alors, prie-le pour moi.

— Je ne demande pas mieux.

— C'est bien. Moi, je vais prier Jésus-Christ, Gallien prie Vénus et toi, le Dieu des juifs. Si nous prions trois dieux, nous allons forcément être sauvés.

— Il n'y a qu'un Dieu, Noble Prince.

Le jeune Mérovée eut un geste menaçant.

— C'est faux ! Le ciel est très grand. Il y a le dieu des juifs dans un coin, le dieu des chrétiens dans un autre et les dieux païens dans l'enfer.

— Dieu est partout : il ne peut qu'être unique.

— Je ne comprends rien à ce que tu dis. Prie !...

Et Priscus se mit à prier ou plutôt se remit à sa prière. Il était serein. Il savait que ce jour devait venir tôt ou tard et il était prêt ou, du moins, il espérait l'être. Il bénissait le Tout-Puissant de l'avoir fait naître juif. Il ne pouvait s'empêcher d'avoir de la pitié pour les chrétiens. Leur sauveur était venu et voilà ce qu'il avait fait du monde ! Comment pouvaient-ils éprouver autre chose qu'incompréhension et désespoir ? Lui, savait que le Messie n'était pas encore descendu sur terre et les horreurs des temps présents ne pouvaient le surprendre. C'était la nuit, mais plus tard viendrait l'aurore...

Gallien ne priait pas. A quoi bon, puisque Vénus l'avait abandonné ? Il se préparait à quitter ce monde terrifiant, dans lequel seule la présence de Mérovée était rassurante. Il savait depuis toujours que sa vie ne serait pas longue. Perdu parmi les Francs, pour qui ne comptait que la force, il représentait une Antiquité vaincue, presque expirante. Maintenant, il allait mourir avec celui qu'il aimait. Que pouvait-il espérer de mieux ?

Chilpéric, lui non plus, ne priait pas. Effondré sur le lit de sa chambre, dans la villa royale de Tournai, il versait des larmes amères entre deux rasades de vin... Tout était fini. Mais c'était trop tôt ! Son père était mort beaucoup plus vieux. Il voulait vivre aussi longtemps que Clotaire... Soudain, il crut que le vin lui occasionnait des visions. La tenture fermant la pièce venait de se soulever et une apparition en rouge et jaune venait vers lui. C'était Frédégonde ! Or, elle avait accouché trois jours plus tôt d'un fils qu'ils avaient prénommé Samson. Il se redressa avec difficulté.

— Toi ? Mais retourne dans ta chambre. Tu ne peux pas quitter ton lit !

Frédégonde s'approcha. Non seulement, elle s'était levée et habillée quelques heures seulement après sa délivrance, mais elle avait pris le temps de se maquiller. La teinture rousse de sa chevelure flamboyait, elle avait les lèvres et les sourcils faits et du vert autour des yeux. Elle s'était parée de ses plus beaux bijoux.

— Je suis venue vous parler. Sigebert est aux portes de Tournai. Que comptez-vous faire ?

Chilpéric se remplit de vin un bol sans pied et le but d'un trait.

— Je ne sais pas. Je ne sais plus rien... Peut-être me jeter à ses pieds et implorer son pardon. Qu'en penses-tu ? Grand Loup m'a toujours pardonné...

Frédégonde eut un haussement d'épaules, qui fit tinter ses boucles d'oreilles et ses colliers.

— Il ne pardonnera pas. Il est là pour nous tuer tous.

— Alors, faisons une dernière fois l'amour. Oui, c'est cela. Jusqu'à ce qu'il arrive. Mourons dans les bras l'un de l'autre !

Chilpéric se leva en titubant. Elle le repoussa, ce qui lui fit perdre l'équilibre et retomber sur son lit.

— Dans l'état où vous êtes !...

— Frédégonde...

— Tout le monde pleure dans Tournai. On n'entend que des larmes et des gémissements... Je viens d'accoucher. Mon ventre est encore douloureux, mes seins sont gonflés de lait, mais je ne pleure pas. Moi, qui suis une femme, une mère, je suis la seule ici à avoir quelque chose entre les jambes !

— Frédégonde...

— C'est bien mon nom... Et le vôtre est Chilpéric. Au fait que veut dire « Chilpéric », déjà ?

— Je te l'ai déjà dit.

— Je veux l'entendre de nouveau. J'ignore la langue franque, celle des hommes et des femmes libres, celle que ne connaissent pas les esclaves... Alors ? Que veut dire « Chilpéric » ?

Le roi de Soissons poussa un soupir et prononça d'une voix mourante :

— « Puissant dans la bataille »...

— C'est vrai. Je m'en souviens, maintenant. Et vous aviez ajouté que « Frédégonde » ne voulait rien dire parce que cela signifiait à la fois « paix » et « combat »... Vous vous étiez trompé, mon cher seigneur. Vous allez voir que cela veut dire quelque chose : je suis la paix pour ceux que j'aime et la guerre pour mes ennemis.

— Tu perds la raison. Seul Dieu peut nous sauver.

Frédégonde s'approcha tout près de lui. Ses yeux étincelaient. Pour la première fois de sa vie, elle tutoya son époux.

— Eh bien, va à l'église, « Puissant dans la bataille » ! Va prier avec les prêtres et les vieilles femmes...

Outre le lit, la pièce avait pour tout mobilier un coffre, qui contenait l'armement du roi. Elle se détourna vivement, l'ouvrit et en retira deux scramasaxes, un dans chaque main. Chilpéric la considéra avec des yeux ronds.

— Que vas-tu faire ?

— Je viens de te le dire : la guerre... Je vais me battre à ta place !

— Frédégonde, n'y va pas !

— Ne t'occupe pas de moi. Bois !

Elle lui tourna le dos et disparut dans un cliquetis de bijoux...

Frédégonde retourna dans sa chambre, celle où elle venait d'accoucher, située dans l'autre aile du palais. Son fils, veillé par sa nourrice, vagissait dans son berceau, une boîte décorée de motifs géométriques. Elle déposa les deux scramasaxes, prit le nourrisson dans ses bras et le couvrit de baisers.

— Je t'ai appelé Samson, comme le héros chevelu de la Bible, pour que tu sois un jour le plus grand et le plus fort. Mais pour cela, il faut que tu vives. Tu comprends ? Ce que je vais faire, c'est pour toi. Pas pour lui, pour toi...

Elle se tourna vers la nourrice.

— Emporte-le et veille sur lui.

La femme, terrorisée comme tout le monde à Tournai, avait vu sa frayeur s'accroître encore quand la reine était arrivée, tenant ces instruments de guerre. Elle prit l'enfant en tremblant.

— Emporte aussi le berceau et disparais !...

Restée seule, Frédégonde s'affaira. Elle alla vers un grand coffre qui trônait dans la pièce et dont elle portait la clé à la ceinture... Du coffre, elle sortit deux fioles, dont elle retira les bouchons. Avec le liquide de la première, elle enduisit les lames des scramasaxes ; elle versa le contenu de la seconde dans une jarre de vin. Elle déposa à côté, à même le sol, deux coupes.

Ensuite, elle sortit du coffre une peau de panthère et des lampes à huile. C'était le décor qui présidait à ses nuits d'amour avec Chilpéric, décor qui n'avait pas servi depuis un long moment, tant à cause de sa grossesse que des tragiques événements de l'heure.

Elle disposa et alluma les lampes, créant une lumière chaude, elle posa les scramasaxes dans un endroit sombre et recouvrit le lit de la peau de panthère... Elle allait sortir, quand elle se ravisa. Elle remplit l'une des coupes de vin mêlé du breuvage mystérieux, la but d'un trait et, cette fois, franchit la tenture fermant la porte.

C'était le soir... Sourde aux gémissements qui

montaient de la population apeurée, elle se dirigea rapidement vers les remparts. Quelques soldats y étaient en faction, les meilleurs, ceux de la garde personnelle de Chilpéric. Mais bientôt, ils allaient quitter leur poste, pour ne pas rester dans la nuit, en compagnie des esprits.

C'était deux d'entre eux qu'elle cherchait. Elle avait remarqué les regards qu'ils n'avaient pas pu s'empêcher de lui adresser à la dérobée. Elle n'y avait pas répondu. Elle avait toujours été d'une fidélité parfaite à Chilpéric. Mais maintenant, tout allait changer !

Elle les découvrit ensemble, tandis qu'ils s'apprêtaient à rentrer. Ils étaient blonds et bien faits. Ils devaient avoir seize ans... Ils eurent le même sursaut en découvrant la reine. Elle se contenta de leur dire brièvement :

— Suivez-moi !

Quelques instants plus tard, ils étaient dans la chambre à la lumière envoûtante. Ils se serraient l'un contre l'autre, ne sachant que croire, que penser...

— Votre Grandeur...

— Ne m'appelez pas Votre Grandeur, appelez moi Frédégonde.

Elle s'assit sur le lit et leur fit signe de prendre place à ses côtés. La tête lui tournait à cause du vin drogué qu'elle avait bu pour se donner du courage. Elle leur sourit, mettant dans ce sourire tout le charme dont elle était capable... Comme Brunehaut, Frédégonde avait la trentaine, mais à l'inverse de la reine d'Austrasie, elle ne la paraissait pas. Elle avait gardé le frais visage et les formes gracieuses de son adolescence... Un des deux gardes balbutia :

— Mais le roi ?

— Ne vous occupez pas du roi !

Elle remplit les deux coupes, prit une gorgée dans chacune et les leur tendit... Elle se leva.

— Buvez. Je vais vous montrer le secret de la couleuvre...

Alors, devant les deux jeunes gens effarés, elle commença à se déshabiller avec lenteur, puis apparut nue, avec sa ceinture en peau de serpent. Elle commença une sorte de danse autour d'eux, puis s'approcha. Elle leur prit les mains.

— Touchez ! Touchez-la !... Aucun autre homme ne m'a touchée que le roi.

Ils s'exécutèrent en tremblant. Elle leur resservit du vin, puis alla chercher les scramasaxes empoisonnés.

— Je me donnerai à celui qui tuera Sigebert. Si vous le tuez tous les deux, je me donnerai à vous deux. Si vous êtes tués, j'offrirai mes bijoux pour le repos de votre âme...

Elle était nue, dans la lumière des lampes à huile, les bras écartés, tenant une arme dans chaque main.

— Prenez chacun un cheval et galopez jusqu'à son campement.

Ils eurent un sursaut.

— Maintenant ? Mais il fait nuit. Il y a les démons.

— Regardez-moi, regardez-moi bien... Gardez

mon image et c'est elle que vous verrez dans la nuit, pas les démons.

Les deux jeunes gens la fixaient, les yeux écarquillés.

— Vous irez jusqu'à Sigebert. Vous direz que vous êtes des chefs de Tournai venus vous rallier et vous le tuerez...

Ils se décidèrent en même temps. Ils se levèrent et lui arrachèrent les scramasaxes avec une telle violence qu'ils la jetèrent presque au sol.

La beuverie en était à sa deuxième nuit dans la plaine de Vitry... Sigebert avait dit à ses guerriers que c'était en signe de liesse pour la victoire prochaine, mais avec la lucidité que donne parfois l'ivresse, il s'apercevait à présent que ce n'était peut-être pas la vraie raison. En agissant ainsi, il retardait l'inévitable. Il s'accordait à lui-même un répit et à Chien Batailleur un sursis ; et puis le vin l'aidait à s'étourdir pour ce qu'il allait devoir accomplir...

La lourde étoffe pourpre de sa tente se souleva. Un de ses gardes apparut.

— Votre Grandeur, il y a deux chefs du pays de Tournai venus se rallier à vous.

Sigebert eut un rire de triomphe. Cette fois, c'était bien la fin. Si même le pays de Tournai se soumettait, il ne restait plus rien à son adversaire, rien !

— Qu'ils entrent...

Les deux hommes apparurent, entourés de gardes. Sigebert ne s'étonna pas de les voir armés. Le scramasaxe faisait partie de l'équipement traditionnel des chefs et ceux-ci étaient d'une particulière richesse, dignes même d'un roi. Il devait s'agir de seigneurs importants. Il leur tendit les bras :

— Approchez, mes amis, et dites-moi vos noms.

La suite se passa à une vitesse foudroyante. Ils vinrent à lui et le frappèrent en même temps, l'un du côté droit, l'autre du côté gauche. Sigebert s'effondra, tué net. Sa garde, l'instant de stupeur passé, se rua sur les assassins et les massacra, puis sortit de la tente en poussant de grands cris :

— Le roi est mort !...

Des exclamations de stupeur retentirent dans la plaine de Vitry où les bûchers qu'on ne cessait d'entretenir faisaient voir presque comme en plein jour. Des exclamations de stupeur, mais non de douleur : cette mort changeait tout et il fallait en tirer les conséquences au plus vite. Puisque celui auquel ils s'étaient ralliés n'était plus, les chefs de Neustrie et du royaume de Soissons firent leurs préparatifs pour partir dès le matin. Bien pire encore : les Austrasiens et les Germains, estimant qu'ils n'avaient plus rien à faire sans leur chef, firent, eux aussi, leurs bagages pour rentrer chez eux.

C'était la réplique inverse de ce qui s'était passé lors des ralliements. Les seigneurs entourant le souverain étaient bien ses hommes de bouche, ceux qui obéissaient à sa voix, et la voix de Sigebert s'était tue pour toujours...

Personne n'osant chevaucher la nuit, c'est à l'aube qu'un groupe de cavaliers du royaume de Soissons anciennement ralliés alla apprendre la nouvelle à Tournai. Frédégonde, qui veillait aux remparts, n'eut même pas un sourire à l'annonce de son triomphe. Elle savait ; elle n'avait jamais douté. Elle alla réveiller Chilpéric, qui dormait d'un sommeil ivre.

— Réveillez-vous ! Vous êtes vainqueur...

Elle dut le secouer un bon moment avant qu'il ne soulève une paupière.

— Qu'est-ce que tu dis ?

— Vous êtes vainqueur... Sigebert est mort. Son armée s'est enfuie.

Il la considéra, les yeux rouges, le visage bouffi, l'air stupide.

— Qu'est-ce qui... s'est passé ?

— Sigebert a été assassiné et ses hommes sont partis. C'est tout.

Frédégonde, debout près du lit, était superbe, ses bijoux étincelaient... Des souvenirs confus revinrent à Chilpéric.

— Toi... C'est toi, qui... Mais qu'est-ce que tu as fait ?

— Peu importe. Levez-vous, rassemblez votre garde et allez là-bas. C'est votre devoir de vainqueur...

Chilpéric arriva dans la plaine de Vitry au milieu de la matinée. Elle était déserte. Les restes des bûchers fumaient encore, de la vaisselle abandonnée jonchait le sol. L'immensité sur laquelle s'étendaient ces débris indiquait suffisamment le nombre d'hommes qui se trouvaient là quelque temps plus tôt.

Ils n'étaient pourtant pas tous partis. La garde personnelle de Sigebert était restée. Une partie des soldats veillait auprès du corps, tandis qu'une autre achevait de creuser sa tombe. Chilpéric se dirigea vers eux. A sa vue, ils déposèrent leurs armes et le regardèrent fièrement, prêts au sacrifice. Mais le roi de Soissons leur fit signe de les reprendre.

— Soyez remerciés d'avoir été les seuls fidèles à mon frère, hommes courageux. Montez sur vos chevaux et rentrez librement dans votre pays.

Chilpéric attendit qu'ils eurent disparu et mit pied à terre... Sigebert était allongé, les yeux clos. Il n'avait pas changé depuis la dernière fois qu'ils s'étaient vus et embrassés à Chalon. Avec ses longs cheveux noirs et sa barbe taillée en carré, il avait toujours son allure de noble et puissant guerrier. Chilpéric se jeta sur lui dans un flot de larmes.

— Grand Loup !...

Il avait dans la bouche un goût de cendres et de mort dû aux suites de son ivresse. Il étreignit follement ce frère qu'il avait tant aimé, ce frère si fort, si généreux. Et devant sa garde immobile, il répéta interminablement :

— Grand Loup !...

Il se releva enfin, prit le corps dans ses bras et le porta lui-même dans la fosse. Elle avait été commencée au soleil levant et elle était orientée très précisément à l'est, ainsi qu'il convenait. Il y allongea le mort et lui parla.

— Tu n'y resteras pas longtemps. Je te ferai enterrer dans un sarcophage magnifique auprès de notre père, à Saint-Médard de Soissons. Mais je vais te donner tout ce qu'il faut ici.

Chilpéric ouvrit le reliquaire cloisonné qu'il portait en collier, en sortit l'os de saint Serge, dont il ne s'était jamais séparé et le mit dans la bouche de son frère. Puis, il alla vers son propre cheval et lui trancha la tête, qu'il déposa sur le cadavre.

— Voilà pour voyager dans l'au-delà. C'est une bonne monture, tu verras... Et voilà pour te défendre des démons.

Chilpéric s'apprêtait à lui donner son scramasaxe, mais il se souvint soudain du combat des arènes de Lutèce.

— Non. Tes armes étaient meilleures. Ce sont elles qu'il te faut.

Il revint à l'endroit où se trouvait auparavant le corps. La francisque de son frère gisait à terre. Il la ramassa et la plaça dans ses bras... Il eut pour la première fois un sourire.

— Avec cela, les démons, tu vas les couper en deux, Grand Loup !

Il lui remit ensuite tous ses bijoux, pour qu'il puisse acheter les protections nécessaires, fit placer à ses côtés des œufs et des noisettes pour sa nourriture. Enfin, il alla chercher sa cape de loup et lui en couvrit le visage... Sur son ordre, ses hommes commencèrent à remettre la terre.

— Chaque jour, je ferai brûler sur ta tombe. Aucune ronce n'y poussera, je te le jure !

Il était près de midi... Alors et alors seulement, Chilpéric comprit ce que signifiait la mort de son frère. Il n'avait plus à avoir peur. Il n'allait pas mourir. Il avait gagné la guerre. C'était lui qui allait devenir le roi de tous les Francs...

Il monta en selle sur le cheval d'un de ses soldats et le lança au grand galop, tout en partant d'un rire interminable... Sa garde le suivit en poussant des clameurs de joie. Chilpéric le victorieux rentrait à Tournai.

8.

Dans la main de Vénus

Les cloches de la cathédrale Notre-Dame de Paris sonnaient joyeusement la fin de l'office du premier dimanche de mai 178 après la mort de saint Martin. Brunehaut, avec sa magnifique tunique faite de fils d'or par-dessus sa robe bleue, sortit du lieu de culte, tenant par la main son fils Childebert et le peuple parisien laissa éclater spontanément sa joie. Dieu ! que la reine était belle ! Dieu ! qu'elle était majestueuse ! On savait qu'elle avait décidé, avec son époux, de faire de la ville la capitale de son futur royaume et chacun était éperdu de reconnaissance.

Spontanément, les soldats austrasiens restés à Paris en garnison éclatèrent eux aussi en vivats et la reine dut se frayer un chemin parmi la foule enthousiaste. Il n'y avait que l'évêque Germain pour ne pas participer à l'allégresse générale. Il n'avait même pas célébré la messe, laissant ce soin à l'un de ses diacres. Depuis le départ de Sigebert, il restait enfermé dans l'abbaye Saint-Vincent, sur la rive gauche. On disait d'ailleurs qu'il était très malade et qu'il allait y mourir...

Mais Brunehaut n'en avait cure. Les nouvelles qui ne cessaient de lui parvenir étaient toutes plus exaltantes les unes que les autres, le temps était magnifique ; elle manquait de mots pour exprimer son bonheur... Elle se promena sur le parvis... L'endroit, quoique de petites dimensions, était charmant ; il ne comportait pas d'habitations, mais quelques échoppes sous l'ombrage de beaux arbres. C'étaient des magasins de luxe, tenus par des marchands juifs et syriens, qui proposaient des produits rares : objets en cuivre, miroirs, étoffes précieuses.

Brunehaut s'approcha d'un étalage où figuraient des robes d'apparat. Elle les fit jouer dans ses mains, tandis que le marchand multipliait les courbettes. Elle allait en choisir une non pas, comme elle faisait jusque-là, par calcul, en fonction de l'image qu'elle voulait donner d'elle-même, mais par pur plaisir, par coquetterie... Tiens ! Pour plaire à Childebert ! Elle se tourna vers son fils.

— Dis-moi quelle est la plus belle...

— Reine...

Un cavalier venait de s'arrêter dans un nuage de poussière et de sauter à terre. Lui-même et son cheval semblaient exténués. Ils étaient tous deux couverts de boue... Brunehaut reconnut Gondebald, l'un des seigneurs de la garde personnelle de Sigebert. Il avait un air tragique. Il s'exprima en cherchant son souffle :

— Les autres sont rentrés au pays... Moi, je suis

venu vous prévenir... Il faut fuir, Votre Grandeur, tout est perdu !...

Et, en phrases hachées, il raconta l'incroyable vérité : l'assassinat de Sigebert, le départ non seulement des seigneurs ralliés, mais de l'armée austrasienne, la victoire de Chilpéric, qui s'était sûrement déjà mis en route vers Paris...

Brunehaut fut moins prompte à comprendre que les autres. Ce que lui disait cet homme était tellement monstrueux, que cela dépassait son entendement. Elle laissa même son fils s'exprimer.

— Je veux la robe rouge, mère...

Le peuple de Paris, lui, avait compris. D'un seul coup, hommes et femmes s'enfuirent en levant les bras et en poussant de grands cris. L'instant d'après, c'était la garnison qui réagissait. Brunehaut vit ses soldats sauter sur leurs chevaux et partir au galop vers le pont du nord, celui qui menait vers l'Austrasie... Elle resta seule avec le cavalier, sur le parvis désert, devant la boutique dont le propriétaire était parti avec les autres... Childebert, brusquement pris de panique, s'était jeté contre sa tunique. Elle s'entendit dire :

— Merci, Gondebald.

Elle avait prononcé cette phrase mécaniquement, pour être fidèle à sa réputation de femme inébranlable, mais intérieurement, elle avait la sensation qu'un gouffre plus profond que l'enfer venait de s'ouvrir sous ses pieds... Elle n'avait plus de mari, plus de royaume, plus d'armée, même plus de garnison. Elle se croyait bientôt reine de tous les

Francs, elle n'était plus qu'un être seul à la merci d'ennemis innombrables et impitoyables...

Childebert, toujours blotti contre elle, s'était mis à pleurer... Au prix d'un effort terrible, elle parvint à se ressaisir. Non, elle n'était pas seule. Elle avait avec elle son fils, héritier légitime du royaume, qui devait régner un jour sur l'Austrasie. C'était à lui qu'elle devait penser. Elle s'adressa à Gondebald :

— Prends Childebert et conduis-le immédiatement à Metz.

— Je vous obéirai, Votre Grandeur, mais la route est longue et dangereuse.

— Je sais. C'est pourquoi tu vas l'emmener en cachette.

La reine retrouvait son prodigieux pouvoir de décision qui avait toujours fait l'admiration de son entourage... Il y avait sur le parvis une gibecière de grandes dimensions, servant au gros gibier, que le peuple avait abandonnée dans sa course folle. Elle alla s'en emparer, puis ordonna à l'enfant :

— Entre dedans !

Childebert, cria, pleura, mais il n'avait jamais tenu tête à sa mère. Il obéit... Gondebald prit la gibecière et la passa en bandoulière.

— Maintenant, pars !

— Mais vous ?

— Je reste. C'est moi qu'ils cherchent. Cela te donnera le temps de prendre de l'avance. Et puis, il y a ici une partie de mon trésor. Le pillage va sans doute les occuper aussi.

Gondebald ne chercha pas à discuter avec Brunehaut. La reine, même vaincue, n'était pas de celles avec qui on discute. Un cheval frais errait près de la cathédrale. Il alla le prendre à la place de sa propre monture fourbue et disparut avec son précieux fardeau sur les épaules.

Cette fois, Brunehaut se retrouva tout à fait seule... Elle revint vers l'échoppe. Elle caressa machinalement ces étoffes, toutes plus soyeuses les unes que les autres. Soudain, elle aperçut une robe et une tunique mauves... Le mauve : la couleur du deuil en Espagne. Elle s'en empara et ce fut alors qu'elle comprit vraiment cette chose affreuse : elle était veuve !

Sigebert était mort ! On l'avait assassiné ! C'était un être admirable, unique ! Il avait fait pour elle ce que peut-être nul époux n'avait fait avant lui : il s'était effacé devant elle, il lui avait laissé le pouvoir. Et pourtant, c'était un homme, un vrai ! Le souvenir de leur dernière nuit la traversa, lui arrachant un cri. Elle devait effacer pour toujours ces souvenirs... Elle eut, malgré elle, un sourire. Heureusement « toujours » ne serait pas long. Elle allait voir déferler les barbares. Il y aurait quelques souffrances à subir courageusement pour ne pas leur donner le plaisir qu'ils espéraient et tout de suite après, ce serait la paix...

Le pont conduisant à la Lutèce antique était juste au bout du parvis. Elle décida de s'y rendre. Elle se mit en marche, sa parure mauve à la main.

Elle franchit la Seine et se retrouva dans les

marécages qui bordaient ses rives. Un brouillard soudain l'environna, lui arrachant des pensées amères. Elle avait voulu dissiper les brumes de la barbarie au grand soleil de la civilisation : elle avait échoué... En fait, si elle était restée en ces lieux, c'était autant pour permettre à son fils de fuir que parce qu'elle souhaitait mourir au plus vite. Sa vie n'avait plus de sens. Son rêve était brisé. Vu son jeune âge, elle n'avait rien pu apprendre à Childebert. Il ne serait pas le premier empereur de la civilisation retrouvée ; il serait un roi barbare comme les autres. Mais c'était son fils et elle devait lui assurer la vie. Elle avait accompli son dernier devoir...

La sorte de jetée qui surmontait le marécage aboutissait à une bifurcation. Si on continuait tout droit, on allait vers les arènes et l'église Saints-Pierre-et-Paul, si on prenait à droite, on se retrouvait aux thermes de Lutèce... L'endroit où elle avait fait jurer à son mari d'être sans pitié après la victoire lui rappelait de trop cruels souvenirs. Elle choisit les thermes de Lutèce pour y attendre son destin.

Chilpéric était tout près, à la tête d'une petite troupe. Il n'était pas seul, il avait emmené son fils aîné. Toutes sortes de raisons l'avaient fait partir avec Mérovée : d'abord, le plaisir d'être avec lui, alors qu'ils ne s'étaient pas vus depuis si longtemps et qu'ils avaient tant de choses à se dire ; ensuite la nécessité de s'occuper de son éducation de roi. Mérovée serait un jour son successeur et peut-être bien le seul. Clovis, son cadet, était bête à un tel point que cela sautait aux yeux de la brute la plus épaisse. Il était difficile de l'imaginer régnant. Quant au petit Samson, né dans des conditions dramatiques, il avait déjà failli mourir et, de l'avis général, il ne vivrait pas longtemps.

Pourtant, la raison la plus pressante qui l'avait conduit à emmener Mérovée était Frédégonde. La reine triomphante était capable de tout, même d'éliminer ouvertement ce prince qu'elle haïssait...

Depuis leur départ de Tournai, tout de suite après l'enterrement de Sigebert, Chilpéric et Mérovée avaient partagé la même euphorie... L'un retrouvait son père, l'autre son fils préféré. Et puis, ils étaient victorieux ! Chilpéric avait complètement oublié qu'il devait tout à son épouse. D'ailleurs, il n'avait pas voulu savoir de quelle manière elle s'y était prise pour recruter les assassins. Il exultait :

— Après avoir vaincu Sigebert, je vais conquérir l'Austrasie. Et la Bourgogne me reviendra à la mort de Gontran. Je serai roi de tous les Francs !

Mérovée avait, de son côté, tout oublié des raisons du conflit et de la condamnation qu'il avait portée contre son père.

— Vous serez roi de tous les Francs et moi, je le serai après vous !

— Et tu seras le plus grand parce que tu portes le nom de Mérovée ! J'en suis sûr moi aussi, maintenant...

Conversant, riant, ripaillant et buvant aux haltes, ils étaient arrivés à Saint-Denis. Là, Chilpéric éprouva un choc. La cité et surtout la basilique étaient dans un état affreux. On s'y était livré à un pillage abominable. Aucun Franc n'aurait pu faire une chose pareille : il aurait eu bien trop peur de l'enfer. Seuls les barbares de Sigebert en avaient été capables.

Le père abbé de Saint-Denis, qui avait réussi à échapper au massacre en compagnie de quelques moines, vint le lui confirmer.

— Ce n'étaient pas des hommes, Votre Sublimité, c'étaient des bêtes, des démons sortis tout droit de l'enfer. Donnez le nécessaire pour reconstruire la basilique et votre salut éternel est assuré !

Chilpéric n'avait jamais été généreux envers les hommes d'Eglise, mais il lui prêta une oreille attentive. Reconstruire la basilique de Saint-Denis lui vaudrait sans doute, effectivement, le salut éternel. D'autant que, dans le cas présent, la chose ne lui coûterait guère. Sigebert et Brunehaut avaient dû laisser une partie de leur trésor à Paris. Il y serait consacré.

Il décida de rester quelques heures à Saint-Denis et de laisser Mérovée continuer seul vers Paris... En fait, il se déchargeait là d'une mission plus que déplaisante. Frédégonde avait exigé qu'il lui ramène sa rivale pour qu'elle la fasse supplicier. Il n'avait pas osé refuser, mais il ne tenait pas du tout à s'emparer de Brunehaut. Il avait accepté la mort de sa sœur : il était bel et bien coupable vis-à-vis d'elle. Qui sait si la faire prisonnière ne lui aurait pas valu la damnation ? Alors, autant envoyer

Mérovée à sa place, tandis qu'il discutait pieusement avec le père abbé...

Il n'avait rien confié à son fils des exigences de la reine. Il alla le trouver, l'air joyeux.

— Mérovée, c'est toi qui vas entrer le premier dans Paris !

— Moi ?

— Oui, à la tête de ma garde. Je te la confie ! Tu vas t'emparer de Brunehaut, de son trésor et de son fils s'il est là.

Le jeune prince regarda son père. Pour la première fois depuis le départ, il avait perdu son allégresse. Il prit un air soupçonneux.

— Pour quoi faire ? La livrer à Frédégonde ?

— Non, simplement la capturer. Elle représente un danger pour nous.

— Quel danger ? C'est une femme.

— Pas n'importe laquelle. C'est elle qui gouverne vraiment l'Austrasie. C'est elle qui est le chef de nos ennemis. La preuve c'est qu'elle est venue à la guerre à la tête de son armée. Si ses gardes sont avec elle, massacre-les, mais ne lui fais pas de mal...

Mérovée ne discuta pas davantage... Il était ébloui par l'idée de commander pour la première fois les soldats de son père. Il alla vers eux et leva son scramasaxe, celui-là même avec lequel il s'était mesuré quand il était petit. Mais maintenant, il n'était plus petit. Il était le plus grand ! Il leur cria :

— A Paris ! En avant !

— Oui, Votre Grandeur.

« Votre Grandeur »... Les soldats l'appelaient

« Votre Grandeur » : Mérovée était grisé. Son visage juvénile exultait. Il essaya de se composer une expression farouche pour impressionner sa troupe. A dix-huit ans, il était encore imberbe et cela le désespérait, mais il fallait avoir l'air aussi redoutable que Chilpéric. Il se tourna vers Gallien, qui était à ses côtés, comme depuis le début du voyage, silencieux et ébloui.

— Comment me trouves-tu, Gallien ? N'est-ce pas que je suis le plus grand ?

— Le plus grand de tous, Noble Prince...

En arrivant devant Paris, Mérovée retrouva d'anciens et chers souvenirs : la fin du voyage avec son père, son embarquement en bateau pour Rouen. Tout était resté aussi impressionnant que dans sa mémoire : les murailles, les maisons. Mais à présent, il n'était plus un enfant, il était un chef à la tête de ses troupes, presque un roi.

Il franchit le pont. Il alla vers un groupe de Parisiens qui se serraient les uns contre les autres dans une église faite de branchages. Leurs mines terrorisées le remplirent d'orgueil. Il prit volontairement une voix terrible :

— Où est Brunehaut ?

Un jeune prêtre répondit au nom du groupe. Il savait qu'il s'adressait à un prince ou à un roi, puisque Mérovée était le seul des arrivants à avoir les cheveux longs.

— Aux thermes de Lutèce, Votre Sublimité.

On l'appelait « Votre Sublimité », à présent ! Mérovée n'en pouvait plus de fierté. Il haussa encore le ton :

— Où sont ses soldats, que je les taille en pièces ?

— Il n'y en a plus. Ils sont tous partis. Il n'y a ici que des innocents. Epargnez-nous, pour l'amour du ciel, Votre Sublimité !

Le jeune prince fit mine de réfléchir un instant et s'adressa de nouveau au religieux :

— Soit ! Mais je ne sais pas où est cet endroit. Tu vas m'y conduire...

Les thermes de Lutèce se situaient au milieu d'un vaste jardin, qui avait dû être autrefois magnifique, mais qui était revenu depuis longtemps à l'état sauvage. Toutefois, l'alignement des arbres, les buissons d'églantines blanches ou rose pâle de place en place indiquaient encore qu'il ne s'agissait pas d'une forêt, mais d'une végétation créée par l'homme.

Tout en s'approchant de l'édifice, dont on voyait l'énorme masse en briques à travers le feuillage, Mérovée était en proie à la plus vive curiosité. Quelle était cette Brunehaut, qui gouvernait un pays et allait à la tête d'une armée ? A quoi pouvait bien ressembler une pareille femme ?...

Il était arrivé. Il mit pied à terre, laissant le prêtre qui lui avait servi de guide s'enfuir en courant, et entra dans la grande salle.

Il eut le souffle coupé. Il n'avait jamais rien vu d'aussi vaste. La hauteur des lieux, la taille des fenêtres, des portes, tout était prodigieux ! Les murs étaient peints en rouge sombre. Les puissantes voûtes étaient supportées par des piliers au sommet desquels étaient sculptés des bateaux, avec, à la proue, un génie à corps d'homme et queue de poisson.

Il s'avança sur le pavé en mosaïque représentant aussi des poissons et des dieux marins, longeant un bassin immense. L'endroit était curieusement éclairé. Cinq des six grandes fenêtres, placées très haut, ne donnaient qu'une lumière diffuse, mais la dernière, frappée directement par le soleil, laissait tomber obliquement un grand rayon. Une forme immobile s'y tenait. Mérovée crut un instant qu'il s'agissait d'une statue. Mais non, c'était elle...

— Qui êtes-vous ?

— La reine Brunehaut, la sœur de Galeswinthe, que vous avez assassinée, vous et la chienne des marais !

— A qui croyez-vous parler ?

— A Chilpéric, le criminel.

— Je ne suis pas Chilpéric. Je suis son fils Mérovée...

Mérovée était à présent en face de la reine, dans le même rayon de soleil. Brunehaut était tout en mauve. Elle avait la chevelure noire, les yeux bleus, le teint mat. Elle le fixait fièrement, immobile. Il s'immobilisa aussi et ils restèrent ainsi un moment, figés et muets.

Mérovée avait soudain une certitude : celle que le paradis existait et il éprouvait le besoin de le dire à celle qui était en face de lui. Il avait besoin aussi de la toucher pour se prouver qu'il ne rêvait pas.

Mais on ne pouvait pas toucher une femme mariée. Prétextat le lui avait dit. Le bras, c'était aussi cher que le meurtre d'un esclave, le sein plus encore... Mais si, il pouvait... Brunehaut n'était plus mariée, elle était veuve... Mille pensées lui passaient en même temps dans la tête. Il sentait qu'il lui arrivait quelque chose, mais il ne comprenait pas quoi...

Dans la grande salle des thermes, un homme, lui, l'avait compris. Gallien regardait avec désespoir ces deux statues vivantes dans le même rayon de soleil. Mérovée était tombé amoureux de Brunehaut ! Cet amour qu'il avait imploré à Vénus pour lui-même, la déesse venait de l'accorder à la reine.

Car c'était elle qui avait fait cela ! Il n'y avait qu'elle pour accomplir un tel prodige ! Gallien regardait le jeune guerrier blond et la majestueuse souveraine en mauve, tandis que des larmes amères commençaient à rouler sur ses joues... Sans une intervention surnaturelle, jamais Mérovée n'aurait pu éprouver un tel sentiment. Il l'aimait, alors qu'elle était le chef de ses ennemis et qu'il venait pour la faire prisonnière ! Il l'aimait, alors qu'elle était sa tante ! Pourquoi, oui pourquoi Vénus en avait-elle décidé ainsi ?...

— Sortez tous ! Je dois parler à la reine...

Les soldats, surpris, mais obéissants, se retirèrent. Ils se retrouvèrent seuls dans l'immense salle. Brunehaut fixa le jeune prince d'un regard dur.

— J'avais fait jurer à Sigebert de vous mettre à mort. Je n'attends pas de pitié de vous. Etes-vous venu pour me tuer, me violer, me conduire à la chienne ?

Mérovée cherchait ses mots. Ceux-ci arrivèrent presque malgré lui. Il dit en tremblant :

— Je vous aime...

Malgré tout son sang-froid, la reine eut un sursaut. Mais elle se reprit vite :

— Vous avez choisi la moquerie ? Soit, moquez-vous !

— Je ne me moque pas. Je ne sais comment vous le prouver...

Pris d'une brusque inspiration, il sortit son scramasaxe et le lui tendit. La reine se retrouva, stupéfaite, l'arme dans les mains.

— Mais que voulez-vous de moi ?

— Vous épouser !

— Vous êtes fou ?

— Ce doit être cela...

Il voulut s'approcher. Elle pointa l'épée vers lui.

— Ne me touchez pas !

Mérovée recula.

— Je ne veux pas vous toucher. Je ne veux pas vous faire de mal... Mon père va arriver. Je vais vous sauver...

Quelques instants plus tard, il rappela ses soldats. Il avait de nouveau son scramasaxe et en menaçait la reine. Il la fit conduire comme si elle était sa prisonnière au palais de la Cité, à l'extrémité occidentale de l'île...

Chilpéric arriva peu après dans ces lieux qui lui rappelaient des souvenirs douloureux. C'était là qu'ils s'étaient confiés au banquet, Sigebert et lui, et que ce dernier lui avait parlé pour la première fois de Brunehaut.

Malgré lui, il eut un mouvement de surprise en la découvrant, gardée par Mérovée et ses hommes. Il avait beau avoir entendu la description qu'en avait faite Priscus, il ne s'attendait pas à une telle majesté, à une telle splendeur. Il se dit que si Galeswinthe avait été comme elle, il ne l'aurait pas laissé tuer et que Frédégonde serait toujours répudiée à l'heure qu'il était.

Mais à la réflexion, il n'en était pas sûr... Non, il ne savait pas ce qu'il aurait fait s'il s'était trouvé en présence d'une telle femme. Elle était trop impressionnante, trop intimidante. Il n'aurait pas eu le courage de la toucher ; il n'aurait même pas su quoi lui dire. Il fallait être Grand Loup pour épouser Brunehaut et il n'était pas Grand Loup... Il restait silencieux et ce fut avec soulagement qu'il entendit Mérovée prendre la parole :

— Père, vous m'avez bien dit que vous n'aviez pas l'intention de livrer la reine à Frédégonde ?

— C'est vrai. Je te l'ai dit.

— Alors, je vous propose de la faire conduire à Rouen.

— Pourquoi Rouen ?

— Parce que c'est la ville la plus loin de l'Austrasie. De là, elle ne pourra pas s'enfuir....

Chilpéric réfléchit quelque temps, puis questionna la prisonnière :

— N'étiez-vous pas venue avec votre fils ?

— Je l'ai fait partir. Il est en sécurité à Metz.

— Et votre trésor aussi est à Metz ?

— Non. Il est là. Dans la pièce à côté.

Chilpéric s'y précipita et poussa des cris de joie. Le trésor de Brunehaut était bien plus important que ce qu'il croyait. Une fois Saint-Denis reconstruit, il en resterait encore beaucoup pour lui !... Il donna ses ordres : Brunehaut serait conduite à Rouen ; il lui laissait même emporter une petite partie de ses richesses. Bien sûr, Frédégonde allait être folle de rage, mais il la remettrait à sa place. C'était lui le roi. Il allait le montrer !

Brunehaut partit donc, tout comme jadis Mérovée, sur un bateau qui descendait la Seine, sans avoir compris encore ce qui lui était arrivé... A quelques jours de distance, les deux reines ennemies venaient, par leur seul pouvoir de séduction, de renverser en leur faveur une situation désespérée.

Le retour vers Soissons ne ressembla pas à l'aller. Chilpéric et Mérovée n'échangèrent pour ainsi dire pas une parole. Le roi était tout à l'explication qui l'attendait avec Frédégonde et son fils était perdu dans son rêve. Au grand supplice de ce dernier, il prit Gallien pour confident. Le jeune païen découvrit avec désespoir quels ravages l'amour avait opérés chez son seigneur. Rarement, Vénus avait ainsi bouleversé le cœur d'un homme...

Chilpéric était prêt à une scène violente avec Frédégonde, elle le fut au-delà de toute expression... La reine se transforma en furie quand elle vit qu'il rentrait seul, sans sa rivale. Le palais trembla de sa colère.

— Savez-vous de quelle manière j'ai convaincu les assassins de Sigebert, pendant que vous cuviez votre vin ?

— Je ne veux pas le savoir.

— Vous le saurez quand même ! Je me suis mise nue sous leurs yeux. Ils m'ont touchée. Je leur ai promis de me donner à eux s'ils rentraient vivants et je l'aurais fait. Oh, oui ! Je l'aurais fait avec joie !... Mais ce n'est pas pour vous que j'ai agi, c'est pour Samson. Il est malade, hélas ! Il va mourir ! Je ne veux pas qu'il meure ! Je ne veux pas que les fils d'Audovère règnent ! Ils ne régneront pas !

— Tu menaces mes fils ?

— Ils ne régneront pas !...

Ces paroles incitèrent Chilpéric à faire partir sans tarder Mérovée, le plus exposé. D'ailleurs, la situation l'exigeait. Si la principale armée austrasienne, celle qui avait assiégé Tournai, s'était débandée, l'autre, celle du sud, était toujours là.

Peu après, Chilpéric confia ses troupes au jeune prince, avec pour mission de retrouver Gontran Boson, de le battre et de venger Théodebert.

Mérovée accepta avec empressement et prit la direction demandée. Comme il arrivait aux environs du Mans, où se trouvait le monastère d'Audovère, il annonça à ses principaux chefs :

— Je vais rendre visite à ma mère. Je serai de retour dans trois jours.

Et il partit en compagnie du seul Gallien. Ce dernier avait compris.

— Nous allons à Rouen, n'est-ce pas ?

— Oui. Prie Vénus de donner à Brunehaut de l'amour pour moi.

— Je ne peux pas, Noble Prince, Vénus n'exauce plus mes prières.

— Prie-la ! Vénus est la seule qui donne l'amour aux gens. Prie-la... !

Gallien pria donc, ou fit semblant. Mais il savait que peu importaient ses prières. La déesse avait accompli le miracle de rendre Mérovée amoureux de Brunehaut, si elle voulait rendre Brunehaut amoureuse de Mérovée, elle le ferait aussi...

A Rouen, Brunehaut se remettait difficilement des bouleversements de son existence. Les soldats qui l'avaient conduite dans la ville étaient repartis. Elle était gardée par la garnison, aux ordres de Prétextat, et, sous l'autorité du prélat, la captivité n'était pas bien contraignante. D'ailleurs, il avait pris parti en sa faveur dans le conflit qui l'opposait à Chilpéric et Frédégonde, et avait tenu à le lui dire dès son arrivée. Depuis, il faisait tout pour lui rendre le séjour agréable. Elle était logée dans la meilleure chambre de l'évêché, Matrona avait pour consigne de veiller à ce qu'elle ne manque de rien et lui-même venait fréquemment s'entretenir avec elle.

Quand elle apprit qu'il était le parrain de Mérovée et que ce dernier avait passé toute son enfance dans ces lieux, Brunehaut lui posa mille questions sur lui, sans révéler ce qui s'était passé à Paris. Prétextat, qui adorait parler de son filleul, s'empressa de la satisfaire :

— C'est le meilleur et le plus aimant des fils. Il a beaucoup souffert à cause de sa marâtre Frédégonde.

— Frédégonde ne l'aime pas ?

— Elle le hait...

— Selon vous, est-il capable de tromperie ?

— De tromperie ? Il n'y a pas d'âme plus pure et droite que la sienne !

— Et comment est-il avec les femmes ?

— Ma foi... Je n'y avais jamais pensé, mais c'est étrange. Je ne l'ai vu avec aucune. Il avait dix-sept ans quand il m'a quitté et il était toujours aussi chaste qu'un ermite...

Prétextat laissait la reine aller à sa guise et celle-ci passait ses journées à méditer dans la ville antique. Elle se sentait prise de doute et même de remords... Elle voulait faire exterminer tous les descendants de Chilpéric et voilà qu'elle devait la vie à l'un d'eux. Elle pensait que la famille de ses ennemis n'était faite que de brutes sanguinaires et elle apprenait que Mérovée était une victime de Frédégonde, tout comme Galeswinthe, tout comme elle-même.

Mérovée... Elle revoyait le jeune homme lui tendant son scramasaxe en tremblant dans le rayon de soleil des thermes de Lutèce. Qui était-il, celui auquel elle devait tout et qu'elle ne reverrait sans doute jamais ?... Pour la première fois, Brunehaut s'adressait des reproches. Elle avait toujours cru tout savoir, être maîtresse de sa destinée et de celle des autres. Elle s'apercevait qu'elle ne savait rien et que tout était dirigé d'en haut, par la formidable puissance qui régnait sur le monde.

Deux cavaliers arrivèrent à Rouen le dernier jour de mai. Prétextat, qui se trouvait sur le parvis de sa cathédrale, reconnut de loin son filleul. Il alla vers lui, tout joyeux.

— Mon Cher Fils !...

Le jeune prince sauta de cheval et lui demanda, sans même le saluer :

— Où est Brunehaut ?

— Sans doute dans la ville romaine...

— Je vais la chercher. Mariez-nous !

L'archevêque en resta sans voix. Mérovée s'approcha de lui, suppliant.

— Faites-le, je vous en conjure. Si je ne l'épouse pas, je suis perdu !

Prétextat parvint enfin à prononcer :

— Mais... Pourquoi ?

— Parce que je l'aime ! Elle a emporté mon âme dans les plis de sa robe. Loin d'elle, je meurs !

— Elle le sait ?

— Je le lui ai dit à Paris.

— Et... elle t'aime, elle aussi ?

— Je ne sais pas. Elle n'a pas eu le temps de parler. Mais Gallien prie Vénus pour qu'elle réponde à mon amour. Mariez-nous, Très Saint Père, au nom du Christ et de tous les saints !

Prétextat voyait son filleul, tremblant, pâle comme un mort, au bord des larmes. Il n'avait toujours voulu que son bonheur et se sentait complètement désarmé.

— Mais, Mon Cher Fils...

Maintenant, Mérovée s'était mis à pleurer à chaudes larmes... L'archevêque savait bien qu'il ne devait pas lui céder. Mérovée se comportait exactement comme un enfant qui voulait faire une bêtise, qui prenait du poison pour des friandises. Son devoir, en tant que père spirituel, était de l'en empêcher, de lui dire que l'Eglise interdisait le mariage entre une tante et son neveu... Et Chilpéric ? Etait-il au courant de tout cela ? Quelle serait sa réaction quand il l'apprendrait ?

Mais Prétextat ne dit rien. Il se contenta de répliquer :

— Il faut qu'elle soit consentante elle aussi...

Mérovée fit un bond de joie et disparut vers la palissade de bois.

— Je reviens avec elle !...

Quelque temps plus tard, l'archevêque les vit apparaître ensemble. Ils allaient côte à côte, semblant tous deux dans un état second. Prétextat essaya de ne pas trop remarquer le couple qu'ils formaient. Brunehaut avait trente ans, mais en paraissait davantage ; Mérovée en avait dix-huit, mais ne les faisait pas. Leur différence de maturité renforçait encore l'aspect incestueux de leur union... Il s'adressa à la reine, toujours dans sa robe mauve de veuve :

— Voulez-vous épouser mon filleul ?

— Oui, Très Saint Père...

Le mariage eut lieu sur-le-champ dans la cathédrale vide. A la fin de la messe, l'archevêque leur remit à chacun un anneau d'or qu'il fallait se passer à l'annulaire, car un nerf le reliait directement au cœur. Il les bénit et prononça l'ultime formule :

— A présent, embrassez-vous pour symboliser l'union de vos corps.

Brunehaut et Mérovée échangèrent leur premier baiser. Ils étaient mari et femme...

Les nouveaux époux élurent domicile dans l'ancienne Rouen ; plus précisément, au dernier étage de la maison romaine où Mérovée, enfant, allait rêver. C'était le mois de juin. Tout était fleuri dans les ruines au-dessous d'eux, dans les campagnes environnantes. Les oiseaux chantaient, la nature en fête était à son renouveau. Il faisait un temps splendide. On aurait dit que le monde entier participait à leur amour.

Mérovée n'était plus sur terre, il était au paradis. Entre deux étreintes, il parlait d'avenir avec son épouse.

— Est-il vrai que mon oncle vous laissait gouverner son royaume ?

— Oui.

— Je vous laisserai gouverner le mien.

— Quel royaume ?

— Celui que j'aurai quand je serai roi de tous les Francs, puisque je suis le premier à porter le nom de Mérovée après notre ancêtre. Et nous appellerons aussi notre fils Mérovée. Je serai Mérovée II et il sera Mérovée III. Son règne sera plus glorieux encore que le nôtre...

Il parlait aussi de Frédégonde, dont la haine commune les unissait.

— C'est une sorcière. Si vous saviez comme elle est laide ! Nous nous emparerons d'elle et nous lui ferons subir le sort des sorcières. Nous la ferons mourir dans les pires supplices !

Il imaginait alors mille tortures, toutes plus raffinées les unes que les autres. Brunehaut approuvait...

Les jours passaient et il faisait toujours aussi beau sur le Rouen antique... Si, pour Mérovée, tout était simple : il était fou d'amour, pour Brunehaut les choses étaient bien plus étranges.

La reine s'abandonnait. C'était la première fois, et c'était aussi surprenant qu'envoûtant. Jusque-là, elle s'était toujours maîtrisée. Avec Sigebert, leur mariage avait été un contrat : la culture espagnole contre la force franque. Ici, tout était absolument gratuit. Mérovée n'avait pas d'armée à lui offrir et, contrairement à ses chimères, pas de royaume futur. Il était seul. Il ne lui donnait que son amour, qui, sans qu'il s'en rende compte, correspondait pour lui au sacrifice.

A la différence de Sigebert, Mérovée était un barbare. Ce qu'il lui imposait par amour était une barbarie, même si elle était faite de douceur et non de violence. Et Brunehaut s'abandonnait à la barbarie, c'est-à-dire faire n'importe quoi, au mépris des règles, des lois, de Dieu lui-même, ne vivre que pour soi, dans l'instant, ne penser à rien... C'était à la fois merveilleux et terrible !

C'était merveilleux, car elle se sentait légère, débarrassée de tout le poids qu'elle avait avant sur les épaules. Avant, elle pensait au royaume, elle pensait à l'avenir, elle était accablée de mille pensées. Maintenant, toute contrariété s'était envolée. Elle n'avait plus à se soucier que de faire l'amour avec ce jeune homme, sentir les fleurs, rêver avec lui. Tout cela n'avait aucun sens, mais comme était bon, comme était délicieux ce qui n'avait pas de sens !

De plus, ainsi que Prétextat le lui avait dit, Mérovée ne connaissait rien aux femmes et elle n'avait pas à craindre de trop vives agressions de sa part. C'était elle, au contraire, qui se comportait en initiatrice. Ce rôle lui convenait parfaitement, car, encore une fois, c'était nouveau et surtout leur jeu d'amour ne rappelait en rien celui qu'elle avait connu avec Sigebert.

Pourtant, c'était également terrible. En apparence, leur union était heureuse et victorieuse, leur couple participait au grand renouveau de toutes choses, en cette chaude fin de printemps. Mais en apparence seulement, car leur amour était interdit. C'était une union bestiale, opposée à la nature humaine.

Elle portait sur elle et les enlevait pour leurs étreintes ses habits de veuve. Elle était en plein deuil de son ancien mari, oncle du nouveau !... Parfois, Brunehaut était traversée par une pensée terrible. Mérovée lui décrivait Frédégonde comme une sorcière, mais elle aussi était une sorcière. En tournant la tête à son neveu, en acceptant de le prendre pour époux et en lui prodiguant ses caresses, elle ne s'était pas mieux comportée que son ennemie. Elle avait rejoint Frédégonde dans la barbarie !

En fait, Brunehaut subissait. Elle avait dit « oui » à Mérovée, puis à Prétextat, parce que tout cela la dépassait. Ce qui lui arrivait n'était pas normal, se déroulait de manière irréelle, comme dans les rêves. Elle ne savait qu'une chose : les rêves sont brefs et ce plaisir violent, mêlé de crainte et de remords, ne durerait pas longtemps.

Un mois s'était écoulé, ce dont ils n'avaient conscience ni l'un ni l'autre, ayant perdu le sens du temps, et ils goûtaient à leur amour dans l'immeuble romain, lorsqu'un grand bruit les fit sursauter : les cloches du campanile sonnaient à toute volée. Pourtant ce n'était pas dimanche ni l'heure de la messe.

Ils se précipitèrent à la fenêtre et poussèrent le même cri : la plaine grouillait de soldats et les premiers étaient déjà dans Rouen. Ils comprirent : c'était Chilpéric et son armée, et le bon archevêque, en sonnant les cloches, avait voulu leur donner l'alerte... Mais que faire ? Trouver asile dans la cathédrale, ce n'était plus possible : elle était cernée. Pour le moment, les soldats n'étaient pas encore dans la ville antique, mais ce n'était qu'une question d'instants. Ils étaient perdus !

Soudain, Mérovée eut une illumination. Il prit la main de son épouse.

— L'oratoire de saint Martin... Venez !

Ils dévalèrent les six étages et coururent comme des fous dans les rues dallées de la ville romaine... Hors d'haleine, ils arrivèrent devant le grand chêne où se trouvait le sanctuaire... Il était temps ! Des soldats arrivaient de toutes parts. Ils gravirent l'escalier rudimentaire et se retrouvèrent sur le plancher installé dans les branches, devant la pierre cubique qui servait d'autel, sous le hareng séché qui pendait au bout d'une ficelle. Un soldat voulut les suivre, mais Mérovée cria à pleins poumons :

— Asile ! C'est un oratoire de saint Martin. Il y a une de ses dents sous l'autel et ce poisson représente le Christ.

L'homme hésita, mais fit demi-tour. Les deux jeunes mariés se jetèrent dans les bras l'un de l'autre et ce fut ainsi blottis que Chilpéric les découvrit. Cette vision déclencha sa fureur.

— Fils maudit ! Tu as trahi ton père et ton royaume ! Et toi, chienne impudique, que lui as-tu fait pour qu'il accepte de se damner avec toi ?

Du haut de son perchoir, le jeune prince répliqua d'une voix vibrante :

— Rien, Père. Elle ne m'a fait boire aucun philtre, elle ne m'a lancé aucun charme. Son regard a suffi. C'est mon épouse et ma reine. Vous l'aimerez comme moi, j'en suis sûr.

— Vous serez roi et reine en enfer, époux du diable !

— N'approchez pas. Nous sommes sous la protection de saint Martin !

— Nous allons voir combien de temps il va vous protéger, votre saint Martin ! Je ne bouge pas d'ici. Vous serez bien forcés de descendre...

Par chance pour le couple, les fidèles qui allaient prier dans cet étrange lieu de culte avaient l'habitude d'apporter au saint des offrandes : les premiers fruits de leur récolte, de la viande séchée et même des pichets de vin. Ils avaient donc de quoi boire et manger pour un certain temps et la plus étrange des situations s'installa. En bas, dans la plaine de Rouen, toute une armée campait et, au-dessus, un homme et une femme priaient, serrés l'un contre l'autre, parfois se restauraient et, la nuit, dormaient enlacés.

Tout cela ne pouvait durer longtemps. Mais, contrairement à ce qu'on aurait pu imaginer, ce fut Chilpéric qui céda le premier. La patience n'était pas sa qualité dominante et l'attente lui était devenue insupportable. Il alla faire au couple une proposition.

— Si vous descendez, je vous accorde la vie sauve

et je jure de ne pas vous séparer si telle est la volonté de Dieu.

Brunehaut et Mérovée étaient à bout de forces d'avoir passé tout ce temps dans ce lieu inconfortable et n'avaient plus de provisions. Ils décidèrent de se contenter de ce serment ambigu.

A peine eurent-ils mis le pied sur le sol que Chilpéric s'empara d'eux.

— La reine sera reconduite à Metz et toi, tu vas me suivre à Soissons.

Mérovée poussa un cri d'indignation.

— Vous aviez juré de ne pas nous séparer !

— J'ai juré si telle était la volonté de Dieu. Depuis quand Dieu veut-il qu'une tante épouse son neveu ? Je vous laisse la vie, remerciez-moi de ma clémence !...

Malgré ses larmes, Mérovée dut voir partir sa bien-aimée entourée de soldats et lui-même, désarmé et captif, suivit son père...

Pendant tout le temps qu'avait duré cette aventure, Gallien était resté auprès de Prétextat. Les deux hommes, unis par le sentiment qu'ils portaient à Mérovée, partageaient la même inquiétude. Tout cela ne pouvait, hélas, que se terminer tragiquement pour lui.

Aussi, lorsque l'armée de Chilpéric fut partie, l'archevêque confia une petite troupe à Gallien, avec mission de se rendre à Soissons et de sauver le jeune prince à tout prix.

9.

L'atrium des miracles

Frédégonde se trouvait sur la route entre Soissons et Berny. Un émissaire de Chilpéric venait de lui apprendre que Mérovée y avait été conduit. Le roi avait préféré l'enfermer dans sa résidence d'hiver qu'il jugeait plus facile à défendre contre une éventuelle attaque.

Quand Frédégonde avait su le mariage de Brunehaut et de Mérovée, sa haine et sa fureur avaient connu des sommets jamais atteints. Elle était encore tout enivrée de l'exploit qu'elle avait accompli grâce à ses charmes, et voilà qu'elle apprenait que sa rivale en avait fait autant !

Bien sûr, elle savait que Brunehaut n'était pas Galeswinthe, mais elle l'imaginait plus ou moins comme une femme de tête, un homme manqué. Ce n'était pas le cas. Elle avait su ensorceler son neveu au point de le rendre fou. Car ce dernier ne pouvait être soupçonné d'avoir suivi un quelconque intérêt : cette aventure ne pouvait que le conduire à sa perte.

Frédégonde avait cru devenir folle de jalousie...

Ainsi donc, Brunehaut avait tout ! Non seulement, elle était fille de roi, elle parlait le latin, elle connaissait les lois romaines, mais son pouvoir de séduction était égal au sien ! Elle en aurait hurlé de rage...

Et puis, le temps passant, la curiosité avait remplacé la colère. Une question, une seule l'obsédait : à quoi ressemblait-elle ? A quoi ressemblait cette femme de son âge, capable, elle aussi, de tourner la tête à un jeune homme ? Et cette question, elle comptait bien en obtenir la réponse auprès du principal intéressé, Mérovée lui-même. Pour cela, elle était même prête à employer tous les moyens...

Arrivée à Berny, elle prit tout juste la peine de saluer Chilpéric.

— Où est Mérovée ?

— Aux écuries. Je t'attendais pour le juger.

— Plus tard. Je dois d'abord lui parler.

Chilpéric hésita un instant, mais il se dit que la reine n'allait tout de même pas attenter à la vie de son fils et il la laissa aller... En entrant dans les écuries transformées provisoirement en cachot et en découvrant le prisonnier assis dans la paille, Frédégonde eut une sensation aussi soudaine que violente : Mérovée n'était pas seul. Il y avait une autre présence entre ces murs de bois grossiers, Brunehaut était là !

Son beau-fils avait levé les yeux vers elle, mais ne paraissait pas la voir. Il était pâle, amaigri, semblait indifférent à tout... Elle resta figée devant lui. Elle ne pouvait s'empêcher de considérer avec fascination ces bras qui avaient enlacé sa rivale, ces mains qui l'avaient caressée, ces lèvres qui l'avaient baisée. Mérovée était encore tout chaud du corps de Brunehaut et il en était — c'était visible — amoureux fou... Comme il restait prostré, elle le secoua vivement.

— Comment est-elle ? Je veux le savoir !

Non seulement Mérovée ne répondit pas, mais il détourna le regard. Elle se mit à arpenter fiévreusement la pièce, faisant tinter ses bijoux.

— Dis-le-moi et je te jure que je demande ta grâce à Chilpéric !...

Mérovée ne l'entendait pas... C'était la première fois qu'il se trouvait seul avec celle qu'il haïssait. Il aurait dû en éprouver de la crainte ou du dégoût, mais il ne ressentait que de l'indifférence. Mieux, même, il ne la voyait pas. Au lieu de la femme en rouge et jaune qui gesticulait devant lui, il avait sous les yeux une apparition immobile, la statue mauve dans le rayon de soleil de Paris...

— Vas-tu me regarder au lieu de sourire niaisement ?

Tiré de son rêve, Mérovée fit la grimace. Frédégonde tournait autour de lui en faisant virevolter son ample tunique.

— Qu'a-t-elle de mieux que moi ? Dis-le !... Ou alors, est-ce sa façon de faire l'amour ? Oui, ce doit être cela ! Ces Espagnoles ont sûrement des secrets. Je veux les connaître. Parle !

— Je l'ai aimée dès le premier regard...

Chilpéric entra à ce moment dans la pièce. Elle se précipita vers lui.

— Il refuse de me dire les sortilèges qu'elle a utilisés. Il mérite la mort !...

— Je lui ai promis la vie sauve. Viens, nous allons le juger.

— Je veux savoir à quoi ressemble Brunehaut !

— Je te l'ai déjà dit.

— Je me moque qu'elle soit blonde ou brune, grande ou petite. Ce que je veux savoir, c'est son charme, sa beauté.

— Elle est belle, mais froide.

— Froide ? Pour l'avoir mis dans cet état !... De toute façon votre réponse ne vaut rien, vous n'êtes pas amoureux d'elle.

— Tu me le reproches ?

Frédégonde haussa les épaules.

— Vous avez raison. Allons juger ce criminel !...

Mérovée fut conduit dans la grand-salle du palais de Berny décorée de trophées de chasse. On avait enlevé la gigantesque table. Il prit place au milieu de la pièce, à peu près à l'endroit où son aïeul Clotaire était mort. Tous les chefs du royaume de Soissons étaient présents, mais ils n'auraient pas leur mot à dire dans le conseil de famille qui allait se tenir. Seuls Chilpéric, Frédégonde et Clovis, frère de Mérovée, étaient habilités à le faire, ainsi que l'évêque Eulalius, le cas relevant de l'Eglise.

Ce fut Clovis qui se fit entendre le premier. A l'entrée de Mérovée, il se mit à ricaner d'une manière irrépressible. A dix-sept ans, il était ridé comme un petit vieux. Il avait les cheveux noirs et hirsutes, le front bas, rendu plus étroit encore par d'épais sourcils, les yeux globuleux, les dents jaunâtres, pointues et mal plantées, qui lui faisaient une bouche de poisson. Il s'esclaffa, pointant le doigt vers son frère :

— Qu'on le coupe en deux !

Chilpéric le fit taire, ce qui n'arrêta pas son ricanement.

— Mérovée, tu es accusé d'avoir contracté contre mon consentement un mariage interdit. Qu'as-tu à répondre ?

En fait, ce que Chilpéric ne pardonnait pas à son fils, c'était d'avoir pactisé avec l'ennemi. L'irrégularité de son union ne le choquait guère, mais le chef d'accusation était commode et, de surcroît, irréfutable... Son fils gardant un silence buté, il s'impatienta.

— Eh bien, dis quelque chose ! Parle !

Mérovée regarda son père et s'exprima à regret, d'une voix neutre :

— Condamnez-moi si vous voulez. Je me moque de tout. Sans elle, je n'existe plus.

Clovis battit des mains.

— Qu'on le coupe en deux !

Frédégonde fit écho.

— Ne voyez-vous pas comme il vous nargue ? Il ne mérite qu'une chose : la mort !

Encore une fois, Chilpéric rétablit le silence. Il se tourna vers Eulalius.

— Très Saint Père, mon fils n'a-t-il pas fauté contre les commandement de notre Eglise ?

Depuis sa frayeur de Tournai, Eulalius n'avait pas

vraiment repris ses esprits. Il avait conservé le souvenir de la liturgie, récitait correctement sa messe, mais n'avait pas l'air de comprendre ce qu'il disait. En cet instant précis, il semblait hagard. Il opina de la tête.

— Certainement, Votre Grandeur...

— Lui ayant promis la vie sauve, je condamne donc Mérovée à entrer dans les ordres. Il sera cloîtré au couvent de Saint-Calais.

Il y eut un murmure dans l'assistance... A part la mort, la sentence était la plus terrible qui soit pour un prince. Recevoir les ordres, c'était être tonsuré, avoir les cheveux coupés, ce qui interdisait à jamais de régner. De plus, la peine était humiliante, elle était même infamante.

Mais Mérovée ne manifesta pas la moindre réaction. Il se laissa dépouiller de son baudrier et de son cher scramasaxe. Il enfila docilement une toge à la romaine par-dessus ses vêtements et accepta que soit tondue en public sa magnifique chevelure blonde. Le spectacle était si effrayant que beaucoup, dans l'assistance, à commencer par Chilpéric, détournèrent le regard. Encore une fois Mérovée resta impassible.

Ensuite, il reçut la prêtrise, qui consistait en une simple bénédiction de l'évêque Eulalius. Après quoi, Chilpéric et son armée repartirent avec lui, cette fois, en direction de Saint-Calais, bien loin de là, aux environs du Mans.

A la tête de sa petite troupe, Gallien avait suivi l'armée de Chilpéric à distance... Pour le jeune païen, qui n'avait quitté son temple féminin que pour vivre dans l'ombre de Mérovée, c'était une aventure terrifiante, mais l'amour lui avait donné toutes les forces et toutes les audaces. Gallien, le doux, l'efféminé, le timide, s'était métamorphosé en chef de bande et était parvenu à imposer son autorité aux guerriers que lui avait confiés Prétextat.

Il n'avait pas osé suivre Chilpéric à Berny ; sa présence y aurait été remarquée. Il avait choisi d'attendre à Soissons, en espérant que le prince ne serait pas mis à mort, mais conduit en captivité dans un autre lieu. Il avait prié pour cela non seulement Vénus, mais tous les dieux de l'Olympe et même Jésus-Christ. Il ne sut pas lequel d'entre eux l'exauça, mais il fut exaucé ! Il apprit que Mérovée était conduit au couvent et il se mit à sa poursuite.

Tant que Chilpéric était là avec son armée, il ne pouvait rien faire. Il dut donc attendre que le prince entre au monastère et que l'armée de son père reparte. Il laissa s'écouler une journée et donna l'ordre de l'assaut. Il se trouva alors confronté à un problème inattendu : ses hommes, tous chrétiens, n'osaient pas pénétrer de force dans un lieu consacré ; ils avaient peur de la damnation.

Après avoir vainement parlementé, il se résolut à y entrer seul. En tant que païen, il n'avait nulle crainte de l'enfer ; au contraire, c'était là qu'il souhaitait aller pour retrouver sa chère Vénus. Il frappa donc à la porte, se faisant passer pour un voyageur égaré et, une fois à l'intérieur, tira son scramasaxe.

Les moines, terrorisés, n'opposèrent aucune résistance et allèrent chercher l'ancien prince. Gallien connut alors le plus beau moment de sa vie. Mérovée se jeta dans ses bras, avec des larmes de joie.

— Mon frère ! Mon frère bien-aimé !

Il ne put que balbutier :

— Noble Prince...

La phrase suivante lui causa évidemment un peu d'amertume :

— As-tu des nouvelles de Brunehaut ?

— Hélas, non !

Mais ce petit pincement au cœur ne dura pas. Gallien retourna bien vite à sa béatitude. Son prince était à ses côtés : il n'en demandait pas plus. Leur aventure se terminerait sans doute par leur mort à tous deux, mais chaque jour qui passerait serait un jour de bonheur !

Mérovée eut alors une expression de gêne et même de honte. Il ôta son capuchon de moine découvrant son crâne entièrement dénudé à l'exception d'une mince couronne de cheveux. Son compagnon eut un sourire.

— Ne désespérez pas, Noble Prince. L'arbre est encore vert, les feuilles repousseront.

— Tu crois que je régnerai un jour ?

— J'en suis sûr...

Mérovée eut un rire joyeux.

— Allons retrouver ma femme !

Ils sortirent du couvent. Ce fut pour faire une amère découverte : les soldats avaient disparu. Sans doute effrayés par le sacrilège de Gallien, ils avaient pris la fuite. Ils leur avaient pourtant laissé deux chevaux et deux chameaux avec des provisions et des armes. Gallien monta en selle et se mit en route sur la voie romaine qui passait devant le couvent. Mérovée en fit autant.

— C'est la direction de Metz ?

— Non, celle de Tours. Mais c'est la direction opposée à Chilpéric et c'est celle qu'il faut prendre. Il ne va pas tarder à apprendre votre délivrance et à se mettre à notre poursuite...

Ils chevauchèrent ainsi plusieurs jours, sans rencontrer âme qui vive sur ce chemin dallé qui coupait en deux une forêt impénétrable. On était au milieu de l'automne et les arbres avaient des teintes rousses admirables. Le paysage n'était que douceur et majesté, ce qui rappelait irrésistiblement à Mérovée le souvenir de Brunehaut. D'ailleurs, tout lui rappelait la reine, vers laquelle il allait, même si, pour l'instant, il devait faire un détour à cause de son père.

Malgré les incertitudes de l'avenir, dans ces moments hors du temps, hors du monde, Mérovée était heureux. Quelquefois, il lançait à Gallien un regard éperdu de reconnaissance. Il lui parlait beaucoup, lui racontant en détail l'idylle de Rouen, ou restait des heures silencieux. Quelquefois, il riait sans raison et son compagnon répondait à son rire...

Ils cheminèrent ainsi une semaine, bivouaquant à la nuit, quand, brusquement, la neige tomba. Cela arriva de manière imprévisible et violente, en tempête, au moment où la route devenait subitement malaisée, avec de nombreuses ornières... Par chance pour eux, ils aperçurent un sentier dans la forêt, le premier qu'ils voyaient depuis qu'ils étaient partis. Cela laissait supposer une présence humaine. Ils décidèrent de l'emprunter. S'il y avait un village, ils y resteraient le temps que la tempête se calme. De toute manière, avec un temps pareil, Chilpéric serait obligé de s'arrêter lui aussi...

Il y avait bien un village... Ils arrivèrent, peu avant le soir, dans une vaste clairière où se dressaient plusieurs huttes de branchages. Ils poussèrent la porte de la première d'entre elles. C'était celle réservée aux animaux de basse-cour : grues, cygnes, poules et canards s'y blottissaient, frigorifiés.

Un homme entra à son tour et se planta devant eux. Il était couvert de peaux de bêtes et tenait une lourde massue. C'était un solide gaillard blond aux yeux bleus. Il était encore très jeune, quinze ans, au plus.

— Je m'appelle Chramne. Je suis le chef de ce village. Qui êtes-vous ? Que voulez-vous ?

Mérovée, avec sa tonsure, ne pouvait se prétendre prince. Il se présenta comme un père abbé se rendant à Tours, avec un homme d'escorte. Il demanda asile jusqu'au retour du beau temps. En échange, il donnerait des provisions. Chramne accepta aussitôt.

— Vous habiterez ma maison. C'est la meilleure du village.

Il les conduisit tout au bout de la clairière et ils découvrirent une bâtisse en maçonnerie de vastes dimensions. Ils y entrèrent. Un feu vif était entretenu par deux petites filles si sales qu'elles étaient toutes noires. Mérovée prit place devant le foyer et sortit de ses provisions de la viande séchée qu'il partagea avec Chramne et les fillettes. Il désigna les murs.

— D'où viennent ces pierres ?

— Du grand chemin, là-bas. Ce n'est pas difficile. Il n'y a qu'à les prendre.

Le prince et son compagnon comprirent pourquoi la voie romaine était en si mauvais état quand ils l'avaient quittée... Mérovée s'étonna alors de la jeunesse du chef du village. Ce dernier se rengorgea :

— C'est parce que je suis le plus fort ! A chaque Saint-Jean, n'importe qui peut défier le chef dans un combat à mort. S'il est vainqueur, il devient le chef. Il y a deux grandes fêtes : la Saint-Jean, le 24 juin, et le Dadsisas, le 22 février.

— Le Dadsisas ?

— La bénédiction des morts par l'esprit de la forêt.

— Vous ne croyez donc pas en Jésus-Christ ?

— Nous voudrions bien, mais le Christ interdit d'honorer les pierres dressées et nous tenons trop à la nôtre...

Sur ces mots, Chramne les salua et les laissa seuls.

Brisés par la fatigue, Mérovée et Gallien ne tardèrent pas à s'endormir... Le lendemain matin, une surprise les attendait. Ils furent réveillés par le même Chramne, qui les conduisit sur la place du village. La neige s'était arrêtée. Toute la population était rassemblée.

— Venez, c'est le Dadsisas !

— Mais nous ne sommes pas le 22 février.

— C'est possible, mais nous avons perdu le souvenir des jours. Nous fêtons le Dadsisas à la première neige... Venez !

Mérovée contempla le ciel redevenu uniformément bleu.

— Nous ne pouvons pas. Nous devons partir.

La voix de Chramne se fit insistante et même menaçante :

— Tous ceux qui sont au village doivent célébrer le Dadsisas avec nous, sinon ce serait le malheur pour tous. Venez !

Mérovée abaissa instinctivement sa main vers son scramasaxe, mais Gallien arrêta son geste... Même armé d'une simple massue, Chramne était un adversaire redoutable, d'autant qu'il avait à ses côtés un autre villageois, un peu plus jeune que lui et déjà vigoureux. Un combat serait trop risqué. Il fallait obéir, même si on perdait ainsi un temps précieux sur Chilpéric...

Sous la direction de Chramne, tout le monde s'engagea dans un sentier. Mérovée et Gallien purent constater que le village n'était guère peuplé : pas plus d'une cinquantaine de personnes. A part le garçon vigoureux qui se tenait à côté de Chramne, — son prochain adversaire à la Saint-Jean, sans doute — tous étaient chétifs et maladifs ; beaucoup toussaient, plusieurs étaient contrefaits. Mais c'était encore leur jeunesse qui frappait le plus. Il y avait quantité d'enfants et personne ne paraissait avoir plus de vingt-cinq ans.

Ils n'allèrent pas loin et débouchèrent bientôt dans une autre clairière, plus petite.

La pierre dressée était là. Elle était faite de deux hautes roches verticales grossièrement taillées, supportant une pierre plate horizontale. Elle avait été débarrassée de la neige qui la recouvrait et elle se détachait, toute noire, sur le blanc environnant. Mérovée avait déjà vu de ces étranges constructions dans les campagnes, mais il n'avait jamais vu des hommes les adorer. Du coup, la curiosité lui fit oublier le dangereux contretemps et même, un instant, Brunehaut.

Les paysans s'étaient agenouillés dans la neige et remuaient les lèvres, prononçant intérieurement de mystérieuses prières. Le plus étonnant était qu'ils n'émettaient aucun son, comme si leurs invocations étaient si secrètes qu'elles ne devaient être connues de personne.

Cela dura un long moment, à la suite de quoi Chramne se leva et tous l'imitèrent. Ils firent le chemin en sens inverse et se rendirent au cimetière, situé derrière le village... Les tombes étaient matérialisées par des dalles sans inscription, prises à la voie romaine. Elles étaient orientées vers le soleil levant. Un tréteau fut posé au-dessus de l'une d'elles, et du vin et des victuailles y furent entassés. Chramne convia Mérovée et Gallien à prendre place de chaque côté de lui et leva son bol.

— A Chramne ! Dadsisas !

Il s'expliqua à l'attention des deux étrangers :

— Chramne était le chef avant moi. Ici, personne n'a de nom sauf le chef et il s'appelle toujours Chramne... Qu'on remplisse vos bols. Répétez après moi : A Chramne ! Dadsisas !

Les deux jeunes gens s'exécutèrent. Le banquet funèbre dura toute la journée. C'était la première fois que Mérovée buvait depuis le départ de Rouen et l'ivresse aviva son amour au point de le rendre insupportable. Bientôt, au grand étonnement de Chramne et des siens, il se mit à pleurer à chaudes larmes, répétant :

— Brunehaut !

Et il pleurait encore quand Gallien le reconduisit, titubant, à leur maison faite des pierres de la route...

Ils partirent le lendemain matin, remerciant Chramne de son hospitalité. Mais elle risquait de leur avoir coûté cher : Chilpéric devait être sur leurs talons. Pour aller plus vite, ils décidèrent de se séparer de leurs chameaux. Ils les laissèrent à leur hôte, qui se confondit en remerciements. Le chameau était, de tous les animaux, le plus précieux. Non seulement c'était la bête de bât par excellence, mais quand il était mort, on mangeait sa viande, et sa fourrure, peu gracieuse mais chaude, fournissait le vêtement préféré des petites gens : le manteau de chameau ou camelote.

Les craintes de Mérovée et Gallien n'étaient que trop fondées. Le jour perdu avec le Dadsisas s'avéra fatal. Alors que, toujours cheminant sur la voie romaine, les deux jeunes gens arrivaient au sommet d'une colline, ils découvrirent en se retournant des petits points à l'horizon tout blanc : Chilpéric était là !

Tout était perdu ! Malgré leur avance, ils ne pourraient échapper à une armée entière et, cette fois, le roi de Soissons ne ferait pas grâce. C'était la mort qui les attendait l'un et l'autre, sans nul doute dans les pires supplices. A tout prendre, le suicide était préférable... Ils étaient en train de s'y préparer par la pensée, quand, arrivant en haut de la colline suivante, ils eurent une nouvelle surprise, heureuse, celle-là : un large fleuve venait d'apparaître ; derrière une palissade, montaient des fumées. C'était Tours !

Ils y furent avant la nuit et leur joie d'être sains et saufs fut vite remplacée par une autre émotion. Après avoir franchi les remparts et dépassé les premières maisons, ils découvrirent un tel spectacle qu'ils en eurent le souffle coupé... A quelques centaines de pas devant eux se dressait Saint-Martin de Tours, la plus grande église de Gaule. Mais ce n'était pas le bâtiment religieux qui était le plus extraordinaire, c'était ce qu'il y avait avant.

La cathédrale était précédée par une vaste cour rectangulaire entourée de portiques, avec des vasques de marbre pour les ablutions. C'était l'atrium de Tours, renommé dans toute la Gaule, qui abritait en son centre le tombeau de saint Martin, patron du pays. Il était protégé par une grille et surmonté d'un dais d'or. Au-dessus de la pierre tombale, on pouvait lire l'inscription : « L'âme du saint est entre les mains de Dieu, mais lui-même est présent ici par la puissance de ses miracles. »

L'atrium était rempli par une véritable mer humaine. Mérovée et Gallien n'avaient jamais vu une telle bousculade, mais surtout, jamais une telle laideur. Centre de pèlerinage, Tours attirait tout ce que le royaume comptait de misères. Il y avait des estropiés sur leurs béquilles, des boutonneux, des galeux, des fiévreux couverts de sueur, des convulsionnaires qui se tordaient à terre, des paralytiques portés par des âmes charitables, des aveugles qui se cognaient dans les uns et les autres, des fous qui couraient en riant ou en hurlant.

Après s'être frayé un chemin à grand-peine, les deux jeunes gens pénétrèrent dans le lieu de culte et ils purent constater que Saint-Martin de Tours n'usurpait pas son titre de plus grande église de Gaule. L'ensemble avait au moins cinquante pas de long, vingt de large et quinze de haut. La nef, séparée des bas-côtés par des arcades, comprenait plus de mille colonnes ; elle se terminait par une abside voûtée où se trouvait l'autel.

La lumière entrait à flots dans cet ensemble, tant par les fenêtres — vingt dans la nef, trente autour de l'autel — que par les innombrables cierges. Les matériaux les plus précieux avaient été réunis et brillaient de tous leurs feux : un pavage de marbre, un plafond à caissons dorés, des parois peintes en bleu et or, avec peintures et mosaïques. Tout comme le tombeau de saint Martin, l'autel était surmonté d'une inscription, brodée à l'or sur un long tissu blanc : « Lieu redoutable, temple de Dieu et porte du ciel. »

Une messe basse était en train d'y être célébrée. L'officiant se retourna pour la bénédiction finale et, tout de suite après avoir achevé son signe de croix, se dirigea vers Mérovée. C'était un bel homme, de haute taille, qui devait approcher la quarantaine. Il se dégageait de sa personne une impressionnante autorité.

— Je suis Grégoire, archevêque de ces lieux. Et vous, qui êtes-vous, sinon le fils de Chilpéric, qui s'est enfui du couvent ?

Mérovée, avec sa tonsure et son scramasaxe au côté, ne pouvait nier la vérité. Grégoire de Tours s'empourpra.

— Hors d'ici !

— Mais, Très Saint Père...

— A-t-on jamais vu pareil pécheur ? Hors d'ici, époux incestueux et moine apostat ! Hors de ma vue !

En s'entendant traiter d'époux incestueux, Mérovée entra soudain dans une colère effroyable.

Il tira son scramasaxe et le brandit au-dessus de la tête du religieux.

— Mon père est après moi pour me tuer. Donnez-moi l'asile ou je vous tue !

Le jeune prince avait totalement perdu le contrôle de lui-même. Il était visiblement prêt au meurtre. Grégoire de Tours, tant sous l'effet de la frayeur que parce que, effectivement, il ne pouvait refuser l'asile à personne, se radoucit. Mérovée pourrait rester. Il resta donc...

En sortant de la cathédrale, le prince fit, avec son compagnon, une désagréable découverte : des feux étaient visibles sur une colline au-delà des palissades. L'armée de Chilpéric avait installé son bivouac : ils étaient prisonniers.

Ils décidèrent de ne pas y penser davantage et de se reposer de leurs émotions. Demain, ils auraient tout le temps d'aviser. Ils allèrent s'installer pour dormir, un peu à l'écart des autres dans le portique, se faisant un rempart contre le froid avec leurs provisions et leurs chevaux...

Ils ne devaient pas oublier leur nuit dans l'atrium de Tours.

Ils furent réveillés par des hurlements du côté du tombeau. Il faisait encore noir, ce qui ne les empêcha pas d'apercevoir une demi-douzaine de personnages armés de couteaux, qui s'approchaient d'eux. Il n'y avait aucun doute sur leurs intentions : ils s'apprêtaient à les dépouiller après les avoir tués.

Ils dégainèrent leurs scramasaxes, ce qui eut pour résultat de faire fuir les assaillants à toutes jambes.

Eux, apparemment, ne souffraient de rien... Mérovée et Gallien venaient de découvrir un autre aspect de l'atrium de Tours. Il attirait non seulement des malades dans l'espoir de la guérison, mais aussi la pire racaille venue échapper au châtiment. D'une certaine manière, ces brigands étaient comme eux : ils étaient là pour le droit d'asile. Tout ce que le monde franc, pourtant violent et sans foi ni loi, comptait de plus dangereux s'était donné rendez-vous dans ces lieux. L'atrium de Tours était le pire coupe-gorge du pays !...

Du côté du tombeau du saint, les hurlements qui leur avaient sauvé la vie en les tirant du sommeil n'avaient pas cessé. Ils allèrent voir de quoi il s'agissait.

On avait allumé des torches un peu partout et une vive lumière régnait. La foule gesticulait et criait, couvrant par moments les vociférations. Elle répétait :

— Qu'on ouvre son tombeau !

Car il y avait beaucoup de tombes dans l'atrium. En se frayant un passage vers l'origine du tumulte, le prince et son compagnon constatèrent qu'ils ne cessaient d'en fouler aux pieds. Il s'agissait de longues dalles orientées à l'est, avec un nom, une croix et un poisson gravés...

Il n'y avait pas, en effet, que les vivants, malades ou criminels, qui venaient à Tours, il y avait aussi les morts. Pour profiter des bénédictions du saint, il fallait se faire enterrer le plus près possible de son tombeau. Seulement, on devait, pour cela, avoir été pur dans sa vie. Malheur au pécheur qui s'était fait inhumer en ces lieux : l'âme de Martin venait le réveiller et le faire hurler ! C'était ce qui était en train de se produire.

Un homme se tordait de douleur, allongé sur une pierre tombale. Cessant soudainement ses cris, il se mit à proférer :

— J'ai été avare. Saint Martin me tourmente. Retirez-moi, je brûle !

Les pèlerins se précipitèrent, l'écartèrent, soulevèrent la dalle gravée sur laquelle il se trouvait, et ouvrirent le cercueil. Ils en retirèrent le cadavre qui venait de s'exprimer par la voix du vivant couché sur sa tombe. Il était richement vêtu d'une robe de lin rouge. Il ne portait pas d'armes. Visiblement, il n'avait pas été un guerrier, mais un marchand. A sa vue, les malades et les assassins de l'atrium s'égosillèrent :

— Qu'on le décapite !

— Qu'on le désarticule !

— Qu'on le cloue !...

Tout cela fut fait. L'avare imprudent, qui avait cru échapper à la vigilance de saint Martin, fut scalpé et ses cheveux accrochés à la grille du tombeau ; sa tête coupée fut fichée sur un pieu ; ses bras, ses jambes et son tronc furent séparés et cloués sur cinq planches. Après quoi, chacun alla se rendormir dans le silence revenu, à part les gémissements de ceux qui souffraient et les rires des fous...

Au matin, Mérovée et Gallien se rendirent aux remparts pour voir si l'armée de Chilpéric était là.

Ils le regrettèrent car, non seulement, ils constatèrent qu'elle n'avait pas bougé, mais, comme Mérovée passait la tête à travers un trou dans la palissade, un cavalier l'aperçut et partit au galop. Il n'y avait, hélas, aucune illusion à se faire : il l'avait reconnu et courait prévenir le roi.

Tous deux en eurent la confirmation un peu plus tard. Ils s'étaient installés dans la rue principale de la ville pour se restaurer, voulant rester à l'écart du périlleux atrium et de l'ombrageux prélat, lorsqu'ils eurent la surprise de voir arriver ce dernier. Grégoire avait perdu son air rogue de la veille. Il alla droit vers le prince.

— Un émissaire de Chilpéric vient de me trouver. Votre père sait votre présence et exige que je vous livre à lui. J'ai refusé.

— Je vous remercie, Très Saint Père.

— L'envoyé m'a répliqué que, dans ce cas, l'armée mettrait le siège devant la ville et l'affamerait. Cela ne change rien à ma décision.

Mérovée allait de nouveau remercier l'archevêque, mais celui-ci l'interrompit. Son ton s'était considérablement adouci :

— Vous resterez auprès de moi le temps qu'il faudra. Je veux vous dire que quels que soient vos torts, vous n'êtes pas un criminel. Chilpéric et Frédégonde, eux, le sont, et de la pire espèce ! Ce sont les ennemis du genre humain, les fléaux de Dieu !...

Ils retraversèrent l'atrium. Grégoire s'ouvrit un passage à grands cris et à grands coups de son bâton sacerdotal. Il fallait une personnalité peu commune pour s'imposer à cette cohorte de miséreux et de vauriens, et il en était, de toute évidence, amplement doué. Il s'adressa aux deux jeunes gens :

— Vous ne resterez pas avec eux. Je vous offre l'hospitalité dans la cathédrale. Suivez-moi...

La cohue autour du tombeau du saint était plus vive encore que la veille. Quatre prêtres se tenaient derrière les grilles, que les fidèles n'avaient pas le droit de franchir. Ceux-ci s'écrasaient contre elles, tendant aux religieux des linges pour qu'ils les frottent contre la pierre tombale ; d'autres s'accroupissaient, au risque d'être piétinés et tentaient d'arracher de l'herbe qui avait poussé près du sépulcre... Grégoire de Tours força la voix pour dominer le tumulte :

— Cette nuit, avant que l'avare ne réveille tout le monde, des brigands sont encore venus voler les pièces de monnaie et les bijoux que les fidèles avaient déposés sur le tombeau.

— Ne pouvez-vous le faire garder par des soldats ?

— Non. Les hommes d'armes ne peuvent pas entrer dans une terre d'asile...

Gallien voulait faire quelque chose pour remercier l'archevêque de son hospitalité. Il se proposa aussitôt.

— Je veux bien m'en charger, Très Saint Père. Si vous m'y autorisez, je resterai à côté du tombeau le jour et j'y coucherai la nuit. Je vous jure que personne n'en approchera !

— C'est hélas, impossible, mon fils. Seuls les

prêtres peuvent franchir les grilles. Les autres sont aussitôt damnés. Cela n'empêche pourtant pas les voleurs ! La peur du diable ne les arrête pas. Il faut croire qu'ils sont païens...

— Mais moi aussi, je le suis ! Et je ne crains pas l'enfer. Laissez-moi devenir le gardien de saint Martin.

Un sourire apparut pour la première fois sur le visage sévère de l'archevêque.

— S'il en est ainsi, c'est un très grand service que vous rendez à l'Eglise, mon fils. Bien que vous soyez païen, laissez-moi vous bénir.

Grégoire de Tours traça le signe de croix au-dessus de la tête du jeune homme et rentra dans la cathédrale, en compagnie de Mérovée...

L'envoyé de Chilpéric avait dit vrai : l'armée resta et mit le siège devant Tours. Le roi, rendu fou furieux par la nouvelle trahison de son fils, avait décidé de le capturer coûte que coûte. Pour lui, c'était désormais la seule chose qui comptait. Les affaires du pays passeraient après !

Il ne s'agissait pourtant pas, ainsi qu'il en avait fait la menace à Grégoire, d'un siège véritable. Il n'avait pas osé affamer la ville la plus sainte du pays. Ses soldats laissaient entrer et sortir qui voulait, mais non sans avoir arrêté et dévisagé chacun. Si Mérovée se présentait, il serait immanquablement pris...

Ce dernier en était bien conscient et, par mesure de sécurité supplémentaire, ne quittait pas la cathédrale. Il avait eu la surprise de découvrir qu'il n'était pas le seul à y demeurer. D'autres que lui, privilégiés par le rang et la fortune, avaient reçu l'autorisation d'y séjourner et Saint-Martin de Tours avait des allures d'auberge, voire de lupanar.

On y banquetait, on s'y livrait à des beuveries, on y forniquait dans les coins sombres... Lui, ne participait pas à ces débauches. Il restait le plus souvent seul, accablé d'une insurmontable tristesse.. Par ses dimensions, la cathédrale lui faisait irrésistiblement penser aux thermes de Lutèce. Quelquefois, un grand rayon de soleil tombait obliquement d'une des fenêtres haut perchées et il lui semblait apercevoir la statue mauve. Il se précipitait alors, les bras tendus, pour découvrir que ce n'était qu'un pèlerin ou un prêtre.

Il priait ardemment pour retrouver son épouse, mais bien qu'il soit dans une cathédrale, c'était surtout Vénus qu'il invoquait. Il pensait qu'elle était mieux à même que Jésus-Christ, ses saints et ses anges, de s'occuper des choses de l'amour. Toutefois, avant de commencer sa prière à la déesse, il ne manquait jamais de s'en excuser poliment auprès de saint Martin...

Gallien, de son côté, avait fini par s'habituer à la vie trépidante de l'atrium. Bien que païen, il aidait les prêtres à frotter contre la pierre tombale les linges que lui tendaient les pèlerins et les rendait imprégnés de la précieuse poussière. La nuit, il dormait allongé à même le tombeau, dans la posture que devait avoir le saint un peu plus bas, le scramasaxe à ses côtés et, depuis qu'il était là, pas un voleur n'avait osé se manifester.

Son sommeil était pourtant bien perturbé. Les mauvais morts qu'il fallait sortir de leurs cercueils étaient exceptionnels, mais les miracles avaient lieu presque toutes les nuits. Souvent quelqu'un percevait une lueur ou un bruit surnaturel, se levait en criant :

— Miracle !

Et tout l'atrium se réveillait, se mettant à chanter et à danser, dans une frénésie qui ne prenait fin qu'au matin...

Au bout d'un mois de réclusion dans la cathédrale, Mérovée eut la surprise de voir un inconnu venir vers lui et mettre un genou en terre. L'homme arracha un de ses cheveux roux coiffés en queue de cheval et le lui tendit en signe d'allégeance. Il ne manquait pas de prestance avec sa haute stature et sa barbe taillée en collier.

— Qui es-tu ?

— Avant tout, je vous demande de ne faire aucun geste contre moi, Votre Sublimité. Je suis, comme vous, sous la protection de saint Martin et me toucher serait un crime !

— Pourquoi te voudrais-je du mal ?

— C'est que je suis... Gontran Boson.

En découvrant celui contre lequel il aurait dû se battre, s'il n'avait préféré rejoindre sa bien-aimée à Rouen, Mérovée eut un sursaut... Gontran Boson prit cette réaction pour de la colère et se mit à parler précipitamment :

— Oui, je sais, Votre Sublimité, c'est moi qui ai tué votre frère Théodebert et... je ne lui ai pas rendu les honneurs funèbres habituels. Je suis coupable, très coupable, Votre Gloire. Mais maintenant, je suis comme vous. Si Chilpéric me prend, ce sont les pires supplices qui m'attendent !

A son grand soulagement, Mérovée eut un sourire.

— Mon frère n'a eu que ce qu'il méritait !... Ainsi donc, tu es un sujet de Brunehaut ?

— Je suis, si j'ose le dire, son meilleur chef de guerre.

— Parle-moi d'elle. Tous doivent l'aimer en Austrasie...

— Comment faire autrement que de l'aimer, Votre Gloire ?

— Connais-tu le chemin de Metz ?

— Non seulement, je le connais, mais s'il n'y avait l'armée de Chilpéric, j'y serais déjà.

Mérovée frappa dans ses mains pour alerter les serviteurs de Grégoire qui se trouvaient dans la cathédrale.

— Dressez une table ! Allez chercher de la nourriture et du vin !...

Il se tourna vers Gontran Boson.

— A présent, tu vas tout me dire.

— A propos de quoi, Votre Sublimité ?

— De la reine... Je veux que tu me parles d'elle. Aujourd'hui, demain, tous les jours !...

A partir de ce moment, Mérovée ne quitta plus Gontran Boson à qui il voua une amitié sans bornes.

Le fourbe personnage, qui avait toujours détesté Brunehaut, feignait d'éprouver les sentiments les plus chaleureux à son égard, ce qui remplissait d'aise son interlocuteur... Gontran Boson était parvenu à ses fins. Quand il avait appris la présence de Mérovée, il s'était dit qu'il serait utile d'obtenir son amitié, même s'il ne voyait pas encore de quelle manière elle allait lui servir.

Désormais inséparables, tous deux discouraient de la reine d'Austrasie et échafaudaient des plans pour la rejoindre à Metz... Mais pour l'instant, c'était en pure perte. Il n'y avait pas moyen de quitter Tours. Les mois se succédaient et Chilpéric ne partait pas...

Mérovée n'était pas toujours avec Gontran Boson. Le temps passant, Grégoire de Tours l'avait pris en sympathie, puis en affection, même s'il le faisait taire chaque fois qu'il l'entendait soupirer après Brunehaut. Il considérait qu'au cours de sa jeune existence, le prince avait plus été victime des événements qu'autre chose. C'est pourquoi il se décida un beau jour à lui dévoiler la grande tâche qu'il avait entreprise : l'histoire des Francs.

Il le conduisit dans son logement, qui était attenant à la cathédrale, et lui montra une pile de feuillets sur une écritoire.

— Regardez ! Ceci est la vie glorieuse des rois francs. Je la consigne pour que les siècles à venir en gardent à jamais la mémoire !

Mérovée fut ébloui.

— Vous écrivez l'histoire de ma famille ?

— Oui. Et la vôtre aussi y figurera.

— Parlez-moi de mon ancêtre Mérovée !

Le prélat fit un geste d'ignorance.

— On sait très peu de choses à son sujet. Quelques personnes prétendent qu'il fut fils de Clodion et père de Childéric.

Mérovée ne put cacher sa déception, mais la curiosité l'emporta vite.

— Dites-moi ce que vous étiez en train d'écrire !

— Je crains que cela ne vous soit guère agréable : il s'agit de princes à qui on voulait couper les cheveux.

Mérovée montra son crâne, à présent entièrement regarni, même si sa chevelure était encore de taille modeste.

— Ce n'est pas grave, Très Saint Père. L'arbre est plein de sève, les feuilles repoussent. Racontez-moi, je vous prie !

— Eh bien, je relatais le meurtre des enfants de Clodomir... Clodomir, l'un des trois fils de Clovis et de Clotilde, ayant été tué au combat, ses deux frères Clotaire et Childebert...

— Il s'agit de mon grand-père Clotaire ?

— Oui, c'est bien lui... Donc, Clotaire et Childebert s'entendirent pour tuer les enfants de Clodomir : Théodoald, Gonthier et Cloud, afin qu'ils ne règnent pas. Ceux-ci se trouvaient à Paris, en compagnie de leur aïeule Clotilde. Clotaire et Childebert envoyèrent vers elle un messager avec une épée et des ciseaux. « Que devons-nous faire de tes petits-fils, mère ? Devons-nous les tuer ou leur couper les cheveux ? » Elle répondit : « S'ils ne doivent pas monter sur le trône, je préfère les voir morts que tondus... » Clotaire tua donc d'abord Théodoald, âgé de dix ans, en lui plantant son couteau dans l'aisselle et Gonthier, sept ans, en l'étranglant. Ensuite, avec son frère, ils tuèrent leurs esclaves et leurs nourrices. Cloud, le plus jeune, parvint à s'enfuir, se coupa lui-même les cheveux et devint moine et saint dans la ville qui, depuis, porte son nom. Sainte Clotilde fit ensevelir pieusement les deux enfants dans l'église Saints-Pierre-et-Paul et pleura beaucoup sur eux... C'est ainsi que votre grand-père Clotaire put devenir plus tard roi de tous les Francs.

Mérovée battit des mains.

— Racontez-moi le reste, Très Saint Père !

— C'est que c'est très long.

— Nous avons le temps...

Ils avaient effectivement le temps et Grégoire de Tours, qui était ravi d'avoir un auditoire de choix, lui fit tout partager de ses travaux... De même, Mérovée était là, quand, peu avant Pâques, l'archevêque reçut un envoyé du pape. Il assista avec respect et admiration à leur savante entrevue.

Le légat, d'origine grecque, se nommait Euphron. Il avait belle et noble allure, avec un clair regard, une voix profonde et un air de grande intelligence.

— Très Saint Père, Sa Sainteté le pape Jean

m'envoie vers vous, parce que vous êtes le premier intéressé par la grande réforme qu'elle a décidée.

— Je vous écoute, saint homme...

— Un moine scythe, Denys le Petit, lui a présenté un nouveau calendrier, qui compte les années à partir de la naissance du Christ.

— Sa naissance ! Mais comment peut-on la connaître ?

— En se fondant sur les Saintes Ecritures... Denys l'a fixée à l'année 754 de la fondation de Rome. Nous sommes donc en 576 après Jésus-Christ. Comme vous rédigez l'histoire des Francs, le Saint Père vous engage à la dater de cette manière...

Il s'ensuivit une longue et courtoise discussion, mais Grégoire de Tours refusa de se laisser convaincre. La plupart comptaient les années depuis la mort de saint Martin ; il se référait, lui, à l'avènement de chaque roi. Ainsi, on était actuellement en l'an 14 depuis l'avènement de Chilpéric. L'archevêque conclut :

— Je préfère continuer ainsi, saint homme. La naissance du Christ est trop lointaine. Elle ne dirait rien aux gens...

Euphron n'insista pas. Il était là pour transmettre un vœu et non un ordre. Les papes n'avaient pas les moyens de donner des ordres. Ils étaient bien trop loin, bien trop faibles. Leur autorité sur les évêques était purement morale, pour ne pas dire symbolique...

Grégoire raccompagna le légat avec les marques du plus profond respect. Comme ils arrivaient devant la cathédrale, dont le portail était surmonté d'une croix et d'un poisson en mosaïque, Euphron lui demanda à brûle-pourpoint :

— Connaissez-vous le grec ?

— Je suis loin d'être aussi savant.

— C'est dommage, sinon vous sauriez pourquoi on représente le Sauveur sous la forme d'un poisson. Il s'agit d'une confusion ancienne entre « Christus », et « ichtus », qui signifie « poisson » en grec. Cela aussi, Sa Sainteté m'a chargé de vous le dire. Elle souhaiterait qu'on figure désormais le Christ sous forme humaine.

— Comment cela ?

— Par son visage ou son effigie sur la croix.

Grégoire de Tours promit d'y penser, mais il n'en fit rien... Depuis des générations, le Christ et le poisson étaient associés. Changer cette habitude ne ferait que désorienter les fidèles et pourrait même être dangereux.

Pâques ne tarda pas à arriver et allait être, pour Mérovée, sans qu'il le sache, un jour décisif. Lui, ne fut sensible qu'au spectacle et il faut dire qu'il avait de quoi frapper ! Le jour de Pâques, en plus des malades et des assassins, l'atrium de Tours s'enrichissait d'une nouvelle catégorie d'arrivants : les possédés. C'était en ce jour de fête qu'avait lieu l'exorcisme annuel.

Mérovée les découvrit en sortant de la cathédrale après l'office solennel. Ils n'étaient guère nombreux, pas plus d'une douzaine, occupant le centre de l'atrium, mais on ne voyait et n'entendait qu'eux. Ils se frappaient de leurs mains, l'écume sanglante à la bouche, se mordaient et se griffaient entre eux. Ils parlaient à toute allure dans une langue saccadée et gutturale qui ne ressemblait à rien d'autre.

Autour d'eux, un grand vide s'était fait. Un grand silence aussi. La terreur qu'ils inspiraient était telle que les malades avaient cessé de gémir, les fous de crier ; même les brigands tremblaient. Les prêtres, eux aussi, s'étaient enfuis. Seul Gallien était resté à sa place sur le tombeau de saint Martin.

Grégoire de Tours s'avança vers le petit groupe. Il brandissait dans sa main droite un objet qui devait être une relique, vraisemblablement le doigt d'un saint... A sa vue, les possédés se démenèrent avec plus de furie encore. L'archevêque continua d'un pas ferme, s'approcha de l'un d'eux et mit la relique contre sa bouche.

— Tiens, loup féroce, mords si tu le peux !

Il désignait ainsi le diable, dont on ne pouvait prononcer le nom, sous peine de le faire apparaître aussitôt. L'homme se mit alors à tourner sur lui-même. Grégoire poursuivit ses incantations :

— *Nec lea ! Nec gallina ! Ayos ! Christus deleat maculam ! Ayos ! Sancta Crux ! Amen* [1].

Le résultat ne tarda pas : le possédé baissa

1. Ni la lionne ! Ni la poule ! *Ayos !* Que le Christ efface la tache ! *Ayos !* Sainte Croix ! *Amen.*

précipitamment son pantalon et émit un flux d'excréments. A la suite de quoi, il se calma d'un coup. L'archevêque passa au suivant et la même opération se répéta avec le même succès, à la différence que le second possédé se mit à vomir. C'était ainsi, en effet, que se terminaient les exorcismes : l'esprit du mal s'en allait par l'orifice du haut ou celui du bas.

Avec l'un des possédés, Grégoire de Tours s'acharna pourtant en vain. L'homme avait une particularité : s'il se démenait aussi furieusement que les autres, il n'émettait aucun son. Grégoire n'insista pas davantage. Le mutisme était la pire de toutes les manifestations diaboliques. Il donna l'ordre qu'on couvre de chaînes le forcené et qu'on l'enferme au cachot. Il ordonna également qu'on emmène les autres, qui étaient désormais esclaves de l'évêché. Ceux-ci ne protestèrent pas. Ils savaient en venant que, guéri ou non, aucun d'eux ne repartirait de Tours...

Comme tout le monde, perdu quelque part dans l'atrium, Gontran Boson assistait au spectacle avec une curiosité mêlée de crainte, quand une voix le fit se retourner :

— Seigneur Gontran !

Il se trouva nez à nez avec un malade repoussant, recouvert de bandelettes sales et sanglantes.

— Qui es-tu ?

— Ne faites pas attention à mon apparence. Il s'agit d'un déguisement. Je suis en aussi bonne santé que vous. C'est Frédégonde qui m'envoie.

Gontran Boson eut la même réaction qu'avec Mérovée.

— Arrière ! Je suis sous la protection de saint Martin !

— Vous n'avez rien à craindre de la reine, Seigneur Gontran.

— Mais Chilpéric veut me tuer !

— Pas Frédégonde, bien au contraire ! Elle souhaite la mort des fils d'Audovère. Elle vous est infiniment reconnaissante d'avoir tué Théodebert et elle souhaiterait que vous éliminiez aussi Mérovée.

L'espion sortit un petit sac de ses bandelettes. Gontran Boson l'ouvrit et découvrit à l'intérieur des pièces d'or. Ses yeux s'illuminèrent.

— Qu'aurai-je à faire ?

— Simplement convaincre le prince de quitter la ville avec vous dimanche prochain après la messe. Les hommes de garde seront tous achetés par la reine. Ils vous laisseront passer et les assassins attendront Mérovée plus loin. Vous rentrerez à Tours et il y aura encore beaucoup d'or pour vous.

L'homme n'en ajouta pas plus et laissa là le chef austrasien, avec la bourse dans les mains... L'exorcisme se terminait. Gontran réfléchit et bientôt son plan fut au point.

Il y avait à Tours une sorcière que tous les pèlerins connaissaient de réputation. Même Grégoire la tolérait, car ses prédictions étaient, paraît-il, infaillibles. N'affirmait-on pas qu'elle avait annoncé le jour et l'heure exacts de la mort de Caribert, le défunt roi de Neustrie ?... Avec quelques pièces, Gontran

Boson sut la convaincre de devenir son alliée. Ensuite, il alla trouver Mérovée.

Il pressentait qu'il n'aurait pas grand mal à le persuader. Le jeune homme était de plus en plus amoureux de Brunehaut. Depuis quelque temps, il s'alimentait à peine. Il dépérissait à vue d'œil.

— Ne pensez-vous pas qu'il serait temps de rejoindre votre épouse à Metz, Votre Gloire ?

Mérovée poussa un soupir à fendre l'âme.

— J'y pense sans cesse. Mais Chilpéric me tuera.

— Les sorts sont peut-être avec vous. Si vous les interrogiez ?

— De quelle manière ?

— Il y a sur l'atrium la plus grande sorcière de Gaule...

Peu après, ils étaient devant elle. C'était la première fois que Mérovée revenait en ces lieux depuis la nuit mouvementée qu'il y avait passée. A sa vue, Gallien eut un cri de joie et délaissa le tombeau pour venir à ses côtés.

Mérovée découvrit une sorcière telle qu'il l'imaginait : vêtue de noir, avec le nez crochu et des dents manquantes.

— Donnez-moi votre main, Prince.

Mérovée la lui tendit. Elle y plaça un escargot, le laissa aller un moment sur la paume, puis le retira et examina la trace de bave qu'il avait laissée.

— Il arrivera que le roi Chilpéric trépassera dans l'année et que vous régnerez seul, à l'exclusion de vos frères. Vous quitterez ce monde vieux et plein de jours.

Le jeune homme éclata d'un rire triomphant :

— C'est merveilleux ! Partons !

Gontran Boson tempéra sa fougue.

— Pas tout de suite, Votre Sublimité. Il nous faut faire nos préparatifs et aussi nos adieux à l'archevêque. Que diriez-vous de dimanche prochain après la messe ?

— Tu as raison, c'est mieux ainsi.

Il se tourna vers Gallien, qu'il n'avait pas vu depuis des mois.

— Et toi, mon frère, es-tu heureux ?

— Infiniment, Noble Prince...

Gallien ne mentait pas. Il savait que c'était la mort qui les attendait tôt ou tard à la sortie de Tours, mais il savait aussi que, quoi qu'il arrive, Mérovée et lui ne se quitteraient jamais plus. Alors, oui, il était heureux !

10.

« *Thérouanne, Thérouanne...* »

MÉROVÉE, Gontran Boson et Gallien se mirent en route en direction de Metz au jour et à l'heure prévus. Pour aller plus vite et pour être moins visibles, ils n'avaient pas de chameau avec eux. Ils emportaient tout juste un peu d'eau et quelques provisions sur leurs chevaux... Il faisait un temps détestable. Une brume épaisse s'était levée. Elle était si dense qu'on ne voyait même pas le fleuve.

Dans ces conditions, les soldats de garde achetés par la reine n'eurent aucun mal à faire semblant de ne pas les voir. Les trois fugitifs distinguèrent des silhouettes près des remparts et ce fut tout.

Gallien, qui était presque certain d'être arrêté dès la sortie de Tours, poussait intérieurement un soupir de soulagement, quand son compagnon se mit à crier dans sa direction :

— Regarde ! Elle est là !

— Soyez prudent, Noble Prince. On risque de vous entendre.

— Cela m'est bien égal ! Elle est devant nous

dans la brume. Elle est sur un cheval noir, armée et casquée. Elle a sa lance à la main.

— Etes-vous bien sûr qu'il s'agisse d'elle ?

— Evidemment ! Si tu connaissais mieux le franc, tu ne me poserais pas la question. « Brunehaut » veut dire « Déesse de la guerre cuirassée ».

Gontran Boson jugea le moment venu de s'éclipser. L'espion de Frédégonde lui avait dit de rentrer à Tours sa mission accomplie. Les assassins ne devaient plus être loin et, avec cette brume, ils risquaient de le prendre pour le prince ou son compagnon. Il fit soudain demi-tour et partit au galop... Gallien s'exclama :

— Il s'enfuit ! C'est un piège !

Mérovée fixait toujours le même point dans la brume.

— Ne crains rien. Elle nous fait escorte et nous protège... Regarde ! Elle pointe sa lance droit devant pour nous indiquer le chemin. Nous sommes dans la bonne direction, sur la route de Metz !

Gallien empoigna son scramasaxe, s'attendant à voir sortir des assassins du brouillard, mais aussi étonnant que cela paraisse, ce fut son compagnon qui eut raison : personne ne se manifesta et les brumes ne tardèrent pas à disparaître, remplacées par un éclatant soleil.

Pour Mérovée, qui sortait d'un long séjour confiné dans la cathédrale, cette redécouverte de la nature fut un intense moment d'exaltation. Et puis c'était le printemps ! Non seulement c'était le mois des roses et des oiseaux, le mois du renouveau et de la fête, mais c'était au printemps qu'il était tombé amoureux de Brunehaut. C'était doublement le mois de l'amour !

A présent, il ne voyait plus la reine à cheval dans la brume, il la voyait partout : dans les reflets des flots, dans le feuillage des arbres, dans les nuages, dans la chanson du vent, dans les fleurs du chemin et il s'émerveillait auprès de son compagnon de chaque découverte...

A la nuit, profitant de ce qu'il y avait pleine lune, il décida de ne pas s'arrêter. Ils avaient eu de la chance en ne rencontrant pas de soldats, mais il fallait mettre le plus de distance possible entre Chilpéric et eux et il bouillait d'être à Metz. Gallien en fut stupéfait :

— Vous n'avez pas peur des esprits ?

— Quels esprits ? Il n'y a qu'elle. Elle est partout autour de nous. Même la lune a son visage.

Gallien ne répliqua rien. Il n'y avait rien à répliquer. Il chevaucha en silence, regardant son seigneur, qui était perdu dans une interminable rêverie... Normalement, il aurait dû en éprouver de la jalousie, voire du désespoir, mais il ne pouvait pas. C'était, au contraire, quelque chose proche de l'émerveillement qu'il ressentait. Mérovée abritait dans son cœur un des plus grands amours de tous les temps. C'était si saisissant, que Gallien cessa de penser à lui-même pour n'admirer que la puissance de Vénus...

Mais Gallien mit brusquement un terme à ses réflexions, tout comme Mérovée sortit de sa rêverie éveillée, car un extraordinaire spectacle venait d'apparaître au loin : ils n'étaient pas seuls dans la nuit !

Une sorte de procession s'avançait le long de la route et ils ne tardèrent pas à se trouver à sa hauteur... Devant, allaient cinq femmes, vêtues de la même manière : une robe noire sans manches, fixée aux épaules par des agrafes à tête de chien. Deux d'entre elles étaient très âgées : une borgne aux dents noires et une vieille si ridée qu'on ne distinguait plus ses traits. Une troisième, bien que plus jeune, n'était guère plus agréable à regarder : elle était velue à un point inimaginable ; son visage, ses bras et ses mains étaient recouverts de poils semblables à la toison d'un animal. Les deux dernières étaient, au contraire, d'aspect avenant : une femme d'une trentaine d'années, avec beaucoup d'aisance dans le maintien, et surtout une jeune fille d'une éblouissante beauté. Derrière, des hommes et des femmes mal vêtus, visiblement des paysans, se tenaient à distance respectueuse.

Mérovée s'adressa aux cinq femmes :

— Qui êtes-vous ? Que faites-vous ?

Ce fut la jolie fille qui lui répondit.

— Les prêtresses d'Hécate. Nous allons lui rendre son culte, ainsi qu'il convient à chaque pleine lune.

— Ne craignez-vous pas les esprits ?

La jeune prêtresse ne répondit pas et, abandonnant soudain la voie romaine, obliqua dans l'immense forêt. Il y avait là un sentier étroit. Sur les arbres alentour, on avait accroché des morceaux de métal ou de terre cuite portant des exorcismes figurés par des signes mystérieux. Bientôt, toute la troupe disparut silencieusement... Mérovée se tourna vers son compagnon.

— Qui est Hécate ?

— La déesse de la Lune et de la magie infernale.

— Crois-tu que je peux la prier pour Brunehaut et moi ?

— Peut-être, si vous ne craignez pas de l'approcher.

S'agissant de son amour, Mérovée n'avait évidemment peur de rien. Il mit pied à terre et s'engagea résolument dans le sentier... Gallien l'imita : il avait décidé une fois pour toutes de suivre celui qu'il aimait n'importe où. Mais en s'avançant au milieu des branches chargées d'amulettes, il ne pouvait s'empêcher de s'étonner de l'étrange comportement des chrétiens.

Tout comme à Rouen, lors du sinistre 1er janvier, tout comme à Tournai, lors de la grande peur, il constatait que leur foi était pratiquement inexistante. Comment ? On venait juste de quitter Tours, la ville la plus sainte du royaume, et voilà que les habitants sacrifiaient aux rites païens ! En comparaison, il lui semblait que la croyance des prêtresses de Vénus et la sienne propre étaient bien plus assurées.

Il se prit à penser et même à espérer que, bientôt, on allait assister à un étonnant retour des choses : la religion antique allait remplacer le christianisme.

Mais il ne s'attarda pas à cette idée : elle ne présentait aucune importance pour lui. D'ici peu, il ne serait plus de ce monde, il le savait bien...

La statue d'Hécate était fièrement dressée au cœur d'une clairière. La déesse était représentée de la manière traditionnelle, avec trois têtes. Elle avait été exécutée par un artiste particulièrement habile et il y avait quelque chose d'étonnant à voir associés cette perfection formelle et ce sujet monstrueux. La cérémonie était présidée par la jolie fille à laquelle Mérovée s'était adressé et, curieusement, bien qu'elle soit la plus jeune, ses compagnes et les fidèles l'appelaient, ainsi qu'il convient pour les sorcières importantes : « Redoutable Mère ».

Après une longue série d'incantations dans une langue inconnue tantôt à la Lune, tantôt à la statue, la Redoutable Mère s'adressa à l'assistance.

— Maintenant, formulez votre vœu à l'intérieur de votre cœur et allez déposer votre offrande à Hécate. En échange, elle ne manquera pas de vous exaucer, comme moi, qui ai cent un ans, et à qui elle a accordé l'éternelle jeunesse...

L'un après l'autre, les fidèles apportèrent au pied de la statue des galettes, du gibier, des fruits, se prosternant longuement devant elle. Mérovée fit de même avec une bonne partie des provisions du voyage. Ensuite, tout le monde quitta la clairière, les cinq prêtresses emportant les victuailles, dont elles avaient les bras chargés...

Le voyage solitaire des deux jeunes gens se poursuivit plusieurs jours sans qu'ils fassent la moindre rencontre. La nuit, ils bivouaquaient en se construisant une cabane sommaire avec des branchages, le jour, ils allaient bon train. Ils ne perdaient pas de vue la Loire, dont leur voie romaine ne s'écartait guère. Ce fut ainsi qu'ils arrivèrent en vue d'Orléans, qu'ils découvrirent depuis une hauteur.

La ville était à peine plus grande que Rouen, ce qui n'était pas pour les surprendre, mais ils se rendirent compte immédiatement qu'il se passait quelque chose d'inhabituel : des troupeaux de moutons convergeaient vers l'agglomération, ou, plus précisément, non loin de là, vers la berge du fleuve.

S'approchant encore, ils poussèrent le même cri de surprise et de dégoût. Les bêtes étaient toutes malades, d'une maladie affreuse qui leur occasionnait de larges plaies suppurantes sur tout le corps. Beaucoup se traînaient avec peine, certaines étaient couchées sur le flanc, agonisantes... Le jeune prince apostropha un berger qui avait à peu près son âge et qui était maigre à faire peur sous sa tunique de mauvaise laine.

— Qu'arrive-t-il ?

— Les bêtes sont malades. La famine est à craindre.

— Où les conduisez-vous ?

— Au tombeau de saint Friard.

On distinguait, en effet, au bord de la Loire, une sorte de monticule de briques, recouvert de fleurs et de menues offrandes.

— Pourquoi ce saint-là ?

Le berger haussa les épaules et prononça sur un

ton d'évidence, comme si le fait était connu de la terre entière :

— Saint Friard est le patron des moutons !

Les deux jeunes gens n'insistèrent pas et pressèrent même l'allure. Ils n'avaient retenu qu'une chose : la famine menaçait. Or, en raison des largesses de Mérovée à Hécate, ils se trouvaient dangereusement démunis. Il fallait espérer qu'ils arrivent à bon port avant que les vivres viennent à manquer...

Les jours suivants, ils ne rencontrèrent de nouveau âme qui vive. Spontanément, Mérovée fit don de sa part à son compagnon. Ce n'était pas vraiment de la générosité : il n'avait tout simplement pas faim. Chaque fois qu'ils se partageaient un de leurs derniers morceaux de viande ou de poisson séchés, il déclarait avec un sourire que l'amour de la reine était la plus exquise des nourritures et Gallien acceptait... Pourtant, il aimait lui aussi, mais pas au point d'en perdre le boire et le manger. Il aimait comme aiment tous les hommes, pas les héros.

La famine rôdait cependant autour d'eux et ils allaient faire connaissance avec elle dans les conditions les plus tragiques. Un matin, alors qu'ils venaient de quitter leur hutte de branchages, ils furent arrêtés par un attroupement sur la route. Un instant, ils pensèrent à des brigands, mais ils s'aperçurent qu'il n'en était rien : il y avait des femmes parmi eux et même des enfants.

Ils se retrouvèrent bientôt entourés par leur petite troupe et ils constatèrent avec horreur qu'ils étaient maigres à faire peur. Ils n'avaient que la peau sur les os et leurs têtes, devenues énormes en proportion de leur corps, étaient semblables à celles des morts. Une vieille éleva vers eux son bras décharné.

— A manger !

Gallien secoua la tête tristement.

— Nous n'avons rien.

C'était l'exacte vérité : il avait terminé la veille leur dernière galette... La vieille ne sembla pas l'avoir entendu.

— Pitié, Vos Grandeurs ! Les bêtes sont mortes, la pluie a gâté les récoltes. Nous avons faim. Il n'y a plus rien à chasser. Ceux qui mangent de l'herbe deviennent tout gonflés et meurent...

— Nous n'avons rien.

Un homme d'une vingtaine d'années, celui qui semblait le plus vigoureux de la troupe, se planta devant eux.

— Si vous avez quelque chose : vos chevaux !

Ce fut comme un signal. Tous se jetèrent sur eux, tentant de les agripper, en poussant de petits cris et des gémissements. Mérovée et Gallien durent lancer vivement leurs bêtes en avant, en renversant plusieurs... Ils se retrouvèrent seuls, pensant avoir échappé au cauchemar, mais ils ne cessèrent, dès lors, de voir surgir les mêmes spectres faméliques... D'où sortaient-ils, alors qu'aucun village n'était en vue ? Sans doute la forêt était-elle plus peuplée qu'on ne pouvait le supposer et ils venaient là guetter leur dernière chance : les voyageurs qui empruntaient le chemin.

Pour les deux jeunes gens, l'affaire devenait périlleuse. Car si la plupart se contentaient de mendier, d'autres étaient plus agressifs, ils tentaient de les tuer, eux ou leurs montures, en leur lançant des pierres... Au soir, ils décidèrent de se relayer pour monter la garde devant leur hutte de branchages. Même la nuit, ils devaient s'attendre à être attaqués. La faim pouvait être plus forte que la peur des spectres ; d'ailleurs, ils l'avaient vu, certains, comme les fidèles d'Hécate, n'hésitaient nullement à sortir après le coucher du soleil.

Il ne leur arriva rien de tel et, au petit matin, ils reprirent leur route au galop. Ils devaient s'échapper au plus vite de ces contrées hostiles. Car, outre le danger d'être tués, ils risquaient le même sort que ces malheureux. Ils n'avaient plus rien eux non plus et ils commençaient à ressentir les affres de la faim...

Leur chemin quitta brusquement la Loire, tandis que le paysage devenait plus accidenté et, comme par miracle, les tragiques apparitions cessèrent en même temps. C'était, de nouveau, la solitude au sein de la grande forêt... Ils en furent soulagés, mais leurs craintes n'avaient pas disparu. S'ils ne rencontraient pas un village ou un monastère où ils pourraient acheter de la nourriture — car l'argent ne leur manquait pas —, ils étaient perdus.

Ce fut alors qu'ils poussèrent ensemble un cri de joie. Au loin, se faisait entendre un son qui était synonyme de salut : le tintement d'une cloche...

Ils se retrouvèrent dans un village que traversait

la voie romaine, ainsi qu'une rivière. Il était relativement vaste, de même que l'église, bâtie en bonnes pierres, dont le clocher continuait à carillonner... Répondant à cet appel, les paysans quittaient leurs maisons et leurs champs. Mérovée et Gallien constatèrent avec surprise qu'ils semblaient bien nourris, certains même étaient gros. A leurs questions, ils répondirent avec étonnement.

— Quelle famine ? Il n'y a jamais eu de famine...

Ils ajoutèrent même avec de grands rires :

— Ce n'est pas la nourriture qui manque ici ! Vous allez voir.

Le prince et son compagnon, intrigués, entrèrent dans l'église avec les autres et découvrirent, en effet, de part et d'autre de l'autel, deux monceaux de galettes. Deux hommes bien vêtus, sans doute des paysans aisés ou des marchands, se tenaient à côté, le prêtre étant debout au milieu... Que se passait-il donc ? Ni Mérovée ni Gallien n'en savaient rien, mais ils constataient une chose : ici, effectivement, ce n'était pas la famine, c'était même l'abondance. Sans doute, la maladie qui décimait les troupeaux n'avait-elle pas frappé dans ces lieux et la pluie n'y avait-elle pas gâté les récoltes. Pour trouver le salut, les malheureux habitants de la région d'Orléans n'avaient que deux jours de chevauchée à faire, mais un bon cheval coûte cher et ils étaient trop pauvres...

Les fidèles ne cessaient d'arriver. Le prêtre attendit que son église soit pleine et prit la parole d'un ton solennel.

— Badegésile accuse Paterne de lui avoir volé une truie et ses cinq porcelets. Paterne dit que la truie et ses petits sont à lui et que Badegésile ment. Ils ont juré tous deux sur les Evangiles et s'en sont remis à moi. J'ai décidé qu'ils seraient soumis à l'ordalie gastronomique.

Mérovée avait entendu parler par Prétextat des ordalies, ces épreuves où les deux parties recouraient au jugement de Dieu, mais pas de l'ordalie gastronomique. Le prêtre se chargea de l'éclairer. C'était tout simple :

— Si Badegésile mange le plus de galettes, Dieu aura jugé qu'il dit vrai, si c'est Paterne, Dieu aura jugé que c'est le contraire... Allez !

Les deux hommes se jetèrent en même temps sur leurs galettes et commencèrent à les engloutir. Le prêtre comptait soigneusement, tandis que les villageois qui avaient, en nombre à peu près égal, pris parti pour l'un ou pour l'autre, donnaient de la voix pour encourager leur champion...

Sous les clameurs de ses partisans, Badegésile entamait sa trentième galette, quand soudain Paterne donna des signes de faiblesse. Il était devenu tout blanc, il portait sa main à sa bouche comme pour s'empêcher de vomir, il roulait des yeux égarés. Soudain, il eut un cri rauque, tomba à genoux et rendit tout devant l'autel... Le prêtre fit taire les ovations qui saluaient la victoire de son adversaire.

— Dieu Tout-Puissant a parlé ! La truie et ses cinq porcelets sont à Badegésile...

Tandis que le vaincu s'en allait sous les huées et qu'on complimentait le vainqueur, Mérovée et Gallien allèrent trouver l'homme d'Eglise.

— Pouvons-nous emporter le reste des galettes, saint homme ? Nous vous ferons un riche présent.

Mérovée tendit plusieurs pièces, que le prêtre accepta avec reconnaissance et ils purent repartir avec de la nourriture pour plusieurs semaines. Cette fois, à supposer qu'ils rencontrent une autre famine, ils n'auraient rien à craindre. Ils pourraient même faire l'aumône. Et, à moins de tomber sur des bandits, d'être frappés par la foudre ou par quelque malheur imprévisible, ils étaient sûrs d'arriver à destination...

Plusieurs jours plus tard, après un parcours effectivement sans encombre, apparurent les remparts d'une ville. Ce n'était pas Metz, qui était bien plus loin, mais la principale cité de Bourgogne, Auxerre. Ils étaient fourbus par leur début de voyage et décidèrent de s'y reposer. La présence de ces étrangers vint aux oreilles du gouverneur de la ville, Erpoald, qui les convoqua dans son palais. Il leur demanda qui ils étaient et ils ne cachèrent rien, ce qu'ils regrettèrent.

Assez inexplicablement, le roi Gontran, qui ne quittait pas sa minuscule capitale de Chalon, n'avait pas été informé de la fuite de son neveu. Aussi, Erpoald se trouva-t-il très embarrassé. Il leur annonça qu'il allait demander des ordres à son souverain et leur ordonna de ne pas quitter Auxerre... Par prudence, Mérovée et Gallien allèrent se réfugier dans l'endroit le plus sacré de la ville, la basilique Saint-Germain, qui abritait le tombeau de l'ancien évêque de la cité.

Ce fut, pour les deux jeunes gens, un peu la vie de Tours qui recommença, l'agitation frénétique de l'atrium en moins. Bénéficiant du droit d'asile, ils étaient réduits à l'inaction, en attendant que leur sort se décide sans eux. Ils parlaient beaucoup et, bien entendu, ils parlaient de Brunehaut.

Mérovée n'avait toujours pas la moindre nouvelle d'elle, mais il était certain qu'elle avait repris le pouvoir en Austrasie. Il expliquait à Gallien qu'il ferait comme Sigebert : il la laisserait régner. Il se contenterait de l'aimer... Il avait aussi un fol espoir : cela faisait à présent un an qu'ils s'étaient quittés et elle avait peut-être un fils, un futur Mérovée III !

Entre autres choses sur ce qu'il avait vécu à Tours, Mérovée raconta à Gallien comment Grégoire était en train d'écrire l'histoire de sa famille. Cela eut pour don de passionner son compagnon.

— Est-ce qu'il parlera aussi de vous ?

— Oui, il me l'a dit.

— Alors, les siècles futurs sauront que vous avez aimé. Vous ne mourrez jamais !...

Les messagers d'Erpoald à Gontran se perdirent sans laisser de traces, quelque part entre Auxerre et Chalon, comme cela arrivait relativement souvent, et il dut en envoyer d'autres. La réponse du souverain tarda donc, mais elle fut sans ambiguïté. Il s'agissait de sévères remontrances. Erpoald était mis à l'amende et destitué. Il aurait dû faire rebrousser chemin à Mérovée ou faire semblant de ne pas le voir. Maintenant, lui Gontran, risquait les pires ennuis avec Chilpéric. En tout cas, puisque le mal était fait, il fallait que le prince s'en aille au plus vite, y compris vers Metz si c'était son intention.

Ce fut ainsi que Mérovée et Gallien, après deux mois d'attente, reprirent le chemin de l'Est et de l'Austrasie. A présent, le grand moment était proche !

Mérovée arriva à Metz au début de l'automne. Il trouva que le palais n'était pas sans ressemblance avec la villa royale de Berny. Comme elle, il était bâti en bois, mais il était infiniment moins grossier et sa colonnade à la romaine ne manquait pas d'allure...

Brunehaut l'y avait précédé depuis bien longtemps. Elle y avait retrouvé son fils Childebert, miraculeusement arrivé sain et sauf dans la gibecière de Gondebald, mais elle avait découvert aussi combien la situation avait changé en son absence.

Les grands, qu'elle avait écrasés et humiliés, avaient redressé la tête. Ils avaient formé un conseil de régence, sous l'autorité d'Aegidius, archevêque de Reims, et du comte Rauching. Quand elle avait prétendu exercer le pouvoir au nom de son fils, Rauching avait pris la parole :

— Taisez-vous, reine ! Sigebert avait cru bon de

vous laisser le pouvoir de son vivant, mais Sigebert est mort. A présent, vous n'êtes plus rien. Retirez-vous dans votre chambre et n'en bougez pas !...

Aegidius étant le plus souvent dans sa cathédrale de Reims, c'était le comte Rauching qui occupait le palais et qui y régnait en maître. Possédant tous les pouvoirs, il donnait libre cours à sa férocité et à sa cruauté, qui étaient sans limites.

Au moment où le jeune prince arrivait dans la ville, le comte s'apprêtait à juger deux de ses esclaves qui avaient quitté son domaine pour se marier dans une église de Metz. Le prêtre qui les avait unis avait accepté de les restituer, malgré le droit d'asile, si le comte jurait de ne pas les séparer. Ce dernier avait accepté...

La grand-salle du palais de Metz ressemblait à celle de Berny, avec des trophées de chasse aux murs. Seule différence : les torches n'étaient pas fixées aux parois, mais tenues par des jeunes filles court vêtues... Rauching, un véritable colosse, très noir de poil et de teint, contemplait le couple d'esclaves qui tremblait devant lui. Il eut un ricanement.

— J'ai juré de ne pas vous séparer et vous allez voir que Rauching tient toujours ses promesses !

Il donna des ordres à ses soldats, qui lièrent l'un contre l'autre les nouveaux mariés, apportèrent un tronc d'arbre évidé et les enfermèrent à l'intérieur. Le rire du comte couvrit leurs cris d'horreur.

— Vous voyez : je ne vous sépare pas, ni

maintenant, ni jamais. Vous allez rester ensemble, à six pieds sous terre pour l'éternité !...

Mérovée et Gallien croisèrent les soudards qui emportaient le tronc d'arbre pour l'ensevelir. Le jeune prince, trop ému pour remarquer quoi que ce soit, les apostropha.

— Où est la reine ?

— La reine !...

Le chef des gardes allait sans doute faire une réflexion blessante, mais il vit alors les cheveux longs de Mérovée. Ceux-ci avaient, en effet, entièrement repoussé... Il s'exprima avec respect.

— Je ne sais pas, Votre Grandeur. Pour cela, il vous faut vous adresser au comte Rauching.

Mérovée se précipita dans la grand-salle. Il découvrit Rauching le scramasaxe sanglant à la main. Une des jeunes filles porteuses de torches était à terre, la tête séparée du tronc, dans une mare de sang. Toutes les autres tremblaient, ce qui créait dans la pièce une étrange lumière vacillante.

En le voyant entrer, le comte se mit à rugir.

— Qui êtes-vous ? Hors d'ici !

Mais comme le soldat, il découvrit les cheveux longs et changea de ton. Il eut un sourire.

— Voici donc Mérovée !... Ainsi, vous êtes venu ?

— Je veux voir la reine ! Où est-elle ?

— Il n'y a plus de reine. Il n'y a qu'un roi : son fils Childebert, qui règnera quand il sera en âge.

— Elle est ma femme. Je veux la voir. Conduisez-moi à elle.

— Vous ne verrez personne. Retirez-vous !

Mérovée dégaina son scramasaxe et voulut se précipiter sur une des tentures qui fermaient les portes de la salle, mais les gardes l'entourèrent. Rauching haussa le ton :

— Allez-vous-en, prince déchu ! Et soyez heureux que je ne vous fasse pas mettre à mort ou livrer à Chilpéric !

Le jeune homme se débattait toujours, mais en vain. Il ne pouvait rien contre le nombre. Le comte eut un petit rire.

— Vous voulez rester ? Fort bien ! Avant que vous ne partiez, je vais vous offrir un spectacle. Ainsi, vous comprendrez qui je suis et vous me remercierez de ma clémence.

Il s'approcha d'une des jeunes filles.

— Eteins ta torche. Et en silence, si tu ne veux pas finir comme l'autre !

Telle était la distraction favorite de Rauching : il obligeait les porteuses de torches à les éteindre sur leurs cuisses. Celle qui criait était décapitée... La jeune fille à qui il s'était adressée s'exécuta en tremblant. Au prix d'un effort inhumain, elle parvint à garder la bouche close. Il y eut une affreuse odeur de chair grillée et elle tomba évanouie.

— C'est bien... Maintenant, Prince, dehors !

Mérovée se jeta à genoux.

— Sans elle, je meurs ! C'est elle qui a mon âme. Laissez-moi reprendre mon âme !

Les soldats le relevèrent, le bousculèrent, le poussèrent, le frappèrent. Il se débattait de toutes ses forces.

— Ma reine ! Où êtes-vous ?

Il se démena tant qu'il parvint à échapper aux gardes et se rua vers une des tentures.

— Ma reine, êtes-vous là ? Ne m'entendez-vous pas ? Venez ! C'est moi, Mérovée...

Mais l'instant d'après, vingt, trente mains se saisissaient de lui et il était jeté hors du palais...

Alors, débuta la longue errance du fils de Chilpéric.

Il fut contraint non seulement de quitter le palais, mais la ville de Metz. Rauching consentit seulement qu'on lui fasse don d'un chameau avec des provisions. Mérovée se laissa reconduire aux portes de la cité comme hébété et reprit sans mot dire le chemin par lequel il était venu. Ce ne fut que quelques instants plus tard qu'il comprit brusquement ce qui venait de se passer.

Sa déception fut à la mesure de ses espérances : terrible, dévastatrice, absolue. Il versa des larmes, poussa des cris. Il sortit même son scramasaxe et tenta de s'en frapper. Gallien parvint à grand-peine à l'en empêcher, mais il eut toutes les difficultés du monde à trouver un argument pour éviter qu'il recommence. Le prince avait, hélas, raison quand il disait que tout était perdu... A la fin, il eut quand même une inspiration :

— Vous ne devez pas vous suicider, Noble Prince. Sinon, vous iriez en enfer, et comme Brunehaut est sûrement promise au paradis, vous la perdriez à jamais.

— Tu crois donc que je ne la reverrai pas dans ce monde ?

— Vous vous reverrez. Vénus vous protège ; elle ne permettra pas que vous soyez longtemps séparés.

— Tu en es sûr ?

— Je la connais mieux que quiconque.

— Alors, prie-la. Prie-la de toutes tes forces !...

Le but des jeunes gens était de retourner à Tours, l'asile le plus sûr de Gaule. Mais ils ne tardèrent pas à se rendre compte que c'était impossible. Les troupes de Chilpéric, si elles n'osaient pas entrer en Austrasie, gardaient les routes à la frontière. Ils étaient condamnés à errer dans le pays de Brunehaut sans espoir de la rencontrer.

Ce fut la plus désespérée des existences qui commença pour le prince et son compagnon. Ils allaient à l'aventure dans les paysages de la Champagne qui, l'automne avançant, prenaient des allures de plus en plus désolées.

Bien que les provisions ne leur manquassent pas, Mérovée s'alimentait à peine. Il n'était plus que l'ombre de lui-même. C'était le matin, au réveil, que son désespoir atteignait son paroxysme. Il retrouvait avec la conscience le souvenir de l'horrible scène du palais et pleurait toutes les larmes de son corps. Gallien le voyait, impuissant, dépérir, presque s'éteindre. Si cela continuait ainsi, il n'aurait pas besoin de son scramasaxe pour aller dans l'autre monde.

Paradoxalement, ce fut Frédégonde qui le ramena à la vie.

Elle avait été folle de rage quand elle avait appris l'échec de ses assassins à cause de la brume. Mais elle n'avait pas abandonné sa proie, bien au contraire. Elle savait que Chilpéric, qui ne voulait pas entrer en conflit avec l'Austrasie, n'irait pas capturer le fugitif. Mais là où une armée était impuissante, des espions pouvaient parfaitement réussir. Depuis quelque temps déjà, deux des hommes de la reine étaient aux trousses de Mérovée, avec un plan bien au point pour l'attirer dans leur piège.

Le prince les vit arriver à lui, alors qu'il sortait, désespéré, des murailles de Reims, en ayant été chassé par l'évêque Aegidius. Ils étaient à cheval et avaient véritablement noble allure, avec leur costume d'apparat franc : pantalons chatoyants, tuniques de couleurs vives tombant jusqu'aux genoux, chaussures de cuir fixées par des lacets croisés très haut sur la jambe. Ils portaient des bijoux magnifiques et leurs scramasaxes étaient dans des fourreaux de bois ornés de verroterie.

De toute évidence, il s'agissait d'hommes importants. Mérovée pensa à des chefs austrasiens venus lui intimer l'ordre d'aller plus loin, mais ils mirent pied à terre devant lui et s'arrachèrent chacun un cheveu.

— Qui êtes-vous ?

— Nous venons du pays de Thérouanne, Votre Grandeur. Nous nous nommons Grindon et Gucilian et nous sommes prêts à vous faire soumission, ainsi que tous les nôtres.

Mérovée était si stupéfait qu'il ne put que répéter :

— Thérouanne...

Thérouanne, à l'ouest du royaume de Soissons, appartenait, en effet, à la terre la plus sacrée des Francs, le vieux Pays salien d'où le peuple tirait son origine. Un tel ralliement avait une portée incalculable !

— Vous n'obéissez plus à mon père ?

— Chilpéric est vieux et il est définitivement sous la domination de Frédégonde. C'est vous que nous voulons, Votre Sublimité !

— Et Brunehaut, ma femme ?

— Elle sera notre reine, comme vous serez notre roi...

Du coup, Mérovée retrouva tout son optimisme. Il donna l'ordre de prendre la direction de Thérouanne et la chevauchée des quatre hommes se fit dans la joie. Le jeune prince exultait. Brunehaut était revenue, elle était partout autour de lui ! Il la voyait de nouveau, guerrière et cuirassée dans les brumes, souriante en robe mauve, dans les nuages du ciel et le feuillage des forêts... Pourtant, ce fut la rencontre avec la sorcière qui mit le comble à son euphorie.

Elle vivait aux confins de la Champagne et du royaume de Soissons et elle était renommée dans toute la région. Grindon et Gucilian, qui avaient entendu parler d'elle en venant, lui conseillèrent d'aller l'interroger.

La sorcière était vieille et laide comme presque

toutes ses semblables. Elle semblait même n'avoir plus d'âge. Elle habitait une cabane au bord d'une profonde mare entourée de bosquets. Aux branches étaient attachés des objets en poterie ou en matière brillante offerts par les humbles et des bijoux cloisonnés, présents de riches voyageurs de passage. Tous tintaient au vent... En voyant les cheveux longs de Mérovée, la sorcière eut un sourire qui fit voir sa bouche édentée.

— Que voulez-vous, Prince : la bénédiction du Christ et de tous les saints ou celle de la forêt ?

— La plus puissante, Redoutable Mère.

— C'est celle de la forêt...

La vieille s'agenouilla vers la mare, tendit les mains et prononça :

— *Nimidas...*

Puis, elle remua les lèvres sans émettre aucun son, comme Chramne et les siens, devant la pierre dressée... Elle se releva.

— Et maintenant, voulez-vous connaître votre avenir ?

— Oui, Redoutable Mère.

— Alors, jetez à la mare votre objet le plus précieux.

D'objet précieux, Mérovée n'en avait qu'un, mais il y tenait plus que tout au monde : l'anneau d'or que Brunehaut lui avait passé au doigt dans la cathédrale de Rouen. Pourtant, il n'hésita pas : il le lança dans l'eau opaque. De légères rides concentriques se formèrent. La sorcière les regarda interminablement en silence. A la fin, Mérovée n'y tint plus.

— Eh bien, Redoutable Mère, que dit la mare ?

Le visage sans âge s'approcha tout contre le sien.

— Elle dit : « Thérouanne, Thérouanne... »

Cette fois, plus aucun doute n'était permis. Mérovée eut une exclamation de joie et sauta d'un bond sur son cheval. Il ne vit pas, derrière lui, Gucilian qui remettait une poignée de pièces à la femme...

Ils arrivèrent à Thérouanne le jour de la première neige. Cela n'empêcha pas toute la population d'être dehors. Une foule d'hommes, de femmes et d'enfants poussa des cris enthousiastes en apercevant le prince.

— Vive le roi Mérovée ! Vive notre roi !

Les guerriers sortirent alors des rangs et se mirent sur une seule ligne. Ils dégainèrent leur scramasaxe et, selon la coutume, en frappèrent à plusieurs reprises leur bouclier avant de l'élever au ciel. Un homme âgé parut. Il devait avoir une cinquantaine d'années et était vêtu somptueusement. Il baissa la tête.

— Je m'incline humblement devant le roi Mérovée... Je suis Riculf, gouverneur de Thérouanne. Puisque votre chevelure a grandi, nous voulons nous soumettre à vous et nous sommes prêts à abandonner votre père pour cela.

Mérovée esquissa un sourire. Tout était si beau, si inespéré, que les mots lui manquaient... Riculf l'invita à mettre pied à terre et à le suivre.

— Nous avons préparé un banquet pour vous, Votre Grandeur. Nous allons boire et manger à la prospérité de votre règne.

Escortés de la population, qui faisait toujours entendre ses cris joyeux, Mérovée et Gallien traversèrent la ville et arrivèrent devant une ferme entourée de ruches. Le grand bâtiment de bois n'avait que deux étroites fenêtres, mais on distinguait la lumière de nombreuses torches à l'intérieur... Riculf s'effaça pour les laisser entrer les premiers...

Ils eurent deux surprises en même temps : devant eux, il n'y avait rien ; la ferme était vivement éclairée comme pour une fête, mais il n'y avait ni table ni victuailles. Derrière eux, il se fit un grand bruit, tandis qu'éclataient des rires sauvages. Ils se retournèrent, mais trop tard : la porte s'était refermée. Des hommes en armes prirent place devant les fenêtres. C'était un piège, un guet-apens ! Ils étaient perdus...

Curieusement, pour la première fois, Mérovée n'eut aucune manifestation de révolte. Sans doute, tout au fond de lui-même, s'y attendait-il et n'avait-il jamais cru aux trop belles promesses qu'on lui avait faites. Il s'assit calmement sur le sol de terre battue et s'adressa à son compagnon :

— Il y a trois jours de cheval de Thérouanne à Soissons. Le temps qu'ils préviennent Chilpéric et qu'il revienne, cela nous fait six jours à vivre.

Grindon et Gucilian mirent effectivement trois jours pour arriver à Soissons et annoncer au couple royal la capture de Mérovée... Chilpéric s'enquit de questions matérielles : Pouvait-il s'échapper ? Avait-il une nombreuse escorte à sa disposition ? Les deux hommes le rassurèrent : le prince était prisonnier dans une ferme solidement gardée et il n'avait en tout et pour tout qu'un seul compagnon... Chilpéric courut s'équiper. Grindon et Gucilian allaient se retirer, mais Frédégonde les retint.

— Mérovée a-t-il vraiment été jusqu'à Metz pour retrouver Brunehaut ?

— Il nous en a fait mille fois le récit, Votre Grandeur. Mais il n'a pas pu la voir. Il a failli être mis à mort par le comte Rauching, qui gouverne le pays.

— Et après cela, est-ce qu'il a renoncé à elle ?

— C'est tout le contraire, Votre Grandeur. Pendant tout le voyage, il n'a cessé de nous parler de la reine. Il voyait son image partout. Nous en étions assourdis.

— Partez ! Laissez-moi !...

Un peu surpris, Grindon et Gucilian disparurent sans mot dire... Restée seule, Frédégonde se mit à arpenter la grand-salle du palais de Soissons, faisant tourner dans sa main son long collier fait de perles multicolores rondes et cubiques.

Sa jalousie et sa haine envers sa rivale venaient de franchir un degré supplémentaire... Ainsi donc, Mérovée avait traversé la Neustrie, la Bourgogne et l'Austrasie pour retrouver Brunehaut et il avait manqué de se faire tuer pour elle ! Elle pensait jusque-là que son beau-fils avait été pris par un élan de désir, un égarement de jeune homme exalté. Elle découvrait maintenant que son amour n'avait fait que croître avec le temps.

Elle était folle de rage et de dépit !... Jamais elle n'avait inspiré un tel sentiment à Chilpéric. Elle avait toujours su admirablement exciter ses sens, même si, depuis quelque temps, il n'avait plus la même flamme. Mais c'était tout autre chose entre Brunehaut et Mérovée. Brunehaut était aimée comme peut-être jamais une femme ne l'avait été ! Par son amour, plus fort que le temps, plus fort que l'éloignement, plus fort que la mort, Mérovée lui avait infligé la plus grande de ses défaites et même sa seule défaite : elle était vaincue en tant que femme !

Mais cela ne se terminerait pas ainsi ! Elle devait faire quelque chose, même si elle ne savait pas encore quoi... Il fallait qu'elle entende Mérovée prononcer avec mépris le nom de Brunehaut...

Chilpéric revint à ce moment. Il était en tenue de combat. Elle remarqua qu'il portait deux scramasaxes. Il annonça d'une voix sans joie :

— J'y vais.

— Attendez ! Je ne veux pas qu'il meure. Je veux que vous le rameniez pour l'interroger.

— Il n'y a malheureusement plus rien à lui demander. Il m'a trahi deux fois, il ne mérite que la mort.

— Je veux savoir comment Brunehaut l'a ensorcelé.

— Elle lui aura fait boire un philtre qui fait perdre la raison....

— Je suis sûre que non. Et puis, ce n'est pas tout. Je veux... je veux qu'il ne l'aime plus !

— Tu veux le mettre à la torture, mais je ne le permettrai pas.

— Je vous jure que non...

— Mes hommes m'attendent. Je serai de retour dans six jours.

Chilpéric disparut avec brusquerie et, pour la première fois depuis des années et des années, Frédégonde éclata en sanglots.

L'aube se levait sur Thérouanne. Gallien et Mérovée, après avoir échafaudé mille plans d'évasion, essayé de soudoyer leurs geôliers, avaient conclu qu'il n'y avait plus rien à faire. Chilpéric allait paraître. L'instant suprême était arrivé... Mérovée était blême dans le petit jour.

— Je n'ai pas peur de mourir, mais je ne veux pas qu'ils me tuent. Ils n'auront pas cette joie. Pourtant, c'est vrai : je ne peux pas mettre fin à mes jours sans aller en enfer.

— Vous n'aurez pas à le faire, Noble Prince.

— Que veux-tu dire ?

— Je peux agir à votre place...

— Mais toi ?

— Moi, j'irai sans doute en enfer pour ce crime. Mais c'est là que je veux aller. C'est là qu'est Vénus...

Des larmes apparurent sur le visage du jeune prince.

— Comment te remercier ?

— En me disant ce que j'ai été pour vous...

— Tu as été mon seul frère. Nous n'avons eu qu'une âme et qu'une pensée.

Ils se jetèrent dans les bras l'un de l'autre et restèrent longtemps enlacés. Mérovée finit par se dégager.

— Prends mon scramasaxe et perce-moi le cœur.

Gallien s'empara de l'arme.

— Levez les yeux, Noble Prince. Ne regardez pas.

— Attends, pas tout de suite ! Il faut d'abord que je la voie. Lorsque je prononcerai son nom, frappe...

— Souvenez-vous de ce que je vous ai dit, Noble Prince : l'évêque de Tours écrit votre histoire. Les siècles à venir sauront que vous avez aimé. Vous ne mourrez jamais !...

La voix de Gallien répétait : « Vous ne mourrez jamais... » Mérovée l'entendait d'une manière de plus en plus lointaine, attendant que Brunehaut lui apparaisse. Tout naturellement, c'était dans les thermes de Lutèce qu'il s'était transporté par la pensée. Mais il n'y avait rien. Le rayon de soleil, qui tombait obliquement d'une des hautes fenêtres, était vide... Qu'est-ce que cela signifiait ? La reine l'abandonnait-elle au moment suprême ?

Il décida d'aller la rejoindre ailleurs. Il voulut évoquer son souvenir dans la maison de Rouen, mais ce fut l'image du palais de Metz qui s'imposa à lui. L'infâme Rauching lui barrait le passage. Allait-il mourir désespéré ? Non, là-bas, il lui sembla apercevoir derrière une tenture le bas d'une robe mauve. Il se précipita. Il cria :

— Brunehaut !

La tenture se souleva lentement...

Gallien resta longtemps figé, le scramasaxe sanglant à la main... Il aurait dû se le plonger à son tour dans le cœur, car le sort qui l'attendait s'il était pris allait dépasser en horreur tout ce qu'on pouvait imaginer. Mais ce n'était pas à lui qu'il pensait. Il ne pensait qu'à son compagnon, objet de tous ses rêves. Maintenant qu'il était sans vie, qu'il ne pouvait plus l'entendre, il pouvait enfin lui déclarer son amour :

— Je vous aime, noble Prince. Je vous aurais rendu heureux, si Vénus l'avait voulu...

Dehors, il se fit tout un remue-ménage. Il y avait des cris, des hennissements. Il ne les entendit pas. Il avait commencé à réciter au mort le poème latin qui avait toujours eu sa préférence, celui avec lequel il avait appris à lire :

— *« Formusum pastor Corydon ardebat Alexim... »*

La porte s'ouvrit avec fracas et Chilpéric fit irruption entouré de ses guerriers. Il poussa un cri en découvrant le corps de son fils, la poitrine ouverte. Il vit ensuite Gallien à genoux près de lui.

— C'est toi qui as fait cela ?

— Il me l'a demandé. Ainsi, il rejoindra Brunehaut au paradis...

Chilpéric eut un rugissement effroyable.

— Qu'on lui crève les yeux ! Qu'on lui coupe les oreilles, le nez, les mains et les pieds et qu'on le batte à mort ! Mais qu'on lui attache les poignets et les chevilles. Je veux qu'il meure des coups, pas du sang perdu !

Gallien se laissa faire sans résistance et les mutilations ne lui arrachèrent pas la moindre plainte... Pendant ce temps, Chilpéric s'était agenouillé en larmes auprès de son fils. Bien sûr, il le détestait pour ce qu'il lui avait fait, mais cela ne l'empêchait pas de l'aimer toujours... Dans le fond, tout était de la faute de cette femme, de cette sorcière, qui lui avait fait perdre la tête. Elle lui avait pris son enfant comme auraient pu le faire la maladie et la mort. Mérovée n'était pas responsable...

Chilpéric se souvint de la dernière fois où il avait pleuré sur un mort : c'était quand Chien Batailleur avait rendu l'ultime hommage à Grand Loup... Comme tout cela, pourtant si proche par le temps, était déjà loin ! Il n'avait que quarante ans, mais des cheveux blancs s'étaient mêlés aux blonds. Ses yeux gris avaient perdu leur éclat ; les épreuves de la vie, les déceptions les avaient irrémédiablement ternis.

Il sortit de sa ceinture l'un des deux scramasaxes qu'il avait emportés et le plaça sur le cadavre.

— Je l'ai pris pour toi. C'est celui avec lequel je t'avais mesuré quand nous étions allés à Paris. Tu te souviens ? On te l'a retiré quand on t'a coupé les cheveux, mais je l'avais gardé en souvenir de toi. Maintenant, je te le rends. C'est avec lui que tu repousseras les esprits. Je vais te faire des funérailles dignes d'un prince...

Les larmes de Chilpéric redoublèrent, tandis que les coups sifflaient sur le corps sanglant de Gallien.

— Tu ne seras pas le plus grand de tous les Francs. Et pourtant, je t'avais appelé Mérovée pour cela... Que vais-je devenir ? Je n'ai plus pour fils que Clovis et Samson. L'un est stupide, l'autre est chétif. Je n'aurai pas de descendance...

Chilpéric prit le corps dans ses bras. Il se sentit soudain infiniment las et vieux. C'était le dernier de ses rêves qui venait de se briser. Il avait l'impression que tout ce qui restait en lui de jeune et d'insouciant avait disparu en cet instant. Il avait l'impression qu'avec Mérovée, c'était Chien Batailleur qu'il portait au tombeau.

11.

« Excellente par toutes sortes de mérites »

On aurait eu du mal à reconnaître l'austère et même sinistre villa royale de Berny, en cette belle journée d'août.

Un synode réunissant tous les évêques de l'ancienne Gaule allait se tenir dans la grand-salle et, pour la circonstance, on avait remplacé sur les parois de bois les trophées de chasse par des couronnes de fleurs et de feuillages. Le résultat était aussi surprenant que charmant.

Habillée en rouge et jaune, comme à l'accoutumée, Frédégonde était souriante. Elle venait de perdre son fils Samson d'un mal d'entrailles, mais elle ne s'en était pas affligée outre mesure, ayant eu, entre-temps, deux garçons. L'aîné, Clodobert, avait trois ans, le second, Dagobert, venait de naître. Face à Childebert, le fils de Brunehaut, sa descendance semblait assurée. Seule ombre à sa félicité, le dernier fils d'Audovère, Clovis, vivait toujours. Il se tenait d'ailleurs non loin d'elle, avec son front bas, sa figure de petit vieux et son ricanement qui ne le quittait jamais...

Les évêques avaient été convoqués par Chilpéric, ainsi que les rois en avaient le droit et le pouvoir, à la différence du pape, qui en aurait été bien incapable. Dans le cas présent, il s'agissait de juger Grégoire de Tours accusé par Bertram, évêque de Bordeaux, d'avoir répandu le bruit que Frédégonde se livrait à la débauche. Les quarante-cinq prélats de Gaule allaient devoir trancher entre leurs deux collègues.

En fait, plus que Chilpéric, c'était Frédégonde qui était l'instigatrice de cette réunion. Elle avait incité Bertram, religieux de haute naissance et de manières raffinées, mais de moralité plus qu'incertaine, à lancer cette accusation contre l'évêque de Tours. Elle espérait ainsi qu'il serait destitué et qu'il recevrait son juste châtiment pour avoir donné asile à Mérovée.

Mérovée... Plus de trois ans avaient passé depuis le petit matin d'hiver où il avait péri, à trois jours de cheval de là. Frédégonde n'avait jamais prononcé son nom et Chilpéric non plus. Mais depuis ce jour, il avait été une ombre dans le couple royal. Pour des raisons différentes, le prince disparu les tourmentait en secret. Elle, parce qu'il incarnait sa défaite, lui parce qu'il avait été la fin de ses rêves.

Prétextat n'était pas là. Il n'était plus archevêque de Rouen. Peu après la mort de son filleul, un autre synode avait été réuni à Paris pour le juger. Accusé d'avoir célébré un mariage contraire aux canons de l'Eglise, il n'avait pu que reconnaître ses torts. Il avait été démis de ses fonctions et exilé dans l'île de

Jersey. Un certain Melantius avait été nommé à sa place...

Les uns après les autres, les religieux s'installèrent dans la grand-salle, en compagnie de la famille royale et des principaux chefs. Chilpéric prit la parole :

— Vos Saintetés, je vous ai réunies pour juger l'archevêque Grégoire, accusé d'avoir gravement médit contre la reine, mon épouse.

Une voix se fit alors entendre, suivi d'un grand éclat de rire :

— Qu'on le coupe en deux !

Personne n'eut le moindre mouvement de réprobation ni même de surprise : tout le monde savait qui était Clovis... Chilpéric déclara le synode de Berny ouvert et Bertram de Bordeaux s'avança. Il répéta ses accusations : Grégoire de Tours avait dit à deux de ses diacres venus faire leurs dévotions sur le tombeau de saint Martin que la reine était coupable d'adultère.

Grégoire de Tours vint à son tour se placer devant ses collègues. Il impressionnait par sa haute taille et son regard autoritaire. Il demanda d'une voix forte :

— Qu'on m'apporte l'Evangile.

Un diacre s'empressa d'aller chercher le livre sacré et le tint devant lui. Grégoire éleva le bras droit.

— Je jure que je n'ai jamais porté d'accusation contre la reine. Je suis persuadé que sa conduite conjugale est irréprochable.

Puis il se tourna vers Chilpéric et lui déclara calmement :

— Le synode de Berny est clos.

Le roi de Soissons fit un bond.

— Comment cela : clos ?

— S'agissant d'un personnage de mon rang, le serment a valeur de preuve. L'accusation est donc nulle.

— C'est faux ! Cela ne vaut que pour les serments royaux.

— Ceux des évêques aussi !

Chilpéric voulut contester, mais les prélats approuvèrent bruyamment leur collègue : il avait fait la preuve de son innocence... Il n'y avait rien à répliquer. Le roi avait réuni les évêques pour avoir leur avis, il l'avait. Le synode de Berny était effectivement clos. Il n'avait pas duré plus de quelques minutes...

Tout le monde sortit donc. A quelques pas de la villa, dans une clairière au milieu de la forêt, un banquet avait été préparé. Comme il était d'usage, la table avait trois côtés : celui du centre serait présidé par le roi et la reine ; sur chacune des deux ailes prendraient place les évêques rivaux, afin qu'il n'y ait pas d'incident.

L'assistance, composée en grande majorité de religieux — et des plus éminents d'entre eux —, n'avait rien de commun avec les barbares qui avaient participé aux noces de Sigebert et Brunehaut, quinze ans plus tôt. Pourtant, l'un des convives ne pouvait s'empêcher de faire la comparaison, tout simplement parce qu'il avait assisté au banquet de Metz et que, comme il l'avait fait alors, il allait prendre la parole...

Venantius Fortunatus approchait de la cinquantaine. Il avait reçu la prêtrise depuis bien longtemps et s'était installé dans le monastère de Sainte-Croix, à Poitiers, fondé par la reine Radegonde, veuve de Clotaire Ier. Il était devenu son ami irremplaçable, ainsi que celui de la mère supérieure, Agnès.

Dans ce monastère féminin, l'ancien poète menait une existence faite de douceur, voire de mollesse, mais parfaitement chaste. Il pouvait sortir à sa guise et se rendait souvent à Tours où il était devenu un familier de l'archevêque. Il continuait à composer, mais uniquement des prières et des hymnes religieuses.

Fortunatus était là sur l'invitation de Chilpéric. Bien qu'il le sache ami de Grégoire, celui-ci avait voulu à tout prix la présence du plus grand poète de Gaule. Il avait eu gain de cause. Fortunatus, qui avait décliné son offre pour son mariage avec Galeswinthe, avait accepté, le synode étant un événement religieux auquel il pouvait venir en tant que clerc.

Comme aux noces de Sigebert et Brunehaut, Venantius Fortunatus s'avança au milieu des trois tables, en toge blanche, un parchemin à la main. A la différence d'alors, il portait la tonsure et il avait aussi passablement grossi. Il s'inclina devant les souverains, s'éclaircit la voix et se mit à déclamer.

Son poème était en tous points semblable au précédent. Il s'agissait d'un éloge en latin du roi et de la reine et, tout comme le premier s'était conclu sur l'apothéose de Brunehaut, celui-ci se terminait sur le triomphe de Frédégonde :

> *« Vous et votre épouse, l'honneur du royaume par ses mœurs,*
> *Femme de bon conseil, adroite, circonspecte, utile à la cour,*
> *Intelligente, se faisant aimer par ses largesses,*
> *Excellente par toutes sortes de mérites, l'illustre Frédégonde. »*

Tandis que les applaudissements fusaient, Venantius Fortunatus alla prendre la place qui lui était réservée, aux côtés de la reine. Il était fort satisfait de lui. Ses vers étaient aussi médiocres que ceux de l'épithalame de Metz, mais ils étaient clinquants et creux, et il était sûr qu'ils seraient appréciés. Les Francs, ainsi qu'il aimait à le répéter, préféraient le chant de l'oie à celui du cygne...

Cela ne manqua pas de se produire : Chilpéric se leva pour aller le féliciter avec effusion.

— Merci, grand et saint homme ! Je n'ai jamais entendu des paroles aussi admirables ! Que n'ai-je votre talent, votre génie...

L'intéressé multiplia les remerciements et les dénégations de modestie... Chilpéric finit par retourner à sa place, entre son fils Clovis et Frédégonde. Fortunatus s'adressa à cette dernière avec un sourire :

— Et vous, Reine, vous ne dites rien ?

Des serviteurs passaient aux convives des bassins d'eau chaude pour qu'ils y plongent les mains. Frédégonde se lava soigneusement sans tourner la tête dans sa direction.

— Je ne dis rien parce que je n'ai rien à dire. Je ne comprends pas le latin.

— Il s'agissait de choses fort aimables à votre sujet. Voulez-vous que je les traduise ?

— Non. Je n'ai pas envie de vous entendre.

Chilpéric voulut intervenir :

— Mais Frédégonde...

— L'archevêque de Tours m'a bafouée et vous n'avez pas su me défendre. Au moins, maintenant, vous allez m'écouter ! Parlons des impôts...

— Des impôts ?

— Oui. Il y a près de vingt ans que vous régnez et vous n'avez jamais été capable de les faire rentrer...

Elle se mit à discuter avec animation avec son époux... Venantius Fortunatus n'en revenait pas : elle ne lui avait même pas adressé un regard ! Il se souvenait de Brunehaut se pâmant d'aise à ses côtés. Il était difficile d'imaginer un contraste plus grand entre elles. C'était d'ailleurs la raison qui lui avait fait accepter l'invitation de Chilpéric : personne, sans doute, n'aurait le privilège d'approcher de si près les deux reines ennemies et c'était l'occasion unique de les comparer.

Tout en grignotant les premiers plats et en buvant avec modération, il se souvenait des paroles de désespoir qu'il avait adressées à Brunehaut sur les traces de la civilisation romaine. Comme il avait changé d'état d'esprit ! Le monde était malade, le monde était mourant : qu'y pouvait-il ? Rien, sinon ce qu'il avait fait : se réfugier dans cet univers religieux et féminin où les horreurs du temps lui parvenaient de manière assourdie...

A ses côtés, Frédégonde parlait d'argent avec véhémence. Il ne regrettait pas d'avoir fait l'éloge successif des deux reines rivales ; au contraire, cela s'accordait parfaitement avec le monde franc, qui n'avait aucun sens. Et, à la réflexion, il lui semblait que son poème de Berny était plus juste que celui de Metz. Contrairement aux apparences, c'était la cruelle Frédégonde, et non Brunehaut la savante, qui détenait la vraie sagesse. Dans ce monde de barbares, Frédégonde était à l'unisson des siens, tandis que Brunehaut incarnait une espérance dépassée et surestimait sa puissance...

Les impôts... Ce fut de cela qu'il fut quotidiennement question au lendemain du synode de Berny entre le roi et la reine de Soissons. Si les souverains francs avaient théoriquement le droit de percevoir un impôt de leurs sujets, depuis la mort de Clotaire, en raison des multiples conflits qui les divisaient, ils n'en avaient plus le pouvoir.

Chilpéric eut beau le dire et le répéter à son épouse, elle ne voulut rien savoir : il était roi, il devait percevoir son dû ! Il lui céda, comme il avait pris désormais l'habitude de le faire en toutes circonstances, et il envoya ses soldats parcourir le pays...

Avant de percevoir l'impôt, encore fallait-il faire un recensement. Chilpéric n'avait pas la moindre idée du nombre d'habitants de son pays ni de leurs ressources. Or, c'était indispensable si on voulait les taxer. On se mit donc en devoir d'établir des rôles d'imposition.

Dans le royaume de Soissons proprement dit, la chose se passa sans trop de mal, mais il n'en fut pas de même dans toutes les villes et les enclaves qui avaient été attribuées à Chilpéric au dépeçage de la Neustrie. En raison de l'éloignement, les habitants s'estimaient totalement indépendants et les émeutes se multiplièrent... La plus grave eut lieu à Limoges. Presque tous les envoyés royaux furent massacrés et les rôles détruits. Quelques-uns parvinrent pourtant à s'échapper avec des doubles et les Limougeauds furent taxés comme les autres.

Au bout de six mois, Chilpéric put remettre à sa femme les rôles d'imposition complets. Il y en avait pour soixante mille sous d'or... Frédégonde n'en finissait pas de s'extasier, les parchemins couverts de chiffres à la main. Elle répétait d'un air extasié :

— Soixante mille sous d'or !

Chilpéric allait prendre la tête de son armée pour percevoir l'argent, lorsque la catastrophe s'abattit avec la soudaineté et la violence de la foudre...

Une maladie se déclara à la cour. Le plus terrifiant était la brutalité avec laquelle elle débutait. On ne la sentait pas venir. Celui qui l'attrapait se mettait à frissonner et, tout aussitôt, était si faible qu'il était obligé de se coucher. Ensuite, il était pris de maux de tête, de vomissements verdâtres et de diarrhées. C'était la première fois de mémoire d'homme que ce mal se manifestait. On l'appela « feu Saint-Antoine », parce qu'il fallait bien lui donner un nom.

Il fallut attendre plusieurs jours pour savoir si le feu Saint-Antoine entraînait la mort. Au bout d'une semaine environ, on sut que c'était le cas. Les malades mouraient d'épuisement, devenus maigres à faire peur.

Nombreux furent ceux qui l'attrapèrent et, au premier rang d'entre eux, Chilpéric. Il fut pris des terribles signes à la chasse et si violemment que ses hommes crurent ne pas pouvoir le ramener vivant. On parvint pourtant à le porter dans sa chambre où il demeura entre la vie et la mort. Mais les adultes ne furent pas les seules victimes du feu Saint-Antoine car celui-ci s'attaqua principalement aux enfants.

Les deux derniers fils de Chilpéric, ceux qu'il avait eus avec Frédégonde, Clodobert et Dagobert, en furent victimes tout de suite après leur père. On voulut d'abord croire à un malaise passager, mais leur état s'aggrava si vite qu'il fut bientôt évident qu'ils allaient mourir.

Frédégonde, qui avait été épargnée par le mal, allait de la chambre de l'un à la chambre de l'autre, poussant des cris de bête blessée, insultant les médecins. Ceux-ci couvraient Clodobert de ventouses, mais affirmaient qu'on ne pouvait lui en mettre davantage ; quant à Dagobert, on ne pouvait lui en poser aucune : il était trop jeune, cela le ferait mourir... Le temps passant et leurs efforts restant vains, ils finirent par déclarer en tremblant à la reine que, pour l'un comme pour l'autre, ils ne voyaient plus que la prière.

Frédégonde réagit alors avec la fougue qui était la sienne. Les médecins avaient raison. Autant à Tournai, face à l'armée ennemie, il fallait se battre, autant ici, face au bras de Dieu qui frappait des têtes innocentes, c'était bien la prière qui était le seul recours. Elle allait donc prier, mais elle allait le faire à sa manière, énergique, impétueuse, absolue. Elle allait prier à la manière de Frédégonde !

Elle se rendit dans la chambre de Chilpéric. Il était allongé sur le ventre, avec des ventouses aux épaules et aux jambes, d'où sortait un liquide purulent. Il ne semblait pas loin d'être à l'agonie, mais elle ne lui accorda aucune attention. Elle se dirigea vers le coffre situé près du lit et en sortit des rouleaux de parchemin, puis elle alla dans l'église Saint-Serge de Berny.

Un prêtre était en train de célébrer une messe basse, elle le congédia et se mit à genoux.

— Grand saint Serge, je viens vous implorer pour mes fils Dagobert et Clodobert. Guérissez-les en échange de l'offrande que je vous fais !

Plusieurs cierges brûlaient sur l'autel. Elle en approcha les parchemins, qui s'embrasèrent.

— Ce sont les rôles des impôts de notre royaume.

J'y renonce pour la santé de mes enfants... Puissant saint Serge, je vous donne soixante mille sous d'or. Je vous les donne pour Dagobert et Clodobert, personne d'autre. Cela fait trente mille sous par guérison ! On ne vous a jamais offert autant, puissant saint Serge. Vous ne pouvez pas ne pas m'exaucer !...

Les rôles d'imposition qu'elle avait exigés de Chilpéric n'étaient plus que cendres. Elle alla de nouveau s'agenouiller et se remit à prier en silence jusqu'à perdre la conscience du temps... Elle fut ramenée à la réalité par une voix de femme :

— Votre Grandeur...

Elle avait déjà compris. Cette voix, c'était celle d'Ingebruge, la nourrice de Dagobert. Elle était blême.

— Hélas ! Votre Grandeur, personne n'a rien pu faire...

La reine se leva d'un bond.

— Sois maudite !

Elle se jeta sur Ingebruge. Elle allait la frapper, la tuer peut-être. Elle se souvint alors qu'elle était dans une église et se laissa tomber à terre, tandis que la nourrice s'enfuyait en courant. Il y eut un silence et elle prononça d'une voix brisée :

— Sauvez Clodobert, grand saint Serge. Sauvez-le ! Soixante mille sous d'or pour une seule vie !...

Il sembla que la prière de Frédégonde ait, cette fois, atteint son but. Les jours suivants, l'état de Clodobert s'améliora sensiblement. Le jeune enfant n'avait plus ses terribles et épuisants vomissements.

Il était plus calme et commençait à s'alimenter, même s'il restait très faible et incapable de se lever.

Encore une fois, Frédégonde agit seule. Chilpéric, lui aussi, allait mieux, mais il ne lui vint pas à l'idée de le consulter. Elle avait toujours entendu dire que saint Médard était plus efficace que saint Serge. Ce dernier avait commencé à l'exaucer, mais pour assurer totalement la guérison de Clodobert, elle devait l'amener au tombeau de Médard, dans l'abbaye de Crouy, tout près de Soissons.

L'enfant gémit et pleura lorsqu'elle le tira de son lit : elle fut intraitable. Elle le mit sur une litière et partit avec lui en direction de la capitale du royaume.

Normalement, le chemin se faisait en une journée, mais Clodobert était si faible qu'on ne put arriver avant la nuit. Il fallut la passer en pleine campagne. Frédégonde veillait son fils, qui ne cessait de répéter :

— J'ai froid...

On repartit à l'aube, alors que l'enfant avait totalement perdu conscience... Il mourut juste avant d'arriver à Soissons.

La colère de Frédégonde fut épouvantable. Elle fit enterrer le petit défunt non à l'abbaye de Crouy, mais dans une autre église : Saints-Crépin-et-Crépinien. Quant à Médard, qui, au lieu de l'exaucer, l'avait trahie, elle le châtia de la plus terrible manière : elle fit planter un roncier sur sa tombe et posta des soldats tout autour pour empêcher quiconque de l'arracher.

De retour à Berny, elle retrouva Chilpéric sur pied. Il savait la mort de ses deux fils. Elle ne fit aucun commentaire sur son rétablissement. Elle lui dit aussitôt :

— Nous quittons Berny. Je ne veux plus vivre ici !

— Pour aller où ? Nous ne pouvons plus habiter Soissons.

En effet, la villa romaine qui servait de palais, après avoir longtemps menacé ruine, venait de s'écrouler.

— A Paris.

— C'est que, normalement, nous n'avons pas le droit d'y être...

Frédégonde ne prit pas la peine de répondre à l'objection.

— Nous emmenons le sarcophage de Dagobert. Il sera enterré à Saint-Denis. Vous avez reconstruit leur basilique : les moines ne lui ménageront pas leurs prières...

Sur le chemin de Berny à Paris, Frédégonde subit une métamorphose. Elle ne fut d'abord que colère contre les deux saints qui avaient si mal entendu sa prière et contre Dieu lui-même, qui n'avait pas épargné ses enfants. Puis sa colère tomba d'un coup et fut remplacée par une pensée terrible : si Dieu ne l'avait pas exaucée contre soixante mille sous d'or, c'était tout simplement qu'il n'existait pas ! Les églises étaient vides, les saints étaient des cadavres comme les autres, qui avaient autant de pouvoir qu'un bout de bois !

La reine de Soissons, fut prise de vertige devant

l'immensité de sa découverte : si Dieu n'existait pas, cela signifiait que le diable, lui aussi, était une invention des hommes. Elle n'avait plus à craindre l'enfer. Elle pouvait faire absolument tout ce qu'elle voulait !

Elle comprit alors qu'il y aurait deux Frédégonde : celle d'avant la mort de ses enfants, une ambitieuse, qui écartait ceux qui se trouvaient sur sa route, mais uniquement eux, et la nouvelle, qui allait se plonger tout entière dans le crime. Elle allait désormais tuer par plaisir ou par haine, ce qui était la même chose. Et, à la réflexion, ce qu'elle haïssait le plus avait un nom : Mérovée...

Elle ne s'était pas trompée en balayant les craintes de Chilpéric : ils entrèrent à Paris comme ils voulurent. Son nouvel évêque, Raguemode, un prélat effacé et mondain, n'avait pas la force de caractère de son prédécesseur Germain, qui était déjà devenu saint Germain. Il accueillit fort aimablement le roi et la reine et tint à célébrer lui-même l'enterrement du petit Dagobert à Saint-Denis.

D'ailleurs, l'aurait-il voulu, Raguemode n'avait pas les moyens de s'opposer à eux. Frédégonde et Chilpéric étaient les maîtres véritables du monde franc. Gontran, roi de Bourgogne, était âgé et sans ambition, Childebert, roi d'Austrasie, était encore un enfant. En face d'eux, il n'y avait rien...

A la belle saison, ils quittèrent Paris pour Chelles. Il y avait là-bas une villa fort agréable au bord de la

Marne et des forêts giboyeuses immenses. Ils décidèrent d'en faire leur résidence d'été et de passer leurs hivers à Paris. Mais pour Frédégonde, Chelles fut avant toute chose l'occasion d'une très désagréable rencontre.

Clovis, que son père avait envoyé patrouiller avec l'armée dans le sud du royaume, vint les rejoindre. Le moins qu'on puisse dire, c'est qu'il ne fit guère preuve de retenue. La mort de Dagobert, puis de Clodobert, avait fait de lui le seul héritier de Chilpéric et il s'en réjouit ouvertement au cours d'incessantes beuveries. Il s'en étranglait de rire.

— A mon règne prochain et à la mort de tous mes ennemis ! Qu'on les coupe en deux !...

Chilpéric décida de partir pour la chasse. Il avait retrouvé la santé physique, mais la mort de deux de ses fils et le fait d'être passé si près de la mort lui-même l'avaient fortement ébranlé. Il décida de rester plusieurs semaines en forêt et, pour la première fois, laissa pendant ce temps le pouvoir à Frédégonde.

Ce ne fut pas ce qui la détermina à tuer Clovis : elle l'aurait fait de toute façon. Mais cela hâta sa décision. Elle devait profiter de cette occasion inespérée de se débarrasser de lui... Elle opta pourtant, dans un premier temps, pour la dissimulation. Elle donna l'ordre à son beau-fils de partir pour Berny afin de voir si la villa, laissée à l'abandon, n'avait pas été pillée.

La sottise de Clovis était réputée sans limites et on put constater encore une fois à quel point c'était vrai. Non seulement, il s'y rendit, n'imaginant pas un seul instant que Frédégonde espérait ainsi lui faire attraper le feu de saint Antoine, mais ayant eu la chance de ne pas contracter la maladie, il revint à Chelles !

C'était se jeter dans la gueule du loup. Entre-temps, Frédégonde avait fait arrêter sa concubine et la mère de celle-ci, sous l'accusation d'avoir empoisonné Dagobert et Clodobert. Elle s'était occupée elle-même des interrogatoires... Tandis que les bourreaux multipliaient les coups, elle avait harcelé la concubine :

— Avoue que tu as empoisonné mes fils avec l'aide de Clovis ! Avoue, sinon tu auras le sort dont il menace tout le monde : tu seras coupée en deux !

La jeune femme, rouée de coups, soumise aux tortures les plus variées, avait tenu bon. Tant et si bien que Frédégonde avait mis sa promesse à exécution : elle avait été bel et bien coupée en deux !... Avec sa mère, la reine avait préféré la douceur. Si elle reconnaissait le crime de Clovis, elle aurait la vie sauve. La pauvre femme avait avoué tout ce qu'on voulait. Mais cette fois, Frédégonde n'avait pas tenu sa promesse. Au lieu de lui laisser la vie, elle l'avait fait brûler vive...

Quand Clovis rentra à Chelles, les soldats s'emparèrent de lui, lui montrèrent les deux morceaux de ce qui avait été sa concubine et les cendres de ce qui avait été la mère de celle-ci. Puis, couvert de chaînes, ils le livrèrent à Frédégonde.

Elle tint à l'interroger elle-même. Cela dura trois

jours, mais elle eut beau faire, elle n'arriva pas à lui soutirer quoi que ce soit. Clovis, le front baissé, l'air buté, gardait le silence. Parfois même, malgré les menaces et les coups, il était repris par son ricanement...

Deux des hommes de confiance qu'elle avait envoyés à la chasse avec Chilpéric vinrent alors la trouver pour lui dire que son mari était sur le chemin du retour. Il fallait faire vite ! Elle fit conduire le prisonnier à Nogent et ordonna au bourreau de le poignarder en laissant l'arme dans le cœur...

Chilpéric arriva le lendemain. Elle l'attendait sur le chemin de la villa, seule devant le reste de la cour. Elle fit face à son cheval, le contraignant à s'arrêter.

— Noble Seigneur, il est arrivé un grand malheur !

C'étaient presque les mêmes mots qu'elle avait employés à Soissons, pour lui annoncer la faute d'Audovère, lors de ce qui avait été le début de sa prodigieuse ascension. Comme ils étaient jeunes et pleins de vie alors ! Comme tout cela était loin !... Chilpéric abaissa vers elle un regard sombre plus que vraiment inquiet.

— Parle...

— Votre fils Clovis n'est plus. Il a mis fin à ses jours.

— Comment cela s'est-il passé ?

— Non loin d'ici, à Nogent. La preuve qu'il s'est suicidé, c'est que le couteau est encore dans la plaie. Voulez-vous aller voir ?

Chilpéric n'eut pas une larme, pas un soupir.

— Non, je te crois. C'est un grand crime de se tuer. Il ne mérite pas qu'on l'ensevelisse. J'ordonne qu'on le jette à la rivière...

Chilpéric se remit en route, sans rien ajouter. Frédégonde le vit s'éloigner avec une profonde surprise. Elle s'attendait à une vive et dangereuse explication avec lui, mais tout s'était passé avec une déconcertante facilité. Elle se demanda pourquoi... Parce que Chilpéric était désormais un être usé, sans ressort ? Parce qu'il n'avait jamais aimé Clovis, qu'il savait incapable de lui succéder, et que sa mort, dans le fond, l'arrangeait ?... Elle conclut que c'était sans doute un peu des deux.

Un mois s'était écoulé. Chilpéric, toujours mal remis de ses émotions, était reparti pour la chasse, laissant de nouveau le pouvoir à Frédégonde. Celle-ci, après le meurtre de Clovis, semblait avoir retrouvé goût à la vie. Elle avait quitté les vêtements sombres qu'elle portait depuis la mort de ses fils pour reprendre sa robe rouge et sa tunique jaune.

Dès le départ de son mari, elle convoqua Grindon et Gucilian. Elle semblait d'humeur particulièrement enjouée en les recevant.

— Approchez, mes amis !

Ses deux hommes de confiance, grâce auxquels elle avait attiré Mérovée dans son piège, s'arrêtèrent à un pas d'elle. Elle leur sourit.

— M'êtes-vous vraiment dévoués ?

— Pour vous, nous affronterions l'enfer, Votre Grandeur.

— C'est précisément ce que je vous demande... Alors ? Votre réponse ?

Grindon et Gucilian échangèrent un regard surpris, mais après un instant d'hésitation, se ressaisirent.

— Commandez, Votre Grandeur ! Où se trouve l'enfer ?

— Dans la ville du Mans...

Le Mans n'avait en soi rien de diabolique, mais ce que Frédégonde comptait y faire dépassait en monstruosité tout ce qu'on pouvait imaginer. C'était dans son monastère qu'Audovère était toujours cloîtrée, en compagnie de sa fille Hildeswinthe. La reine déchue y expiait depuis vingt ans une faute qu'elle n'avait pas commise et elle ne représentait pas le moindre danger pour personne, mais Frédégonde avait décidé de la tuer. L'envie s'était emparée d'elle, irrésistible, après la mort de Clovis, et elle allait mettre à profit l'absence de Chilpéric pour l'assouvir... Elle donna ses consignes à ses hommes de main.

— Prenez comme soldats des païens, sinon des chrétiens n'oseront jamais vous suivre à l'intérieur du monastère, et faites-vous remettre Audovère. C'est toi, Grindon, qui la tueras.

— Ce sera fait, Votre Grandeur.

— Attends ! Pas si vite. Avant, je veux qu'elle sache. Dis-lui bien que tu viens de la part de Frédégonde, son ancienne suivante, et que c'est sur son ordre qu'elle va mourir. Dis-lui bien que tous ses fils sont morts et dis-lui comment : que Théodebert a été laissé sans sépulture, que Mérovée a été tué par Chilpéric, Clovis par moi et qu'on a jeté son corps à la rivière. Laisse-la gémir et pleurer un bon moment et alors seulement, tue-la !

Grindon s'inclina. Gucilian se permit de manifester sa surprise :

— Et moi, Votre Grandeur, n'aurai-je rien à faire ?

— Ne sois pas si impatient. Je te réserve le plus agréable : Hildeswinthe !

La fille d'Audovère, cloîtrée dès sa naissance à cause de l'irrégularité de son baptême, était encore plus innocente et plus inoffensive que sa mère s'il était possible, mais elle aussi, Frédégonde avait décidé de ne pas l'épargner... Gucilian hocha la tête.

— Soyez sans crainte, Reine, je la tuerai.

— Non, tu ne la tueras pas. Je veux qu'elle vive pour souffrir...

— Bien, Votre Grandeur.

— Tu attendras que Grindon ait tué Audovère. Tu lui montreras sa mère morte et tu la violeras à côté de son cadavre.

Frédégonde leur désigna la tenture qui fermait la porte.

— Partez au plus vite. Tout doit être terminé avant le retour de Chilpéric...

Grindon et Gucilian avaient fait la preuve de leur efficacité avec Mérovée, ils furent tout aussi expéditifs avec sa mère et sa sœur.

Ils arrivèrent au Mans par une belle matinée d'été. Le monastère avait fière allure, avec son alternance de briques et de pierres bien taillées, mais il n'était pas conçu pour résister à un assaut. A la tête d'une cinquantaine de vauriens, Grindon et Gucilian se précipitèrent sur la porte et commencèrent à l'enfoncer. Les religieuses, apeurées, se hâtèrent d'ouvrir d'elles-mêmes.

Ils se retrouvèrent face à l'abbesse, Placidine, une femme corpulente d'une quarantaine d'années. Elle tremblait de tous ses membres. Derrière elle, les autres religieuses se blottissaient les unes contre les autres. Elle étaient toutes en robe blanche avec un voile de même couleur sur la tête...

— Que voulez-vous ?

— L'une des vôtres, Audovère.

— Mais pourquoi ?

— Pour lui donner le châtiment qu'elle mérite de la part de la reine Frédégonde !

— Mais...

— Obéissez, ou nous vous égorgeons toutes !

Ni Placidine ni ses nonnes n'avaient l'étoffe de martyres. Elles ne souhaitaient que vivre tranquillement dans leur monastère, à l'abri des dangers du monde. L'ancienne reine se trouva projetée hors des rangs... Grindon s'avança vers elle, souriant. Audovère semblait n'avoir plus d'âge ; son visage était inexpressif, ses yeux fixes. Grindon remarqua qu'elle était la seule à ne pas trembler. Il leva son scramasaxe, sans provoquer la moindre réaction de sa part... Placidine intervint :

— Elle est aveugle.

Un peu dépité, Grindon commença le petit discours qu'il avait préparé.

— Tu vas mourir, Audovère ! Mais avant, je vais te dire comment sont morts tes trois fils...

L'ancienne épouse de Chilpéric n'eut pas l'air d'avoir entendu. Elle se mit à marmonner des choses incompréhensibles. L'abbesse intervint de nouveau :

— Elle ne peut vous comprendre. Elle est folle.

L'homme de main poussa un cri de rage et plongea son arme dans le cou d'Audovère, qui s'effondra dans un flot de sang... Gucilian s'adressa alors à Placidine :

— Où est Hildeswinthe ?

— C'est que...

— Dis-moi où elle est ou je te tue !

Placidine désigna une de ses nonnes.

— La voici.

La jeune religieuse parut tout étonnée.

— Mais je suis Euphronie...

— Elle croit s'appeler ainsi. Comme elle n'avait que quelques mois quand elle est arrivée, nous avons préféré ne pas lui dire qui elle était. Elle s'imagine être une fille du peuple.

Grindon et Gucilian eurent un rire cruel. Les souffrances morales qu'ils n'avaient pas pu infliger à la mère, ils allaient les faire endurer à la fille !... Complaisamment, ils lui révélèrent qu'elle était princesse, fille du plus puissant des rois francs, qu'à l'heure actuelle, sans la reine Frédégonde, elle serait à la cour, couverte de bijoux, entourée de servantes... Hildeswinthe était une jeune fille à la figure très douce et, au grand contentement de ses bourreaux, elle versa des larmes amères et poussa des cris à fendre l'âme. Enfin, Gucilian la força à s'allonger dans le sang de sa mère et la viola sauvagement...

Grindon et Gucilian revinrent à Chelles juste avant que le roi ne rentre de la chasse. Ils préférèrent cacher à la reine qu'Audovère était folle. En revanche, ils décrivirent longuement la détresse d'Hildeswinthe, à qui les nonnes avaient caché son identité. Frédégonde battit des mains en l'apprenant et les récompensa en les couvrant d'or.

Chilpéric, quant à lui, ne sut jamais la mort de sa première épouse et le sort réservé à sa fille aînée. L'abbesse n'osa pas l'en informer et les rares personnes qui l'apprirent se turent par crainte de Frédégonde.

D'ailleurs, Chilpéric avait d'autres préoccupations.

La première était sa virilité. Le feu Saint-Antoine l'avait laissé longtemps impuissant. Depuis quelque temps, ses qualités masculines lui étaient revenues, mais il craignait à tout instant de les reperdre. A la chasse, il avait emmené avec lui de jeunes servantes et il ne les quitta pas en rentrant à Chelles, délaissant pour la première fois Frédégonde.

Ce n'était pas qu'il avait cessé de trouver la reine désirable, mais il avait une soif irrépressible de jeunesse. Il avait besoin d'entendre des filles de quatorze ou quinze ans se pâmer dans ses bras, de recommencer et de recommencer encore, pour se prouver que rien n'était changé, que les ans ne l'avaient pas atteint.

Frédégonde, bafouée et trahie, avait songé à se venger dans le sang des maîtresses de son mari, mais elle y avait renoncé. D'abord, parce qu'elle savait que Chilpéric, même s'il était faible, pouvait être dangereux quand on l'attaquait de front. Ensuite, parce qu'elle n'était pas réellement jalouse. L'amour s'en était allé peu à peu entre eux. Tout avait peut-être commencé la nuit de Tournai, quand elle avait vu « Puissant dans la bataille » s'enivrer en pleurant.

Enfin, elle acceptait d'être délaissée, parce qu'à défaut de ses ardeurs, Chilpéric lui accordait le pouvoir. Il avait définitivement renoncé à gouverner. Outre sa vigueur amoureuse, il ne se préoccupait plus que de ses anciennes chimères. Ni sa femme ni son royaume ne comptaient plus. Ses vieux rêves l'avaient repris tout entier : la théologie et la réforme de l'alphabet...

Chilpéric commença par la théologie, mais ne fut pas, loin de là, couronné de succès. Comme Salvius, évêque d'Albi, était de passage à Chelles, il alla fièrement le trouver, un parchemin à la main.

— Ecoutez, Très Saint Père, le décret que je compte prendre dans le royaume de Soissons et les villes de Neustrie qui sont en mon pouvoir : « Seul le Père est Dieu. Le Fils est seulement le premier de tous les saints. »

Salvius eut la même réaction qu'Eulalius, l'évêque de Soissons auquel Chilpéric avait tenu un discours semblable lors de son mariage : il s'étrangla de stupeur et d'indignation :

— Depuis quand vous êtes-vous converti à l'arianisme ?

— Qu'est-ce que l'arianisme ?

— Cette hérésie haïssable que vous êtes en train d'énoncer. Elle a failli submerger la chrétienté et, au moment où nous allons en triompher, vous vous ralliez à elle ! L'Eglise, par ma bouche, vous excommunie !

Chilpéric eut un vif mouvement de colère. Eulalius lui avait déjà dit qu'il n'était pas l'inventeur de cette doctrine et voilà qu'il apprenait maintenant qu'elle avait un nom et qu'elle avait même été répandue sur toute la terre !

L'évêque d'Albi, le voyant ébranlé, décida de se montrer magnanime.

— Donnez-moi ce décret, que je le déchire et je consentirai à oublier vos propos !

Plus par dépit que par crainte de l'excommunication, Chilpéric tendit à Salvius le parchemin, qui partit en petits morceaux et, de ce jour, il renonça à la théologie...

Il n'en fut pas de même pour la réforme de l'alphabet. Là, aucune autorité ne pouvait se dresser contre lui et le menacer de ses foudres. Le décret qu'il prit fut donc promulgué dans les territoires dépendant de son autorité : « Quatre lettres seront créées pour mieux transcrire les mots francs, oméga, ae, the et wi. Tous les livres seront recopiés selon le nouvel alphabet et les anciens seront détruits. Toutes les inscriptions en tous lieux seront grattées et regravées de cette manière. »

Un atelier de copistes fut installé à Chelles. Chilpéric y vint chaque jour pour s'informer de l'avancement des travaux. Les moines lui répliquaient que la chose était ardue et lui montraient les quelques lignes qu'ils avaient rédigées dans la journée. En fait, la réforme de Chilpéric était totalement inintelligible et ils faisaient ce qu'ils pouvaient pour donner le change.

Il en était de même des émissaires qu'il envoyait aux quatre coins du royaume pour faire regraver les inscriptions. Ils revenaient, affirmant péremptoirement que ses ordres avaient été exécutés. Mais tout était resté comme avant, personne n'ayant rien compris aux désirs du roi... Il n'y eut qu'à Paris, où Chilpéric pouvait, par la force des choses, vérifier lui-même, qu'on modifia quelques inscriptions. Mais déjà le roi ne s'en préoccupait plus guère. La grande affaire, pour lui, était désormais la conversion des juifs...

Ce n'était pas par zèle catholique, par piété. C'était plutôt pour prendre sa revanche sur l'humiliation que lui avait fait subir l'évêque Salvius. L'Eglise l'avait bafoué, elle allait voir qui était Chilpéric : le grand convertisseur d'infidèles !

Il y avait à Paris une importante colonie juive, la seule de son royaume. Deux ans après son arrivée dans la ville, il fit proclamer un décret qui, à la différence de la réforme de l'alphabet, avait le mérite d'être clair : « Tous les juifs de Paris devront se convertir, sous peine d'avoir les yeux crevés. »

Face au roi, qui habitait sur place entouré de sa garde, il n'y avait rien à faire, à moins de souhaiter le martyre. Ce n'était le cas d'aucun membre de la communauté qui, par la bouche de son chef, Phatir, un riche marchand originaire de Bourgogne, demanda à recevoir le baptême.

Chilpéric, tout heureux, organisa une cérémonie grandiose pour l'événement. Il choisit pour cadre la cathédrale Notre-Dame ou plutôt, puisque les baptêmes n'avaient jamais lieu dans l'église même, son baptistère, Saint-Jean-le-Rond.

Le jeudi saint, jour consacré par prédilection aux baptêmes, les futurs convertis portant la toge blanche traditionnelle s'avancèrent en une longue file. Ils étaient encadrés par leurs parrain et marraine. Chilpéric allait en tête, en compagnie de Phatir, son filleul. La marraine n'était pas Frédégonde ; elle avait refusé avec humeur quand il le lui avait demandé et assistait, maussade, à la cérémonie. A sa place, Ringonthe, l'aînée des filles qu'il avait eues avec elle, s'était proposée. Elle se tenait rayonnante auprès de son père.

Raguemode accueillit les arrivants au seuil du baptistère et, les uns après les autres, ils se plongèrent dans le bassin circulaire, prononçant la formule rituelle :

— Je renonce à Satan, à ses pompes et à ses volontés.

Ensuite, l'évêque leur traça le signe de croix sur la bouche et les oreilles : ils étaient chrétiens.... Les compliments que Chilpéric entendit de Raguemode au cours du banquet qui suivit le remplirent d'aise :

— C'est le plus grand jour de ma vie, Votre Sublimité ! Rien n'égale votre zèle évangélique. Seule l'ardeur des saints apôtres peut lui être comparée...

Le roi de Soissons aurait dit volontiers, lui aussi, que c'était le plus beau jour de sa vie, s'il ne subsistait une ombre. Tous les juifs de la communauté parisienne s'étaient convertis, mais pas tous les juifs présents à Paris. Il en manquait un.

Priscus, l'homme de confiance du souverain, tantôt espion, tantôt administrateur, toujours conseiller avisé, parfois confident, avait suivi son maître au bord de la Seine. Depuis que Chilpéric avait délaissé le pouvoir, il était désœuvré, mais il était là, avec son calme, sa sérénité. Il arrivait à Chilpéric de venir lui parler de tout et de rien.

Quand il avait pris son décret, il avait espéré que le seul juif qui comptait pour lui serait le premier à se convertir et deviendrait son filleul. Il avait dû déchanter. Priscus lui avait opposé un refus inébranlable. Ne pouvant se résoudre à lui crever les yeux, il l'avait jeté en prison...

Il alla le voir dans sa cellule trois jours après la cérémonie. C'était le matin de Pâques, un jour de liesse, et il était encore tout empli de l'exaltation du baptême collectif. Il était certain que, cette fois, il allait parvenir à convaincre son ancien conseiller.

Il le trouva avec une curieuse écharpe aux bandes blanches et noires sur la tête.

— Qu'est ceci et que fais-tu ?

— C'est le talet, avec lequel nous disons la prière du matin. C'est lui aussi qui sert à nous ensevelir.

— Priscus, je suis sûr que c'est aujourd'hui que tu vas te convertir !

— Vous savez bien que non, Votre Grandeur.

— Tous les tiens l'ont fait.

— Dieu les jugera. Moi, je m'en garde.

— Ne m'oblige pas à mettre mon décret à exécution.

— Je vous l'ai déjà dit le jour de votre mariage, Votre Grandeur : ma vraie lumière est intérieure. Vous pouvez me prendre celle des yeux, elle est peu de chose à côté.

— Mais enfin, qu'est-ce que ta religion a de plus que la mienne ?

— Rien, sinon qu'elle me vient de mes pères. Si on vous demandait de renier votre père, le feriez-vous volontiers ?

Chilpéric pensa à Clotaire, qu'il avait tendrement aimé, Clotaire, qui était mort dans ses bras. Il ouvrit la bouche pour dire quelque chose, mais se tut. Il tourna en rond dans la cellule, puis s'arrêta et dit précipitamment :

— Pars ! Tu es libre...

A partir de ce jour, chaque vendredi à l'heure où

le soleil se couche, on vit une silhouette à l'extrémité orientale de l'île de la Cité, sur la voie romaine menant au Petit-Pont. C'était Priscus, qui faisait fièrement ses dévotions du sabbat. Non loin de là, on apercevait Notre-Dame et Saint-Jean-le-Rond où ses anciens coreligionnaires avaient choisi une autre route.

Ceux-ci finirent par ne plus supporter ce spectacle. Phatir, surtout, qui, par intérêt, par lâcheté, avait entraîné les siens dans le renoncement. La silhouette de Priscus dans le couchant du vendredi devenait aussi aveuglante que la conscience, aussi rouge et brûlante que le remords. Il fallait que cela cesse. Il le fallait par n'importe quel moyen !

Un vendredi, il se glissa derrière l'homme en prière, à la tête d'une petite troupe de convertis comme lui... Priscus ne les entendit pas venir. Frappé de plusieurs coups de couteau, il tomba à terre. Il eut la force de prononcer :

— *Chemaa Israël, Adonaï élohénou, Adonaï éhad*[1].

Et rendit le dernier soupir... En entendant la prière sacrée de leur peuple, celle que tout juif doit dire à l'heure de sa mort, ses meurtriers s'enfuirent en criant :

— Maudits ! Nous sommes maudits !...

Chilpéric, révolté, bouleversé par ce crime, fit arrêter et exécuter les assassins, à l'exception de

1. Ecoute Israël, l'Eternel notre Dieu est le Seigneur, l'Eternel notre Dieu est Un.

leur chef. Raguemode tenta de protester : ils étaient à présent chrétiens et on ne pouvait les mettre à mort pour avoir tué un juif. Chilpéric l'éconduisit avec violence. Ensuite, il rendit les derniers honneurs à Priscus. Il l'enterra lui-même de la manière que celui-ci avait désirée : enveloppé dans son écharpe noir et blanc à l'endroit où il était tombé.

Restait Phatir, qui était son filleul et contre lequel il ne pouvait exercer de violence. Après l'avoir enfermé quelques jours en prison, il le libéra en lui donnant l'ordre de rentrer dans son pays d'origine.

Mais il prévint en même temps les parents de Priscus, et Phatir fut massacré sur la route de Bourgogne.

Plusieurs raisons détachèrent définitivement Frédégonde de Chilpéric. D'abord, il y eut Ringonthe...

Que de très jeunes filles couchent avec son mari lui était depuis longtemps indifférent, mais il y en avait une pour laquelle elle ne pouvait l'admettre : leur propre fille, Ringonthe !

Ringonthe avait quinze ans. Elle avait toujours été effrontée, insolente. A la puberté, elle avait commencé à se livrer à la débauche. Frédégonde ne s'en était pas souciée : seuls ses fils comptaient pour elle ; ses filles n'étaient rien. Mais au baptême de Saint-Jean-le-Rond, en la voyant à côté de Chilpéric, elle avait eu une révélation : Ringonthe essayait de séduire son père. Elle était sûre de ne pas se tromper et le pire, c'est qu'elle avait également la certitude que Chilpéric se laisserait faire un jour !

Peu après, alors qu'ils étaient tous de retour à Chelles, elle appela sa fille aînée dans sa chambre.

— Viens, Ringonthe. J'ai décidé de t'offrir un bijou.

Elle ouvrit un grand coffre.

— Tiens ! Choisis le plus beau...

Fort coquette, la jeune fille s'approcha sans méfiance et se pencha. Frédégonde referma alors le couvercle sur son cou et s'assit dessus. La malheureuse poussa des cris atroces. Les gardes accoururent mais, voyant qu'il s'agissait de la reine, reculèrent précipitamment. Ils alertèrent Chilpéric, qui délivra sa fille presque mourante.

Il s'ensuivit la plus violente des scènes qui ait jamais éclaté entre le couple. Ringonthe, de son côté, mit des semaines avant de se remettre, mais ne tourna plus autour de son père. Qu'elle ait eu ou non de coupables pensées, elle n'eut pas l'occasion de les réaliser. Frédégonde conclut pour elle un mariage avec un prince espagnol et elle partit dès qu'elle fut rétablie...

Ensuite, il y avait le souvenir de Priscus. Le temps passant, Chilpéric restait inconsolable de la mort de son ancien conseiller. On l'entendait se lamenter dans la villa de Chelles et répéter en versant des larmes :

— Mon cher Priscus ! Mon seul ami !

Cette compassion pour un juif fut pour Frédégonde le signe que son mari avait totalement perdu le sens des réalités. Or, elle était depuis peu enceinte, et l'idée germa en elle que si c'était un fils, Chilpéric pourrait sans inconvénient disparaître...

Leur enfant naquit et ce fut Clotaire, un beau et vigoureux garçon qui semblait sourire à l'avenir. Dès lors, le dernier acte de la vie de Chilpéric et de Frédégonde pouvait avoir lieu...

La reine aurait tout de même hésité à franchir le pas si les circonstances n'avaient décidé à sa place. Peu après la naissance de Clotaire, elle prit un amant, Landry, un grand du royaume, qui lui faisait depuis longtemps une cour discrète. C'était la première fois qu'elle était infidèle à Chilpéric. Elle avait failli l'être avec les jeunes gens de Tournai, mais leur mort ne l'avait pas permis.

L'incident fatal se produisit dans la villa de Chelles, par une chaude soirée d'été. Frédégonde était seule dans sa chambre, nue à cause de la température. Elle tournait le dos à la porte et n'entendit pas se soulever la tenture. Elle reçut un petit coup de badine sur les fesses et se mit à rire :

— Arrête, Landry !

En se retournant, elle découvrit Chilpéric...

On retrouva le roi de Soissons le lendemain matin, aux environs de la villa, un poignard dans le corps. Personne ne chercha à savoir dans quelles conditions le meurtre s'était produit. C'était désormais Frédégonde qui était régente au nom de son fils, et elle décida qu'on partait aussitôt pour Paris.

Le corps de Chilpéric, roi de Soissons, fut amené en bateau le long de la Marne, puis de la Seine et inhumé dans l'abbaye Saint-Vincent, sur la rive gauche, au milieu des prairies. La reine émut beaucoup par sa douleur contenue et sa grande dignité.

La mort de Chilpéric eut une conséquence inattendue dans une lointaine ville du royaume. En l'apprenant, les Rouennais chassèrent l'archevêque Melantius, qu'on leur avait imposé. Ils n'avaient jamais accepté ce prélat autoritaire et grincheux et regrettaient la paternelle bonté de Prétextat. Ils allèrent en délégation dans l'île de Jersey et le ramenèrent triomphalement dans leur cité.

Quand Frédégonde en fut informée, elle entra dans une colère folle. Elle haïssait Prétextat à un double titre : il était le parrain de Mérovée et il l'avait marié à Brunehaut. Et elle prit à cette occasion la première décision de sa régence, en apparence surprenante. Elle ne s'opposa pas au rétablissement de l'archevêque, alors qu'elle en aurait eu les moyens ; elle lui fit savoir, au contraire, qu'elle se rendrait à Rouen, au printemps suivant, pour faire ses Pâques...

Le moment venu, Prétextat accueillit sans la moindre réticence l'ennemie mortelle de son cher filleul. Il y avait un temps pour tout et si Frédégonde voulait assister au saint office célébré par lui, c'était que l'heure de l'oubli et du pardon était venu.

Il ne pouvait pas imaginer, personne ne pouvait

imaginer quel projet la reine avait en tête ! Même l'esprit le plus ennemi de Dieu ne pouvait concevoir une telle abomination ! Frédégonde, bien loin de vouloir se réconcilier avec Prétextat, avait décidé de l'assassiner. Elle avait déjà recruté et payé un esclave rouennais pour la chose... L'assassinat d'un archevêque était le crime le plus grave selon la loi franque, mais tout cela n'était encore rien à côté des raffinements dont elle allait entourer son acte.

Elle avait décidé que le meurtre aurait lieu au moment le plus sacré : à l'élévation de la messe pascale. Et non contente d'avoir décidé cette horreur, elle avait voulu y assister. Voilà pourquoi elle avait accompli ce long voyage. Voilà pourquoi elle se tenait, en ce beau matin de Pâques, au premier rang des fidèles...

Elle souriait vaguement dans sa tenue rouge et or... Un très ancien souvenir lui revenait : la première fois où elle avait vu l'archevêque. C'était dans le baptistère de Soissons, au milieu de cette foule bigarrée et criarde qu'elle découvrait pour la première fois. C'était le premier jour de son existence véritable, ce qu'elle avait appelé elle-même « son baptême ».

Mais il y avait surtout celui qu'on avait baptisé réellement ce jour-là. Elle ne pouvait deviner alors l'importance qu'il allait avoir dans son existence. Elle l'imaginait maintenant non plus emmailloté dans les bras de sa marraine Mogiane, mais ici même, jeune homme, épousant sa rivale.

Car c'était là, sous ces voûtes que s'était passé

l'incroyable. Frédégonde comprit alors pourquoi elle avait voulu que le meurtre ait lieu ici même, en pleine messe. Le sang du sacrilège devait souiller la promesse d'amour, le souvenir d'horreur devait remplacer l'image de bonheur, la cathédrale de Rouen devait devenir dans la mémoire des hommes le lieu du crime de Frédégonde et non celui du mariage de Brunehaut !

L'assassin la surprit au milieu de ses pensées... Comme Prétextat se retournait vers les fidèles, les bras écartés, il bondit sur l'autel et lui planta son poignard dans la poitrine, puis il disparut, profitant de la surprise...

Prétextat ne fut pas tué sur le coup. Il fut porté expirant dans sa demeure, attenante à la cathédrale. En apprenant qu'il était encore en vie, Frédégonde n'hésita pas à venir le visiter sur son lit de mort. Indifférente au cri d'horreur que sa venue provoquait chez les personnes qui assistaient le prélat, elle se pencha sur lui.

— L'auteur de cet abominable crime périra dans les supplices.

Le mourant réunit ses dernières forces.

— Qui est donc l'auteur, sinon celle qui a assassiné deux rois et répandu tant de sang innocent ?

— Permettez à mes médecins de vous soigner.

— Dieu a déjà donné l'ordre de me rappeler de ce monde. Mais toi, tu seras maudite !

Prétextat se détourna d'elle et ferma les yeux.

— Je vais te rejoindre, Mon Cher Fils.

En l'entendant parler de son filleul, Frédégonde l'agrippa par le bras.

— Attendez ! Je veux que vous me parliez d'eux. Comment étaient-ils ? Dites-moi...

Elle poussa un soupir. L'archevêque était mort... Elle avait fait disparaître tour à tour le frère de Mérovée, sa mère, son père et son parrain. Il ne restait qu'une dernière personne : sa femme. Mais plus encore que de tuer Brunehaut, Frédégonde avait envie de la voir. Elle avait beau faire, la curiosité l'emportait encore sur la haine. Brunehaut restait pour elle l'ennemie invisible et cela, elle ne le supportait pas.

12.

Saint Gontran

DEUX ans et demi avaient passé depuis les Pâques sanglantes de Rouen. C'était l'automne... A l'autre extrémité de l'ancienne Gaule, à l'est, une longue caravane de chameaux faisait route. Childebert II, roi d'Austrasie, se rendait chez son oncle Gontran, roi de Bourgogne, pour une entrevue qui devait être décisive.

Il avait pour destination Andelot, au nord du royaume de Bourgogne. Gontran avait choisi ce lieu de son territoire voisin de l'Austrasie pour honorer ses visiteurs. Il ne s'agissait pas d'une ville ni même d'un village, mais d'une villa romaine au bord d'un petit affluent de la Marne.

L'endroit où Childebert et sa suite arrivèrent au matin avait de quoi surprendre. La villa était immense. Elle s'ordonnait selon les règles de la symétrie, avec une façade centrale et deux ailes, le tout bordé d'un portique de marbre dont seules quelques colonnes manquaient. Elle avait un étage aux fenêtres grillagées, dont certaines restaient miraculeusement pourvues de vitres et un toit de bronze presque intact.

Mais on avait adjoint à cette grande demeure d'autrefois tout ce qui était nécessaire à la vie des Francs : une église, ainsi que des ateliers, pour produire les objets de première nécessité, malaisés à transporter en raison de l'état des routes. Tout cela était construit en bois, à la manière d'aujourd'hui, et l'ensemble formait un curieux mélange...

Le roi Gontran s'empressa d'aller au-devant des arrivants. De petite taille, un peu bedonnant, il approchait de la soixantaine, mais faisait tout pour ne pas la paraître. Il était très soigné dans son apparence, portant des vêtements de couleurs vives et d'énormes bijoux : bagues, bracelets et, en pendentif, une grosse boîte cloisonnée contenant un os de saint Remi. Il était même légèrement maquillé de rouge sur les joues et s'était teint en jaune vif pour dissimuler ses cheveux blancs.

Childebert descendit du premier chameau de la caravane et alla à la rencontre de son oncle. Les deux rois se donnèrent une longue embrassade, tandis que leurs cours respectives prenaient place autour d'eux. On remarquait la présence de nombreux ecclésiastiques dans celle de Gontran.

Childebert, fils de Sigebert et de Brunehaut, avait dix-sept ans, mais en paraissait plus. Il était très grand, blond aux yeux clairs. Il avait incontestablement quelque chose de son père, avec son allure très virile et sa barbe soigneusement taillée en carré.

Sur un geste de sa part, une jeune femme s'approcha, tenant un bambin dans ses bras, tandis qu'un autre enfant trottinait derrière elle.

— Cher oncle, voici mon épouse Faileuba et mes fils.

Faileuba salua avec une visible émotion le roi de Bourgogne. Elle était tout l'opposé de son royal mari, frêle, et aux cheveux d'un blond si pâle qu'ils étaient presque blancs. Elle n'avait que quinze ans, ce qui ne l'empêchait pas de lui avoir déjà donné deux héritiers, Théodebert, deux ans et Thierry, un an... Ce fut auprès d'eux que Gontran s'empressa, ignorant Faileuba.

— Comme ils ont l'air pleins de santé et vigoureux ! Quel bonheur de voir ta descendance assurée !

Gontran cessa de contempler les enfants et esquissa un salut. Une femme vêtue de bleu sombre et de noir se tenait un peu en retrait du jeune roi d'Austrasie. Childebert n'avait pas besoin de la lui présenter : ils s'étaient déjà rencontrés lorsqu'il avait imposé son accord entre Chilpéric et Sigebert après la mort de Galeswinthe... Brunehaut avait vieilli. C'était normal, elle avait à présent un peu plus de quarante ans, mais elle s'était surtout beaucoup durci. Il y avait en elle quelque chose de froid, de fermé, ce qui s'expliquait par les drames et les épreuves qu'elle avait traversés. Elle eut pourtant une expression chaleureuse en allant à sa rencontre.

— Votre Grandeur, vous revoir est pour moi le plus grand des bonheurs !

— Reine, ma joie égale la vôtre...

— La journée est belle. Pourquoi n'emmèneriez-vous pas mon fils à la chasse ? Vous pourriez lui parler de mille choses. Il a tant à apprendre de vous.

— Le voulez-vous vraiment ? Ne tenez-vous pas à signer le traité tout de suite ?

— Il peut attendre. Faites plus ample connaissance avec Childebert. Je vous le demande comme une faveur...

Flatté dans son amour-propre et heureux d'être un moment avec son neveu, sans sa belle-sœur qui l'avait toujours mis mal à l'aise, Gontran s'empressa d'accepter. Et, peu après, les guerriers des cours de Bourgogne et d'Austrasie partaient en direction de la forêt du Han, réputée riche en gros gibier, particulièrement en aurochs...

Brunehaut se rendit avec Faileuba dans l'une des vastes pièces de la villa. On y avait installé une cheminée rudimentaire, dont le conduit perçait le plafond et allait jusqu'au toit ; le chauffage central d'origine, avec tuyaux dans le sol, était depuis longtemps hors d'usage et on aurait été bien incapable de le réparer... Brunehaut était perdue dans la contemplation des flammes, lorsque Faileuba s'approcha d'elle.

— Voulez-vous que je vous tienne compagnie, Mère ?

— Je vous remercie, ma fille. Laissez-moi.

Faileuba ne répliqua rien et s'en alla en compagnie de ses enfants... Brunehaut se retourna vers la cheminée. Elle avait besoin de se replonger dans son passé, de revivre, même si elles avaient été bien tourmentées, les années qui venaient de s'écouler...

Dieu que de mauvais traitements, d'avanies, elle avait subis des grands du royaume quand elle était rentrée en Austrasie ! Ils étaient seuls régents pendant la minorité de Childebert et ils se vengeaient de toutes les humiliations qu'elle leur avait fait subir elle-même du temps de Sigebert. Elle avait tout supporté sans se plaindre, demandant simplement qu'on ne la prive pas de la présence de son fils.

Les grands croyaient l'avoir définitivement éliminée, mais ils avaient fait une grossière erreur de calcul : ils avaient tout simplement oublié Childebert. Elle avait gardé une emprise absolue sur l'enfant et lorsqu'il eut atteint douze ans, l'âge de la majorité pour la loi franque, il lui laissa immédiatement le pouvoir. L'heure de la vengeance avait sonné !

Seule dans la pièce romaine mal chauffée, la reine esquissa un sourire sauvage... De tous, c'était Gontran Boson qui s'était montré le plus méprisant pendant la minorité de Childebert, la traitant comme une chienne, l'abreuvant de ses sarcasmes. Quand elle avait repris les rênes du royaume, il avait compris son imprudence. Il avait eu, du moins, l'intelligence de réagir aussitôt.

Il s'était enfui à Verdun et s'était réfugié auprès de l'évêque Agéric... Elle ne pouvait faire autrement que de respecter le droit d'asile, mais, par la voix de Childebert, elle avait interdit au fugitif de quitter la ville. Gontran Boson n'avait effectivement pas quitté Verdun : il s'était arrangé pour y rencontrer un autre grand d'Austrasie, Rauching.

La suite, Brunehaut l'avait sue en détail par ses espions. Déjà du temps de Sigebert, elle avait su remarquablement utiliser l'espionnage ; Rauching et Boson l'avaient sous-estimée dans ce domaine comme dans bien d'autres... Le plan des deux conjurés était simple : assassiner Childebert et, ensuite, se partager l'Austrasie en se faisant reconnaître comme rois.

Brunehaut était passée à l'action. A son instigation, Childebert avait convoqué Rauching pour un entretien privé. L'ignoble personnage avait toujours eu le tort de se croire trop puissant pour qu'on tente quoi que ce soit contre lui : il avait subi le sort d'un vulgaire rat. Des soldats l'attendaient, cachés derrière la porte de la salle du trône. Quand il était entré, ils l'avaient tiré par les pieds et l'avaient fait s'étaler de tout son long. D'autres soldats s'étaient précipités et l'avaient frappé avec tant d'ardeur qu'il n'en était plus resté qu'une bouillie sanglante. Brunehaut avait tenu à assister à la scène et son cœur avait fait de tels bonds de joie qu'elle avait cru se trouver mal !

Restait Gontran Boson, toujours à Verdun avec Agéric et moins décidé que jamais à partir, quand il avait appris le sort réservé à son complice. A moins d'attendre des années, on ne pouvait qu'employer la manière forte. Childebert et elle s'étaient rendus sur place à la tête d'une petite troupe. Quand ils étaient arrivés, Boson n'était heureusement pas dans la cathédrale, où ils n'auraient rien pu faire, mais dans la demeure d'Agéric.

Se voyant cerné, il avait sorti son scramasaxe et fait savoir qu'il tuerait l'évêque si on tentait quelque chose. Childebert aurait peut-être reculé, pas Brunehaut. Elle avait donné l'ordre qu'on mette le feu à la maison. Gontran Boson avait commis l'imprudence de vouloir s'enfuir. Il avait été percé de tant de lances qu'il était resté cloué au mur de bois avant que celui-ci ne s'enflamme. Agéric s'en était sorti indemne.

La crainte avait fait reculer les autres... Brunehaut ne se faisait guère d'illusions sur eux, sur Aegidius, en particulier. L'archevêque de Reims était venu la trouver avec de riches présents pour l'assurer de sa fidélité. Elle avait fait semblant de le croire. Il ne fallait pas aller trop vite. Elle avait eu raison des deux ennemis qu'elle haïssait, les autres pouvaient attendre.

D'autant qu'elle avait une tâche urgente : s'occuper de son fils... Brunehaut eut un pincement au cœur en évoquant ces moments. Elle n'avait pas donné à Childebert l'instruction qu'elle avait rêvée pour lui à sa naissance : le latin, le droit romain. Childebert ne serait pas le premier empereur du royaume franc retrouvé. Ces rêves s'étaient brisés devant les dures réalités de l'heure. Elle avait en Chilpéric et Frédégonde des ennemis impitoyables et elle savait bien qu'elle seule était capable de les affronter. Aussi, loin de songer à élever Childebert par le savoir, elle s'était résignée à le laisser dans l'ignorance afin de continuer à exercer le pouvoir à travers lui.

Les grands l'avaient fiancé à Théodelinde, fille du duc de Bavière, une jeune femme intelligente et belle. Cela constituait un danger qu'elle ne pouvait pas courir. Elle lui avait fait rompre ses fiançailles et épouser Faileuba, une ancienne esclave aussi douce qu'insignifiante, qu'elle avait soigneusement choisie. Par la suite, Faileuba, qui lui devait tout, l'avait fidèlement renseignée sur les pensées de son fils. Les nouvelles avaient été rassurantes : Childebert n'avait en commun avec son père que son physique guerrier. Sa personnalité restait totalement effacée ; il ne souhaitait qu'une chose : que sa mère continue à gouverner.

La mort de Chilpéric avait laissé Brunehaut indifférente. Elle savait bien que Frédégonde exerçait depuis longtemps le pouvoir à sa place et qu'en fait, rien n'était changé. L'événement avait même permis à Gontran, dont elle recherchait activement l'alliance, de se donner un rôle avantageux. Il s'était rendu à Paris pour le baptême du petit Clotaire et s'était posé en défenseur de la veuve et de son enfant.

C'était peu après que Frédégonde avait commis l'inimaginable erreur d'assassiner Prétextat.

Brunehaut avait ressenti une émotion indicible en apprenant le meurtre de la cathédrale de Rouen.

Avec cet acte de haine pure, Frédégonde s'était attaquée à l'événement le plus intime de son existence. Elle avait été transpercée jusqu'au cœur par le poignard qui avait frappé l'archevêque.

Mais le moment de douleur passé, elle avait ressenti une joie immense : son ennemie avait fait la première faute de son règne. Bien qu'on n'ait pu, par la suite, trouver de preuve contre elle, sa culpabilité était évidente ; elle avait soulevé une énorme émotion dans l'Eglise. Et il se trouvait que Gontran se souciait énormément de l'Eglise...

Gontran, Brunehaut le savait, s'était mis en tête d'être un saint ! Cela pouvait paraître étrange pour un roi, mais c'était ainsi : c'était son ambition, sa forme de vanité à lui. Il voulait être, pour les générations à venir, saint Gontran et non pas le roi de Bourgogne. Or, il n'était pas concevable qu'un futur saint conserve des relations avec la meurtrière d'un archevêque. Il ne pouvait que s'allier sans réserve avec la partie adverse. Telle était la raison de la rencontre d'Andelot. Gontran allait y signer un traité reconnaissant Childebert comme son héritier et lui attribuant, à sa mort, la Bourgogne.

Dès lors, Brunehaut avait tout fait pour que rien ne vienne ruiner ces intentions. Elle se méfiait avant tout de ses rapports personnels avec Gontran. Elle ne l'aimait pas, le considérant comme un lâche et un hypocrite, mais elle savait qu'il l'aimait moins encore.

Tout avait commencé quand elle avait critiqué l'arrangement lui attribuant le don du matin de

Galeswinthe en réparation de son assassinat. De ce jour, il l'avait considérée avec méfiance ; pour lui, c'était une étrangère qui méprisait tout ce qui était franc. Mais d'une manière plus radicale, il la détestait parce que c'était une femme qui se comportait comme un homme. Elle avait déjà gouverné du temps de Sigebert et elle avait de nouveau repris le pouvoir. Il jugeait la chose aussi incongrue qu'insupportable...

Voilà pourquoi Brunehaut avait insisté pour que Gontran emmène Childebert à la chasse. Ainsi, ils seraient entre hommes, il pourrait parader devant son neveu, l'éblouir tout à son aise, loin de l'encombrante présence de sa mère.

Et, dans les heures qui allaient suivre, elle était décidée à se faire aussi discrète que possible. A Andelot, on ne la verrait pas, on ne l'entendrait pas. On ne verrait et on n'entendrait que les rois Gontran Ier et Childebert II. Le tout était qu'ils reviennent, son fils et elle, avec le traité leur attribuant la Bourgogne et elle pourrait alors se tourner contre Frédégonde !

Brunehaut ne s'était pas trompée : Gontran passait d'excellents moments à la chasse en compagnie de son neveu. A dire vrai, il ne chassait pas... A la différence de Childebert, dont c'était la distraction favorite tandis que sa mère s'occupait des affaires du royaume, il n'avait jamais apprécié cette activité violente et dangereuse. Le courage n'était pas la qualité dominante de Gontran.

Aussi, tandis que les grands des deux royaumes se disputaient pour affronter les aurochs, ces redoutables cousins des taureaux aux cornes effilées, il avait mis pied à terre dans une clairière pour causer plus commodément avec son futur héritier.

— Je t'engage, mon cher neveu, à ne pas trop laisser agir ta mère. C'est toi le roi, pas elle.

Brunehaut avait fait la leçon à ce sujet à Childebert et il la récita fidèlement :

— N'ayez crainte, mon oncle, ce n'est qu'une apparence. Je lui laisse croire qu'elle gouverne pour ne pas la blesser en raison de son âge. Mais en fait, c'est moi qui décide de tout.

Un large sourire apparut sur le visage fardé de Gontran. Il arpenta la clairière de sa démarche un peu ridicule, avec ses petites jambes et son embonpoint. Ses bijoux volumineux faisaient un bruit métallique en s'entrechoquant.

— C'est bien ! C'est très bien ! Je me félicite de ma décision. Nul, plus que toi, n'était digne de me succéder...

Un remue-ménage se produisit alors. Des hommes firent irruption, amenant avec brutalité au roi deux individus tremblants. Ils étaient de modeste condition ; c'étaient des serviteurs, peut-être des esclaves.

— Nous les avons surpris alors qu'ils s'enfuyaient. Celui-ci volait un de vos chiens, celui-là, un faucon.

Les animaux, objets du délit, étaient présents à

côté des coupables. La physionomie de Gontran changea soudain. Son visage se durcit.

— Qu'on leur applique le châtiment prévu. D'abord pour le chien, qu'on s'amuse un peu !

Les participants à la chasse arrivaient les uns après les autres et se formaient en cercle. Ils eurent un grand rire : ils savaient ce qui allait se passer.

Tandis qu'un des hommes du roi tenait le chien, son voleur se mit à quatre pattes et alla lui baiser le derrière au milieu des quolibets. Gontran mit fin au divertissement.

— Maintenant, au faucon !

Cette fois on dénuda le voleur jusqu'à la ceinture et on approcha le volatile de son sein gauche. Puis, on le fit picorer. L'homme poussa un cri, que Gontran couvrit.

— Continuez ! Il doit lui manger six onces de chair, pas une de moins !

Pendant quelque temps encore, les hurlements retentirent, puis celui qui présidait au supplice jugea que la mesure était atteinte et libéra le rapace.

Un homme richement vêtu s'approcha alors du roi.

— Votre Sublimité...

— Que me veux-tu, Litomer ?

— Ces deux esclaves m'appartenaient.

— Je le sais.

— Ils ont agi d'eux-mêmes, pas sur mon ordre, je vous le jure ! Ils seront sévèrement châtiés.

— Je te crois.

Mais Litomer regardait son souverain avec

crainte. Il avait visiblement peur de quelque chose.

— Je vois que tu es inquiet, Litomer. Je vais te rassurer tout à fait.

Gontran prit en main l'énorme boîte cloisonnée qu'il portait en pendentif.

— Tu vois mon reliquaire contenant les restes de saint Remi ? Je jure sur ces os qu'aucun mal ne te sera fait.

Cette fois, Litomer arbora un large sourire... Bien qu'il fasse doux pour la saison, le soleil baissait et l'atmosphère commençait à fraîchir. Gontran se tourna vers son neveu.

— Rentrons à Andelot. Nous aurons tout le temps de parler en route.

Les gens de leurs cours s'éloignèrent respectueusement pour les laisser chevaucher ensemble. Dès qu'ils furent seuls, il s'adressa à Childebert sur le ton de la confidence :

— N'oublie pas ce qui vient de se passer avec Litomer. C'est très important.

— De quelle manière ?

— Tu verras...

Ce fut le lendemain matin qu'eut lieu la signature du traité d'Andelot, dans l'église de bois attenante à la villa romaine.

Il y avait là Protadius, évêque de Chalon, Félix, évêque d'Auxerre, et de nombreux autres religieux pour donner tout son caractère sacré à l'événement. L'église était comble. Les deux souverains étaient seuls en avant, face à l'autel. Gontran avait invité Brunehaut à les rejoindre, mais elle avait refusé, préférant se fondre dans la foule. Gontran avait eu un sourire de satisfaction qui n'avait pas échappé à la reine...

Protadius, qui était devant l'autel, prit le parchemin qui y était posé et en donna connaissance d'une voix forte :

— « Au nom du Christ, les très excellents seigneurs Gontran et Childebert, rois, et la princesse Brunehaut se sont réunis à Andelot, dans un esprit d'union et de paix, en présence des évêques et des grands de leurs royaumes, sous la protection de Dieu... »

Suivit un long exposé. Il y était expliqué que Gontran, veuf, sans enfant et trop âgé pour désirer se remarier, avait décidé d'adopter son neveu Childebert. Celui-ci serait donc roi de Bourgogne à sa mort. Si, par hasard, Childebert devait mourir avant son oncle, ses deux fils Théodebert et Thierry seraient adoptés par Gontran et hériteraient de lui.

Et Protadius termina sa lecture :

— « ... Tout étant ainsi réglé et terminé, les parties jurent par le nom de Dieu Tout-Puissant, par l'indivisible Trinité, par tout ce qu'il y a de plus sacré et par le redoutable jour du Jugement, qu'elles observeront inviolablement ces conventions, sans aucun esprit de dol ou de fraude. Fait et convenu en ce vingt-huitième jour du mois de novembre de la vingt-sixième année du règne du roi Gontran Ier

et de la douzième année du règne du roi Childebert II. »

Childebert vint devant l'autel jurer le traité, mais c'était évidemment le serment de Gontran qui comptait le plus. Il fit en sorte de lui donner toute la force possible. Il s'écria :

— Que je sois frappé du jugement de Dieu si j'enfreins jamais aucune clause de ce traité !

Puis, il remit solennellement sa lance et son bouclier à son neveu, prononçant :

— Qu'une même lance nous défende, qu'un même bouclier nous protège !

Ce n'était pas fini. Le roi de Bourgogne ordonna :

— Qu'on fasse venir les enfants !

On vit alors deux petits esclaves fendre les rangs de la cour et se poster devant l'autel. Ils étaient vêtus d'une tunique blanche. Ils restèrent immobiles, tremblant légèrement et, sur un signe de Gontran, dirent à l'unisson d'une petite voix :

— « Au nom du Christ, les très excellents seigneurs Gontran et Childebert, rois, et la princesse Brunehaut se sont réunis à Andelot, dans un esprit d'union et de paix... »

Et ils récitèrent ainsi sans se tromper, devant l'assistance admirative, tout le texte du traité...

C'était là, en effet, une coutume franque lorsqu'il s'agissait d'actes écrits importants. On les faisait apprendre par cœur par deux enfants, un pour chacune des parties en présence, afin qu'ils en conservent la mémoire si le texte venait à disparaître. Ils devaient avoir sept ans tout juste. Il fallait qu'ils aient l'âge de raison pour comprendre, mais il fallait qu'ils soient aussi jeunes que possible pour s'en souvenir longtemps.

Ce n'était pas tout... Gontran claqua des mains et deux soldats armés d'un bâton parurent. Pour que le jour du traité reste à jamais gravé dans l'esprit des enfants, on les battait, plus ou moins fort selon l'importance qu'on accordait à l'événement... Les soldats retirèrent leur tunique aux deux esclaves et commencèrent à les frapper. Ils furent bientôt en sang, mais Gontran fit signe à ses hommes de continuer.

— Cassez-leur une jambe ! Je veux qu'ils n'oublient jamais Andelot !

Ce fut fait... Bientôt les deux exemplaires vivants du traité se tordirent de douleur à terre, essayant en vain de se relever. Gontran conclut joyeusement :

— Et maintenant, au banquet !

Brunehaut n'assista pas au banquet. Elle prétendit en quittant l'église qu'elle était prise d'une indisposition. Encore une fois, elle put constater que, malgré la contrariété qu'il afficha, Gontran ne put dissimuler une expression furtive de soulagement.

Ce fut donc parfaitement heureux et même euphorique qu'il présida aux agapes, dans le vestibule de la villa, la plus grande pièce de la demeure, entre son neveu et l'évêque Protadius. Tandis que les serviteurs apportaient des plats sans nombre et qu'on s'empiffrait tout autour de lui, Gontran se servit une large rasade de vin de Bourgogne et chuchota à son nouvel héritier :

— A présent que tu es comme mon fils, je vais te dire mon secret !

Les yeux de Childebert se mirent à briller d'excitation.

— Vraiment ?

Gontran confia alors à son neveu ce que Brunehaut savait déjà : il aspirait à la sainteté et il était même sûr d'y parvenir... Childebert était de plus en plus émerveillé devant la personnalité si peu banale de son oncle.

— Mais comment devient-on un saint ?

— Rien de plus facile. Tu vas voir !

Gontran fit un signe et tout se passa très vite. Un soldat arriva derrière Litomer, qui dînait juste en face du roi, et lui fendit la tête d'un coup de hache. Childebert se leva d'un bond. Il était blême.

— Vous aviez juré sur les reliques de saint Remi de ne lui faire aucun mal !

Gontran sourit.

— Regarde. Tu vas être surpris...

Il ouvrit la boîte cloisonnée qu'il portait autour du cou : il n'y avait rien à l'intérieur.

— Il y a longtemps qu'elle est vide. J'avais pensé qu'un jour j'aurais besoin de faire un faux serment.

Autour d'eux, les convives continuaient à banqueter comme s'ils ne s'étaient aperçus de rien. Deux serviteurs firent disparaître prestement le cadavre. Gontran se tourna vers Protadius.

— Très Saint Père, Litomer m'avait fait voler par

ses esclaves et méritait la mort : je confisque ses biens. Mais je ne les garde pas pour moi. Je les offre en totalité à l'Eglise. Ce qu'il possédait est à vous. Et Litomer était très riche.

L'évêque rayonna de joie.

— Cela vous sera compté, Votre Sublimité ! Cela figurera en bonne place pour votre canonisation.

— Est-ce vrai, Très Saint Père ?

— Aussi vrai que Jésus-Christ est notre Sauveur !

Protadius s'anima :

— Qu'il me soit permis, Votre Grandeur, de faire connaître à votre neveu, qui est maintenant votre fils, les mérites qui sont les vôtres !

Gontran tenta de l'en empêcher dans un souci de modestie, mais l'évêque était trop enflammé pour qu'on le fasse taire.

— Vous avez d'abord fait don à l'Eglise des biens du seigneur Riculf. C'était une fortune sans pareille !

Gontran hocha la tête. Il sourit à son neveu, avec l'air lointain de celui qui revit de très vieux souvenirs.

— Cela s'est passé à Paris, au partage du royaume après la mort de Clotaire. Riculf m'avait volé un cor de chasse. Je l'ai châtié exactement de la même manière que Litomer. Ton père était là. Il a beaucoup ri...

— Après Riculf, il y en a eu tant et tant que l'évêché a croulé sous les donations : Erpoald, gouverneur d'Auxerre, les deux médecins de votre admirable épouse Austrehilde !

Gontran commenta de la même manière pour Childebert :

— Austrehilde est morte du feu Saint-Antoine, lors de la grande épidémie. Je l'aimais plus que tout et j'ai décidé de ne pas avoir d'autre épouse après elle... Sur son lit de mort, elle m'a fait jurer de livrer au bourreau ses médecins, Lactance et Commodius. J'ai tenu parole...

— C'était une admirable preuve d'amour conjugal, Votre Grandeur !

— Cela n'a pas été l'avis de tout le monde. L'un des familiers de ma cour, Magnachaire, a osé protester contre ce qu'il appelait une cruauté. Je l'ai aussitôt fait exécuter. Je crois bien qu'il était fort riche. N'est-ce pas, Très Saint Père ?

— Plus encore que Riculf, Votre Sublimité...

Et la litanie des seigneurs bourguignons tués pour le plus grand profit de l'Eglise et la future sainteté de Gontran se poursuivit durant presque tout le banquet, devant un Childebert admiratif...

Ce dernier repartit le lendemain, en compagnie de sa mère Brunehaut, en direction de Metz... Il y avait une personne de plus dans leur caravane : un petit estropié de sept ans qu'on avait installé sur un des derniers chameaux. Il avait beau n'être qu'un esclave, sa présence valait beaucoup plus que de l'or ; elle signifiait la possession prochaine d'un royaume.

Encore fallait-il, pour cela, que Gontran meure. Pourtant, malgré son âge remarquable, il restait en parfaite santé. Il semblait même bâti pour vivre des années et des années lorsque, quatre ans plus tard, éclata la grande peste.

Elle atteignit la Bourgogne en venant du sud. Face à ce fléau, le roi prit la mesure qu'on pouvait attendre de sa piété : il ordonna qu'on fasse partout des processions. Sa volonté fut respectée, mais à Auxerre les choses se déroulèrent de manière dramatique...

A l'issue de la messe du dimanche, l'évêque Félix prononça un discours à l'intention de ceux qui ne se joindraient pas à la procession : ils iraient droit en enfer, dont il entreprit la description :

— Les démons fourchus, cornus, velus, savent des tortures auprès desquelles celles qu'on inflige aux esclaves en fuite sont des moments de bonheur ! Les lames de leurs couteaux, les pinces de leurs tenailles, l'éclat de leurs fers rougis provoquent des souffrances indicibles par leur seule vision ! Quant au supplice lui-même, il dure interminablement, car il n'y a pas la mort pour y mettre un terme. Pendant une éternité, on est brûlé, déchiqueté, dépecé et, pendant une éternité, on hurle d'horreur...

Et il conclut :

— Maintenant, pour éloigner la colère de Dieu, rendons-nous auprès de saint Volfaïc.

Inutile de dire que ce fut une indescriptible bousculade... L'évêque y mit bon ordre. Il s'avança le premier, sa crosse de bois à la main, et fit placer juste derrière lui les enfants monstrueux, dont on disait qu'ils étaient chéris de Dieu et qu'ils portaient chance. La plupart étaient contrefaits ou défigurés naturellement, mais certains, avaient eu le nez et les oreilles coupés à la naissance. Il arrivait, en effet, que les mères mutilent un de leurs nourrissons pour attirer la protection divine sur le reste de la famille. Derrière, allaient les aveugles, tirés par des cordes, puis le reste de la foule.

La procession d'Auxerre allait être plus longue que les autres. Il ne s'agissait pas de se rendre auprès d'un tombeau dans la ville ou à proximité. D'abord, saint Volfaïc avait la particularité d'être vivant. C'était un ermite ne se nourrissant que de quelques insectes et d'eau de pluie. Le jeûne, épreuve la plus difficile, la plus douloureuse à pratiquer, frappait au plus haut point les imaginations et était considéré comme un signe indiscutable de sainteté. Ensuite, Volfaïc s'était retiré à deux jours de marche d'Auxerre. Il vivait perché sur une arche, vestige d'un temple antique, depuis longtemps envahi par la forêt.

Au soir, tout le monde s'arrêta dans une clairière et l'on fit des feux pour éloigner les bêtes et les esprits... Au matin, on se remit en marche. Beaucoup, dont plusieurs enfants, eurent du mal à se lever. Ils avaient attrapé la peste pendant la procession. Ils se rassemblèrent et prirent la route après les autres ; comme ils cheminaient moins vite, leur groupe ne fit que prendre du retard et on les perdit définitivement de vue...

L'évêque d'Auxerre et ses fidèles atteignirent la retraite de saint Volfaïc en fin d'après-midi, mais à la stupeur générale, ils ne le virent pas. Volfaïc se tenait, en effet, jour et nuit, été comme hiver, sur une traverse de marbre entre deux colonnes aux chapiteaux faits de feuilles recourbées. Or, l'ensemble était désert.

Brusquement, il y eut un cri. On venait de découvrir Volfaïc un peu plus loin, allongé sur le dos. Il était immobile, avec sa longue barbe blanche et son corps décharné ; il avait les yeux et la bouche ouverts, il ne bougeait plus : il était mort !

Alors, au premier cri de surprise, succédèrent des dizaines de cris de joie. Saint Volfaïc était mort, cela voulait dire qu'on allait pouvoir dépecer son corps pour en faire des reliques ! On n'aurait plus besoin de faire deux jours de marche pour obtenir sa protection, on l'aurait en permanence avec soi, sur soi. Avec une pareille aubaine, c'était la fin de la peste, la délivrance pour tous !

Le sol était jonché de débris coupants de marbre, provenant du temple ; chacun se saisit de l'un d'eux et courut sur le cadavre. Et ce fut alors qu'on entra dans l'horreur. Volfaïc poussa un cri ! Volfaïc n'était pas mort ! Mais il était trop tard ; plus rien ne pouvait retenir la foule en délire et le malheureux ermite fut dépecé vivant...

Les reliques de Volfaïc se répandirent dans toute la région. Mais elles n'empêchèrent pas le développement de la peste. Au contraire, elles contribuèrent à sa propagation et furent la cause directe de la mort du roi Gontran.

Du fait de la contagion, presque tous ceux qui avaient participé à la procession d'Auxerre moururent de la maladie et les reliques de l'ermite, infectées elles aussi, contaminèrent bien souvent ceux qui les portaient pour se protéger.

L'évêque Félix était mort, mais un de ses prêtres apporta au souverain un doigt de pied de Volfaïc. Gontran le baisa longuement et l'enferma dans la boîte cloisonnée qu'il avait en pendentif.

Il s'alita le lendemain et fut à l'agonie trois jours plus tard. Autour de lui Protadius et ses prêtres ne pouvaient retenir leurs larmes... Lorsqu'il sentit sa mort toute proche, Gontran prononça ses dernières paroles :

— Allez dire à mon fils Childebert qu'il est roi de Bourgogne...

Childebert devint effectivement roi de Bourgogne et Gontran devint saint. Il fut enterré en grande pompe à l'église Saint-Marcel de Chalon et canonisé dans l'année même. Il avait réalisé son rêve : il était pour les siècles des siècles saint Gontran, le patron de tous ceux qui, après lui, porteraient ce prénom.

Gontran devint même l'espèce la plus admirable, la plus réputée de saint : un « saint à miracles ». Dès son enterrement, les prodiges se multiplièrent en l'église Saint-Marcel : les aveugles voyaient, les fous recouvraient la raison, les paralytiques marchaient. Bientôt, il fut le plus grand saint de Bourgogne, éclipsant Volfaïc et tous les autres ; sa renommée concurrença même celle de saint Martin !...

Peu après sa canonisation, parmi la foule de malades et d'infirmes qui se pressaient à Chalon en nombre presque aussi grand qu'à Tours, on vit arriver un enfant de onze ans qui boitait affreusement. Une fois devant le tombeau, il formula, comme les autres, sa prière :

— Grand saint Gontran, le plus grand des saints qui soient en Gaule, je vous ai fidèlement servi. Je sais toujours le traité. S'il vous plaît, faites que je remarche comme avant.

Pour le lui prouver, il récita jusqu'au bout, sans se tromper d'une syllabe :

— « Au nom du Christ, les très excellents seigneurs Gontran et Childebert, rois, et la princesse Brunehaut se sont réunis à Andelot, dans un esprit d'union et de paix... »

Mais le petit éclopé repartit en claudiquant tout autant. Pour lui, saint Gontran n'avait pas fait de miracle.

13.

Le roi Brunehaut

CHILDEBERT mourut deux ans plus tard, à vingt-trois ans, d'une fièvre subite. Il laissait deux héritiers, Théodebert et Thierry, à présent âgés de huit et sept ans.

Brunehaut, qui approchait de la cinquantaine, ne pleura pas son fils unique. Elle n'avait guère eu l'occasion de s'attacher à lui et, de toute manière, les circonstances ne lui permettaient pas de se laisser aller à ses sentiments. La mort de Childebert, tout comme naguère celle de Sigebert, posait la question de la régence et les grands d'Austrasie redressèrent aussitôt la tête.

Mais la situation n'était pas la même que vingt ans auparavant. Les deux plus dangereux seigneurs, Gontran Boson et Rauching, avaient été éliminés et les autres, de crainte de subir le même sort, avaient tendance à se montrer prudents. En outre, le royaume ne se limitait plus à l'Austrasie ; il comprenait la Bourgogne. Or, dans cette province, l'aristocratie, décimée par Gontran, était beaucoup moins remuante et Brunehaut y avait installé solidement son pouvoir.

Après quelques semaines de tension, elle parvint donc à ses fins. Une assemblée des grands d'Austrasie et de Bourgogne décida que, pendant les six ans à venir, Thierry et Théodebert règneraient en indivision sous sa tutelle...

Cet accord ne fut plus remis en cause, mais les principales difficultés vinrent, pour la régente, des futurs rois ou, du moins, de l'aîné des deux : Théodebert.

S'il ne brillait guère par ses qualités intellectuelles, se montrant sot, borné et surtout dangereusement influençable, Théodebert était d'une remarquable précocité physique. Dès l'âge de dix ans, il manifesta ses appétits amoureux qui devinrent vite insatiables. Aussi, comme elle l'avait fait avec Childebert, Brunehaut décida de le marier au plus tôt avec une femme qui servirait ses intérêts.

Elle alla lui acheter une jeune esclave, Bichilde, soigneusement choisie pour sa docilité. Elle la lui fit épouser alors qu'il venait d'atteindre ses onze ans et, dès lors, comme l'avait fait Faileuba, Bichilde la renseigna scrupuleusement sur ce qui se tramait autour de Théodebert... Thierry, heureusement, ne posait pas de problème. A l'inverse de son frère, il était en retard dans tous les domaines. Ce n'était toujours qu'un enfant...

Il arrivait parfois à Brunehaut d'être prise de remords devant la façon dont elle traitait ses petits-fils. Elle les réduisait à une dépendance totale vis-à-vis d'elle ; elle en faisait des infirmes de l'esprit et de la volonté. Mais elle savait qu'elle n'avait pas le choix. En face, Frédégonde était toujours là et, si elle n'y veillait, ne ferait qu'une bouchée d'eux.

Frédégonde était là : elle le manifestait régulièrement par ses assassins ! Il y en avait eu du temps de Childebert et il en venait toujours. Brunehaut vivait entourée de poignards... Elle avait pris depuis longtemps l'habitude de se méfier de tout le monde. Chaque arrivant au palais, quelle que soit sa condition, était fouillé.

Elle avait ainsi démasqué plusieurs tueurs ennemis. Répugnant elle-même à la violence, elle ne les avait pas mis à mort. Elle s'était contentée de les renvoyer à Frédégonde, ce qui était, d'une certaine manière, encore pire : son ennemie, furieuse de leur échec, les avait fait périr dans d'abominables supplices.

Peu après le mariage de Théodebert, Brunehaut eut à faire face à une tentative inédite : les assassins étaient, cette fois, deux prêtres, venus, lui avaient-ils dit, pour bénir les nouveaux époux. Malgré leur robe sacerdotale et leur tonsure, elle n'avait pas hésité à les faire fouiller. On avait trouvé sur eux deux grands couteaux à rainures profondes frottées de poison...

Cette situation ne pouvait durer et dès qu'elle le put, Brunehaut reprit la guerre contre Frédégonde, dont les préparatifs avaient été interrompus par la mort de Childebert.

Trois ans après la disparition de son fils, elle partit

pour Paris, en compagnie de ses troupes. Sa victoire ne pouvait faire de doute. Elle avait avec elle la terrible armée austrasienne et ses barbares, mais aussi celle de Bourgogne, entraînée à la romaine. Si cette dernière paraissait moins effrayante, elle était peut-être aussi redoutable. En tout cas, l'union des deux constituait une force sans commune mesure avec celle de ses adversaires.

Pourtant, en approchant de la capitale ennemie, sur son char doré entouré de ses petits-enfants à cheval, Brunehaut ne pouvait s'empêcher d'être soucieuse. Elle revoyait les mêmes paysages que lors de l'expédition précédente, avec Sigebert. Cette fois-là aussi, elle avait été sûre de la victoire. Elle s'était vue reine de tous les Francs ; elle avait imaginé les supplices qu'elle allait faire subir à la chienne des marais, l'extermination de Chilpéric et de sa descendance. Au lieu de cela, c'était elle qui s'était retrouvée vaincue, abandonnée de tous, et qui ne serait plus de ce monde s'il n'y avait eu Mérovée...

En face d'elle, Frédégonde était dans le même état d'esprit : partagée entre la crainte et l'espoir.

Lorsque ses ennemis furent annoncés en vue de Saint-Denis, elle se porta à leur rencontre, dans un domaine cultivé proche de l'abbaye. Il y avait là une vaste étendue défrichée par les moines, seule trouée dans la forêt impénétrable qui entourait Paris et seul endroit suffisamment dégagé pour permettre une bataille.

Au milieu de ses soldats, elle y attendit sa rivale, trônant, elle aussi, sur un char doré. Vêtue de rouge et de jaune, comme à l'accoutumée, elle s'était parée de ses plus beaux bijoux et soigneusement maquillée. Elle n'avait jamais paru son âge et nul n'aurait pu imaginer que, tout comme son ennemie, elle avait dépassé la cinquantaine.

Deux cavaliers se tenaient de chaque côté de son char et ne la quittaient pas des yeux. Le premier était un jeune homme. Son fils Clotaire, au nom duquel elle exerçait la régence, avait treize ans. Il ressemblait un peu à Chilpéric, avec ses cheveux blonds et ses yeux gris, mais à la différence de ce dernier, il y avait dans sa physionomie quelque chose d'ingrat et de cruel. Il était visible, à la manière dont il la regardait, qu'il vouait une admiration et un amour sans bornes à sa mère.

De l'autre côté, se tenait Landry, auquel Frédégonde était restée fidèle depuis son brutal veuvage. C'était un homme solide, à la carrure puissante, au visage énergique. Elle lui avait remis le commandement de ses troupes...

Frédégonde avait peur. Elle n'était ni sotte ni inconsciente. Ses espions lui avaient fait des rapports qui ne laissaient aucune place au doute. Elle avait peut-être en face d'elle la plus terrible armée qui ait marché sur Paris depuis Attila. Mais tout comme Brunehaut, elle se souvenait de la campagne de Sigebert. Qui, alors, aurait parié un sou sur les chances de Chilpéric et les siennes ? Et pourtant, Sigebert avait trouvé la mort, ses troupes s'étaient enfuies et, sans Mérovée, elle se serait emparée de sa rivale...

Pourtant, ce qui dominait encore en elle était la curiosité. Son état d'esprit n'avait pas changé depuis qu'elle avait appris l'aventure de Brunehaut et de son neveu : elle voulait voir sa rivale, elle le voulait à tout prix ! A l'extrême, elle aurait presque souhaité être vaincue et faite prisonnière par elle. Avant d'être torturée et mise à mort, elle saurait au moins à quoi elle ressemblait !...

Les troupes austrasiennes et bourguignonnes ne tardèrent pas à se présenter dans la grande clairière proche de Saint-Denis et les deux armées se firent face avant de s'affronter. De chaque côté, les soldats pensaient avant tout au combat qui allait s'engager, mais ils ne pouvaient s'empêcher de s'émerveiller de l'événement.

C'était la première fois dans la mémoire des hommes qu'une bataille avait pour chefs deux femmes et qui plus est, deux vieilles femmes, deux grands-mères, qui avaient l'âge d'être arrière-grands-mères ! Et plus surprenant encore, toutes deux étaient franques, alors que, dans le monde franc, où seule comptait la force physique, les femmes n'étaient rien ! Mais Dieu avait voulu que deux Franques soient reines en même temps, et leur affrontement était sans nul doute Sa volonté.

En ce jour, Frédégonde et Brunehaut allaient accomplir leur extraordinaire destinée. Elles allaient être fidèles jusqu'au bout à leurs noms : celle qui faisait la paix avec ceux qu'elle aimait et la guerre à ses ennemis allait affronter la déesse guerrière cuirassée.

La bataille s'engagea... La mêlée fut confuse et effroyable, comme de coutume. Et c'est alors qu'on vit le plus stupéfiant : les chars des souveraines ne se tenaient pas à l'écart ; au contraire, ils manœuvraient pour se rapprocher. Aussi intrépides l'une que l'autre, Frédégonde et Brunehaut observaient la tradition qui voulait que les deux chefs s'affrontent personnellement. Dans le cas présent, il ne pouvait s'agir d'un affrontement réel, mais elles voulaient sans nul doute se défier, se crier leur haine et, d'abord et avant tout, se voir...

Elles ne le purent pas. Leurs escortes se refusèrent à les exposer ainsi. Elles durent assister de loin au déroulement de l'affrontement... Contrairement à toute attente, il tourna peu à peu à l'avantage de Frédégonde. Malgré leur infériorité numérique, les troupes du royaume de Soissons, placées sous le commandement unique de Landry, gardaient leur cohésion ; en face, les Austrasiens et les Bourguignons, obéissant aux nombreux grands de leurs pays, exécutaient des mouvements confus et contradictoires. Au bout d'un moment, sans prendre l'avis de la reine, les chefs austrasiens décidèrent la retraite.

Brunehaut dut les suivre, la mort dans l'âme. Ce n'était pas, comme la fois précédente, un désastre. Son armée était intacte et rentrait en bon ordre, ses deux petits-fils n'avaient pas été tués ni même blessés. Mais c'était le plus cruel des échecs. Jamais elle ne vaincrait Frédégonde ; l'occasion qui venait de s'offrir ne se représenterait pas. Elle s'était enfuie pour toujours.

L'occasion ne se représenterait jamais : ce fut une certitude un an plus tard, avec la mort de Frédégonde.

La reine de Soissons et d'une partie de la Neustrie, qui avait assassiné tant de personnes, ne mourut pas sous la brûlure du poison ni sous le fer du scramasaxe. Elle s'éteignit paisiblement, pieusement, de vieillesse, à l'âge de cinquante-deux ans...

Tout le monde pleurait autour d'elle, dans l'une des cellules de l'abbaye Saint-Vincent, où elle avait fait transporter son lit pour mourir plus près de Dieu et gagner ainsi plus vite le paradis. Après avoir manifesté un mépris absolu des choses divines, Frédégonde s'était dit, l'âge venant, qu'un doute pouvait subsister et qu'il valait mieux mettre les chances de son côté.

Elle avait, dès lors, multiplié les donations aux églises et aux abbayes et les prêtres avaient fini par oublier le meurtre de Prétextat. Le vieil évêque de Paris, Raguemode, et ses diacres priaient pour la mourante, à la lumière d'innombrables cierges, au milieu des fumées d'encens. Une boîte cloisonnée contenant des os de saint Vincent de Sarragosse, à qui l'abbaye était dédiée, avait été posée au pied du lit.

Agenouillé à son chevet, Clotaire, qui allait régner sous le nom de Clotaire II, pleurait toutes les larmes de son corps. Son visage naturellement ingrat était défiguré par la douleur. Au chagrin de perdre sa mère, s'ajoutait celui de la voir souffrir, car le même nom ne cessait de revenir sur ses lèvres :

— Brunehaut...

L'esclave devenue reine, la petite fugitive de Soissons mourant entourée des grands de ce monde, n'arrivait pas à se satisfaire de sa destinée. En ses ultimes instants de vie terrestre, elle se posait une dernière fois la question sans réponse : à quoi ressemblait Brunehaut ?

L'ennemie invisible l'empêchait de mourir sereine. Au moment de la pesée de leurs destins, sa rivale l'emportait. Elle l'emportait pour une seule raison, mais qui comptait plus que toutes les autres ensemble : c'était elle qui avait été la plus aimée...

On vit Frédégonde se soulever avec peine. Elle s'adressa à son fils :

— Jure-moi de combattre Brunehaut et de la faire mourir dans les supplices !

— Je vous le jure, Mère !

Les petits yeux gris de Clotaire brillaient de haine, ses lèvres étaient tordues dans un affreux rictus.

— Elle m'a fait trop de mal...

— Je lui en ferai plus encore, Mère !

— C'est bien... Maintenant, écoute mes dernières volontés. Si le paradis existe, je veux y aller.

Tu me rendras les honneurs funèbres habituels et tu feras dire une messe pour mon enterrement.

— Une messe ?

— Je le veux...

Frédégonde rendit l'âme peu après... Tandis que les pleureuses faisaient entendre leurs cris, en s'arrachant les vêtements et les cheveux, Clotaire rendit à sa mère les honneurs traditionnels pour les Franques de haute condition : il lui déposa une pièce d'or dans la bouche, la para de ses plus beaux bijoux et fit placer dans son cercueil un os de saint Vincent, une boule de cristal, ainsi que de la vaisselle d'or, de la nourriture et du vin, pour manger avec les esprits et trinquer avec eux.

Ensuite eut lieu la messe d'enterrement, dans l'église de l'abbaye. La cérémonie était inédite, puisque le clergé ne se mêlait pas des funérailles. Même Gontran, saint Gontran, n'avait pas eu de messe à sa mort. Frédégonde serait la première à avoir un service funèbre religieux...

La nef de saint Vincent était noire de monde pour entendre l'évêque Raguemode officier. Il s'agissait, bien entendu, de la messe ordinaire du jour, aucune prière des morts n'existant. L'abbé de Saint-Denis s'était déplacé en compagnie de ses moines pour rendre hommage au geste de piété de la reine et pour honorer la mémoire de Chilpéric, qui avait reconstruit leur abbaye. Les Parisiens étaient eux aussi venus en foule, car Frédégonde avait, sur sa fin, multiplié les aumônes et elle était unanimement regrettée.

Tous pouvaient admirer le luxe de ces lieux. Les arceaux de chaque fenêtre étaient supportés par des colonnes de marbre précieux. On ne comptait plus les peintures rehaussées d'or au plafond et sur les murs, ce qui avait fait surnommer l'église Saint-Vincent « le palais doré ». Elle était décorée, en outre, des statues des premiers souverains francs : Clovis, Childebert Ier, les reines Clotilde et Ultrogothe. Frédégonde avait fait ajouter au-dessus de la porte d'entrée un bas-relief représentant saint Jean sur les genoux de Jésus ; l'artiste avait fait ce qu'il avait pu, mais l'ensemble était passablement ridicule.

Après la messe, Frédégonde fut enterrée dans la crypte, aux côtés de son époux Chilpéric et de saint Germain, dont l'abbaye Saint-Vincent allait bientôt prendre le nom et devenir Saint-Germain-des-Prés. Sur le sarcophage de sa mère, Clotaire II avait fait graver un poisson, une croix, une colombe, symbole de fidélité conjugale, et, à côté de son nom : *Optima regina,* « La meilleure des reines »...

En quittant la crypte, il lui renouvela le serment fait sur son lit de mort... Tout le monde, dans le royaume franc, avait cru que la disparition d'une des deux ennemies ferait s'éteindre la guerre civile qui ensanglantait le pays depuis si longtemps, mais il n'y avait qu'à voir le jeune roi pour comprendre qu'il n'en serait rien. La haine contre Brunehaut était passée de Frédégonde à son fils. Il poursuivrait la lutte, et il avait visiblement hérité de sa mère une effrayante cruauté.

La joie de Brunehaut à l'annonce de la mort de Frédégonde ne fut pas sans mélange. Certes, elle était débarrassée de sa rivale, mais elle n'y était pour rien. Elle lui survivait uniquement parce que Dieu lui avait accordé une plus longue existence. La chienne des marais ne mourrait pas de sa main ; elle n'expierait pas dans les tourments la mort de Galeswinthe...

Ce fut pourtant un total changement dans la vie de la régente d'Austrasie et de Bourgogne. Le danger était passé. Elle pouvait vivre sans la hantise des assassins, tremper ses lèvres dans une coupe ou passer devant une tenture sans réprimer un frisson de crainte. Certes, Brunehaut ne mésestimait pas Clotaire, mais pour quelques années encore, il n'était pas dangereux. Elle allait pouvoir se consacrer tout entière aux grands projets qu'elle avait en tête.

Régnant sur l'Austrasie et la Bourgogne, elle se devait d'avoir deux capitales, une dans chacun des deux pays. Elle délaissa donc Metz pour s'installer dans deux palais différents : ceux de Bavay et de Boucheresse.

Bavay était situé à l'extrémité nord-ouest du pays, non loin du royaume ennemi de Soissons et de sa plus importante place forte, Tournai. Le paysage était sauvage, boisé et escarpé. Brunehaut n'avait pas choisi la cité au hasard. Elle avait été, du temps des Romains, un centre stratégique d'où partaient pas moins de sept routes. Elle y fit construire un grand palais de bois à la mode franque et restaurer les voies antiques. On les appela « les sept chaussées de Brunehaut », qui, tel un tapis qu'on déploie sur les forêts et les vallons, rayonnèrent dans tout le nord de la Gaule.

Ce fut à Bavay que Brunehaut prit la plus grande décision de son règne : la loi franque était abrogée et remplacée par la loi romaine ! Ainsi était supprimée cette étonnante et minutieuse échelle tarifée des délits, qui allait de quatre sous pour le vol d'un cochon de lait à neuf cents sous pour le meurtre d'un archevêque. Ainsi, surtout, était effacé le scandaleux marchandage qui lui avait attribué cinq villes contre l'assassinat de sa sœur...

Tout comme du temps des Césars, les seules sanctions pénales devenaient la prison et la mort. Mais encore fallait-il être en mesure de les appliquer. Pour cela, il fallait des juges, une police, des prisons avec leurs gardiens, des bourreaux, toutes réalités qui avaient disparu avec l'arrivée des Francs. Brunehaut créa à cet effet des centeniers, magistrats responsables de cent foyers et chargés de recruter des agents pour la justice et le maintien de l'ordre...

En allant de Bavay à Boucheresse, Brunehaut assista à un spectacle qui l'incita à prendre une autre décision, presque aussi importante que la première. Comme elle passait non loin d'une rivière, elle aperçut un attroupement et fit arrêter son char. Une homme et une femme, au centre de la foule, tenaient un bouclier sur lequel un nouveau-né pleurait.

En apercevant la souveraine, la femme vint se jeter à ses genoux.

— Votre Grandeur, mon mari m'accuse d'être adultère. Mais ce n'est pas vrai. Mon fils est de lui, je le jure !

— Pourquoi est-il sur ce bouclier ?

— Pour le jugement de Dieu... Nous allons le poser ainsi sur la rivière et s'il flotte je serai innocentée. Mais regardez comme les flots sont agités ! J'ai peur qu'il ne coule malgré mon innocence.

Brunehaut s'empara du nourrisson et le prit dans ses bras.

— Je décide que cet enfant est légitime. Le royaume a besoin de lui pour cultiver son sol et le défendre.

Le mari intervint :

— Mais le jugement de Dieu ?

— La place de Dieu est dans les églises, pas ailleurs. Dorénavant, les différends entre mes sujets se régleront devant mon tribunal...

Ainsi fut abolie une autre des plus anciennes coutumes franques : le jugement de Dieu, l'ordalie. Elle était aussi courante que variée. Deux guerriers avaient tout simplement recours au duel judiciaire, affrontement à mort en champ clos. Mais le plus souvent, l'ordalie consistait en une épreuve pour l'accusé : il devait plonger la main dans l'huile ou l'eau bouillante, marcher sur des charbons ardents et, si nulle blessure n'était visible, il était déclaré innocent. Tout cela sans parler de l'ordalie gastronomique, moins dangereuse et moins cruelle, mais tout aussi injuste dans ses résultats...

Le second palais de Brunehaut fut construit sur son ordre à Boucheresse, tout près d'Autun, qui avait été la plus grande ville romaine de Bourgogne. Pour tous ceux qui en furent témoins, il s'agissait là d'un véritable prodige ! C'était la première fois, en effet, qu'on ne réparait pas une villa en ruine mais qu'on bâtissait à partir de rien, à la romaine.

Le résultat fut éblouissant, enchanteur ! On pénétrait d'abord dans un vaste jardin aux allées droites parfaitement dallées, s'avançant entre des parterres de fleurs dessinant des oiseaux ou des motifs géométriques, entre des fontaines et des tonnelles... Au centre, sur une terrasse avec balustres, se dressait le palais, en marbre et en pierre taillée.

L'une des façades était exposée au midi, l'autre au nord. Selon la tradition romaine, la première pièce était le vestibule, où patientaient les visiteurs. La salle du trône lui faisait suite. Elle était immense, avec, au milieu, sous un dais pourpre, le siège royal en bronze doré. Les murs étaient décorés de fresques, le sol était fait de plaques de verre de couleurs vives incrustées dans du bitume. C'était là que se tenaient les assemblées et les synodes. De grandes clepsydres indiquaient les heures, les jours et les saisons. Il n'y avait presque pas de mobilier : outre le trône, on y avait disposé en tout et pour tout des bancs et des escabeaux à trois pieds sans dossier.

La salle à manger venait après, avec la table

traditionnelle à trois côtés, un pour la famille royale, un pour les grands personnages, un pour les hôtes. Les repas avaient lieu au son de la cithare et du tambour. Là encore, Brunehaut avait réussi un prodige. Même si elle restait encore bien pauvre, c'était la première musique qu'on entendait en Gaule, depuis la chute de l'Empire romain.

Lieu d'habitation d'une cour nombreuse, le palais de Boucheresse comprenait une multitude de chambres à coucher de toutes petites dimensions, juste assez grandes pour qu'y tiennent un lit et un coffre. La moitié d'entre elles, exposée au sud, était habitée en hiver, l'autre moitié, exposée au nord, l'était en été.

Mais l'élément le plus remarquable, celui qui faisait la fierté de la souveraine et l'ébahissement des visiteurs était le chauffage central à la romaine, avec tuyaux passant dans le sol et chaudière établie en sous-sol. Entre le plafond et le toit du palais, un espace vide garantissait de l'excès de froid et de chaud. Le chauffage alimentait les nombreuses salles de bains dont on faisait grand usage, car les vêtements étaient rares et chers et il fallait garder les mêmes longtemps, parfois un an...

Il restait bien quelques vestiges des temps contemporains. Le palais de Boucheresse n'avait pas de portes, mais de lourdes tentures veillées par de jeunes esclaves. Malgré tous ses efforts, même en faisant chercher en Espagne et en Italie, Brunehaut n'avait pas pu trouver un artisan capable de faire des portes. L'art de l'huisserie s'était définitivement perdu.

Brunehaut n'avait pas pu non plus convaincre ses petits-fils de renoncer à leurs goûts barbares. Thierry et Théodebert avaient accroché aux murs leurs trophées de chasse, dont les têtes non vidées répandaient une puanteur terrible.

Derrière le palais, un portique conduisait à une salle de gymnastique et aux écuries pour chevaux et chameaux. Il n'y avait pas de bâtiment religieux. L'église de Boucheresse était la cathédrale d'Autun, toute proche, que Brunehaut venait également de faire construire. Ce serait sa dernière demeure. Elle avait fait le vœu d'être enterrée sous son autel...

Très vite, le palais fut le cadre d'une intense activité diplomatique. La mort de Frédégonde ayant fait disparaître la hantise des assassins, Brunehaut pouvait recevoir sans crainte les ambassadeurs. Plutôt qu'à Bavay, trop septentrional et trop rustique, c'est dans sa capitale bourguignonne, plus proche de l'Italie, de l'Espagne et de Byzance, les grands centres de la civilisation, qu'elle mena sa politique étrangère.

Les visiteurs prenaient place dans la salle d'attente, sur l'un des fauteuils en bronze doré, devant une table en argent massif. La lourde portière s'ouvrait au bout d'un moment et leur donnait accès à la salle du trône. Les Francs saluaient la souveraine en s'arrachant un cheveu, les Byzantins faisaient la révérence. Elle allait elle-même au-devant des envoyés du pape ou des saints ermites.

Brunehaut portait le plus souvent une robe de laine bleue. Une cape de soie de même couleur était agrafée sur sa poitrine par une broche. Sur ses cheveux blancs tressés en nattes, elle arborait un diadème de pierreries en forme de fleurs de lis et de trèfles...

En quelques années, Brunehaut devint le souverain le plus important de son temps, dont on recherchait l'alliance, voire la protection. L'empereur Maurice de Byzance lui fit part de ses craintes d'une invasion perse. Brunehaut lui promit l'envoi d'un contingent dès qu'elle aurait triomphé de son ennemi Clotaire. En attendant, elle recevait de l'empereur les plus riches présents : étoffes, parfums, bijoux et manuscrits datant des Grecs et des Romains.

Pour le pape Grégoire, qui la comblait de louanges, Brunehaut était le premier chef d'Etat digne de ce nom depuis la fin des Césars. Il y entrait une part de flatterie, car il tentait d'obtenir d'elle que ce soit le pape et non plus les rois francs qui organisent désormais les synodes. Brunehaut, qui ne tenait à renoncer à aucune de ses prérogatives, ne se laissa pas fléchir. Elle rendit, en compensation, au saint père un précieux service en l'aidant à évangéliser l'Angleterre. Le roi de Kent, Ethelbert, était son cousin par sa famille espagnole ; elle sut le convaincre d'adopter la foi chrétienne. Il se fit baptiser avec dix mille de ses sujets et fonda l'archevêché de Cantorbéry...

La cour de Brunehaut, où tant d'importants personnages se pressaient en provenance de tous les coins du monde, brillait d'un éclat incomparable.

Les dames s'y faisaient remarquer par leur élégance et au premier rang d'entre elles, les évêchesses, épouses des évêques, moulées dans leurs robes mauves parsemées de fils d'or. Les prélats avaient été autorisés à prendre femme par le récent synode de Tours, réuni à l'instigation de Grégoire. Le synode avait juste recommandé aux évêques de les traiter en sœurs. Mais ce n'était qu'une recommandation et beaucoup d'entre elles avaient des enfants, dont la femme de Grégoire de Tours lui-même, qui venait souvent à Boucheresse accompagnée de son fils.

Il y avait souvent des fêtes au palais. On ne savait, outre les évêchesses, qui y admirer : les suivantes de la reine, en vêtements à l'antique en soie rose, les épouses des grands, aux robes bordées de fourrure de loir ou de taupe, aux bracelets d'or aux bras et aux jambes, aux cheveux parsemés d'écorce de cèdre odoriférant et aux châles en plumes d'oiseaux, attachés aux épaules par des cordons de soie.

Chez les hommes, c'était le même luxe. Les Gallo-Romains avaient des toges d'or et de pourpre rappelant celles des consuls, les seigneurs francs se faisaient remarquer par les formes extravagantes de leurs ceinturons de métal cloisonné, les Wisigoths, par leurs énormes bottes de cheval et leur lourde épée de Tolède. Pour un peu, on aurait dit que jusque dans ses excès et ses folies, c'était la vie de l'ancienne Rome qui renaissait...

De tout cela, le petit peuple perçut l'écho. La

réfection des routes et le renouveau du commerce, entraînant un regain de prospérité après tant d'années de déclin, firent connaître jusque dans les villages les plus éloignés, les plus isolés, le nom de Brunehaut. Seulement, personne ne pouvant s'imaginer que l'auteur de tant de merveilles était une femme, on parla du « roi Brunehaut ».

Dans les chaumières se forgea ainsi la légende du roi Brunehaut, qui d'aïeuls en petits-enfants se perpétua à travers les siècles :

« Il était une fois un roi très sage, nommé Brunehaut, qui avait sous ses ordres un génie très puissant, pour qui le temps et la distance n'existaient pas. Un jour, il lui dit : "Construis-moi des routes autour de ma cité de Bavay." Et le génie le fit. Un autre jour, le roi lui dit : "Bâtis-moi à Autun un palais tel que les empereurs de Rome n'en ont jamais eu." Et le génie le fit... »

Brunehaut était allée si vite et si loin dans ses réformes parce que le temps lui était compté. Le terme fixé pour la fin de sa régence — six ans après la mort de Childebert — ne tarda pas à arriver et elle dut se résoudre, la mort dans l'âme, à abandonner le pouvoir.

Le partage du royaume se fit. L'Austrasie échut à l'aîné Théodebert et la Bourgogne au cadet Thierry. Brunehaut ne pouvait évidemment rester auprès de ses deux petits-enfants ; elle devait faire un choix. Elle opta pour Thierry. D'abord, c'était son préféré ;

Théodebert était trop sot et borné pour qu'elle s'attache à lui. Et ensuite, la Bourgogne était plus civilisée que l'Austrasie, comme le manifestait avec éclat la différence entre Bavay et Boucheresse. Où mieux que dans le palais romain qu'elle avait fait construire était-elle à même de poursuivre ses grands projets ?...

Au début, tout alla bien. Une parfaite entente régna entre les deux frères. Pour sceller leur alliance, Brunehaut leur fit même faire une expédition commune contre les Basques, qui menaçaient leurs possessions du côté des Pyrénées. Théodebert et Thierry combattirent côte à côte, furent vainqueurs et rentrèrent enchantés.

Le temps passa et Brunehaut continua d'avoir de bonnes nouvelles du côté de Théodebert. Son épouse Bichilde la renseignait fidèlement. Il était toujours aussi peu intéressé par son royaume, ne se préoccupant que de la chasse et des femmes...

Thierry s'était mis, avec un peu de retard, à ressembler à son frère. Tout aussi indifférent que lui aux choses du gouvernement, il dépensait lui aussi sa vigueur dans la chasse et la débauche avec, en plus, un fort penchant pour la boisson. Dès lors, Brunehaut s'employa à veiller aux choix de ses femmes, c'est-à-dire à ce qu'elles soient aussi insignifiantes que possible.

Elle poursuivait en même temps son activité diplomatique, ce qui faillit, de la manière la plus surprenante, entraîner une catastrophe. Elle conclut une alliance avec le roi d'Espagne Witteric, qui souhaita la concrétiser par un mariage entre Thierry et sa fille Ermenberge. La chose était normale et Brunehaut ne songea pas à s'y opposer. Mais lorsqu'elle vit arriver Ermenberge, elle éprouva l'une des pires surprises de sa vie.

C'était exactement elle au même âge ! Brune aux yeux bleus, le teint mat, élégante, intelligente, d'un caractère qu'on devinait autoritaire, Ermenberge avait tout pour la supplanter auprès de son petit-fils. Les noces eurent lieu sans plus tarder et elle y assista tremblante.

Mais heureusement pour elle, Thierry n'était pas Sigebert. Il se montra tellement impressionné par son éblouissante épouse qu'il n'osa pas la toucher lors de leur nuit de noces ni les nuits qui suivirent. Au bout d'un an, leur mariage fut cassé pour non-consommation. L'infortunée Ermenberge rentra dans son Espagne natale avec ses espoirs brisés et Brunehaut la remplaça par une esclave achetée au marché...

Clotaire était devenu un jeune homme et tous les renseignements que Brunehaut pouvait avoir par ses espions étaient concordants : il était animé d'une haine inexpiable à son égard. Pour tenter tout de même un rapprochement, elle lui avait proposé d'être le parrain du second fils de Thierry, Mérovée. Clotaire avait accepté, mais ne s'était pas déplacé à Autun pour la cérémonie ; il s'était fait représenter par un de ses seigneurs. Par la suite, il avait continué à se répandre en invectives contre elle.

Comprenant qu'aucun arrangement ne serait possible, elle décida de prendre les devants. Elle réunit l'armée bourguignonne et la lança sur le fils de Frédégonde. Totalement pris de court, celui-ci fut écrasé, faillit être pris et s'enfuit abandonnant sa capitale, Paris.

Mais contre toute attente, la campagne eut des conséquences désastreuses. Clotaire, toujours en vie, n'était pas réellement battu et Théodebert prit ombrage de la victoire de son frère... Depuis longtemps, déjà, les grands d'Austrasie essayaient de le dresser contre Brunehaut, dont ils n'avaient jamais renoncé à tirer vengeance. Le faible Théodebert finit par se laisser convaincre. Il s'allia avec Clotaire II par un traité en bonne et due forme. La vieille reine n'avait plus le choix : elle devait inciter son petit-fils Thierry à une lutte fratricide. Il fallait anéantir Théodebert...

Thierry avait beaucoup de défauts, beaucoup d'insuffisances, mais il avait une qualité que Brunehaut avait découverte avec surprise et admiration : il était un excellent chef de guerre... Il mena sa campagne hardiment. Parti de Langres, il pénétra en territoire austrasien par Andelot et poursuivit par Naix et Ruppes. Une première rencontre avec Théodebert eut lieu à Toul. Elle fut un plein succès et il le poursuivit à travers les Vosges jusqu'au Rhin et, de là, en direction du nord.

La bataille décisive eut lieu peu avant Cologne, à Tolbiac, là où Clovis avait naguère battu les Alamans. Les deux armées étaient si différentes que leur affrontement parut à tous ceux qui étaient présents celui de la barbarie contre la civilisation. Dans les troupes de Thierry dominait l'élément gallo-romain ; elles étaient bien encadrées et faisaient preuve d'une discipline étonnante pour le monde franc.

Dans l'armée de Théodebert, au contraire, beaucoup d'Austrasiens avaient été tués lors des premiers combats et il restait en majeure partie les peuplades accourues depuis l'autre côté du Rhin : les Saxons, avec leurs hures de sanglier sur la tête, les Thuringiens, avec leur chevelure en aigrette, les Souabes, tout nus, avec leurs massues et leurs boucliers de bois, les Danois si velus qu'on aurait dit des bêtes, les Huns, vissés sur leurs chevaux, dont ils ne descendaient jamais.

Théodebert espérait sans doute que la vision de ces sauvages allait effrayer ses adversaires, mais les Bourguignons surent faire taire leur peur. Bien commandés par Thierry, bien encadrés par leurs officiers, ils se lancèrent courageusement à l'assaut.

La mêlée dura la journée entière et fut si atroce que les morts des premiers rangs étaient poussés les uns contre les autres et que derrière les vivants ne pouvaient pas s'atteindre. Au soir, les barbares détalèrent tous ensemble comme si on leur avait donné un signal. Thierry resta maître du terrain et, surtout, s'empara de son adversaire... Théodebert avait amené à la bataille son fils et héritier unique âgé de douze ans. Sans s'embarrasser d'états d'âme,

Thierry leur fit briser la tête à coups de pierre et rentra annoncer la nouvelle à sa grand-mère...

Brunehaut était à Metz. Elle avait suivi de loin les armées de son petit-fils et s'était installée dans l'ancien palais d'Austrasie, tout en bois, avec portique à la romaine, que Sigebert avait fait construire.

C'était là qu'elle attendait l'issue de la guerre, entourée de ses arrière-petits-fils... De sa femme, l'esclave qu'elle lui avait achetée au marché, et de ses nombreuses maîtresses, Thierry avait eu quatre garçons, dont les âges s'échelonnaient entre dix et deux ans : Sigebert, Mérovée, Corbus et Childebert.

Brunehaut était confiante. Les premières victoires de Thierry ne laissaient guère de doute quant à son triomphe final. Bientôt Théodebert serait éliminé et il n'y aurait de nouveau qu'un seul roi d'Austrasie et de Bourgogne. Tout serait en place pour le dernier acte.

Par un étonnant retour des choses, elle allait se retrouver avec son petit-fils dans la situation qu'elle avait connue avec son mari Sigebert. Thierry était excellent chef de guerre et la laissait entièrement gouverner. En face, l'ennemi était le même ou presque : Clotaire, le descendant de Chilpéric et Frédégonde. La guerre allait bientôt reprendre, mais cette fois, il n'y aurait pas de coup de théâtre. Le jeune Clotaire ne pourrait rien contre l'Austrasie et la Bourgogne réunies...

Brunehaut était seule dans la salle du trône de

Metz. Ses arrière-petits-enfants jouaient dans la pièce non loin d'elle. Immobiles et silencieux, des gardes veillaient devant les tentures qui fermaient les portes.

Pour la première fois de sa vie, peut-être, elle se sentait lasse. Elle venait d'avoir soixante-six ans. Elle était arrière-grand-mère et bientôt, dans deux ou trois ans sans doute, arrière-arrière-grand-mère. Depuis qu'elle avait quitté Boucheresse pour suivre l'expédition de Thierry, elle avait renoncé à ses brillantes parures. Elle était vêtue d'une simple robe gris sombre ; elle n'avait plus ni diadème ni somptueux bijoux et cet habillement austère la faisait paraître ce qu'elle était, mais que tout le monde y compris elle avait oublié : une vieille femme.

Tant d'années s'étaient écoulées sans qu'elle s'en rende compte, emportée qu'elle avait été dans le tourbillon des décisions à prendre, des dangers à éviter, des succès, des revers, des joies, des drames. Elle avait l'impression d'arriver à la fin d'une folle cavalcade. Elle éprouvait le besoin de souffler avant le combat ultime contre Clotaire. Tout de suite après, sans doute, il y aurait la mort, la cathédrale d'Autun qui l'attendait...

— Tu vas mourir, Mérovée !

— C'est toi qui vas mourir, Sigebert !

Un peu plus loin dans la salle du trône, les deux aînés de ses arrière-petits-fils avaient commencé un duel avec des scramasaxes de bois, tandis que Corbus et Childebert, plus jeunes, s'étaient assis pour les regarder s'affronter.

Sigebert, Mérovée... Ce n'était pas un hasard s'ils s'appelaient ainsi. C'était elle qui l'avait voulu. Elle avait donné à l'aîné le nom de son premier mari, au cadet celui du second... Sur le moment, elle n'y avait pas fait trop attention, mais maintenant, elle comprenait que c'était parce qu'elle avait besoin d'entendre ces deux noms et de les prononcer.

Depuis la mort de son Mérovée, il y avait trente-cinq ans de cela, elle avait renoncé à sa vie de femme. Elle avait longtemps pensé que c'était pour ne pas tomber sous la coupe d'un homme, pour exercer le pouvoir sans contrainte. En fait, c'était tout simplement parce qu'elle ne pouvait plus aimer. Sigebert et Mérovée avaient épuisé toutes ses ressources d'amour.

Sigebert, Mérovée... Ses deux maris l'attendaient, là-bas, au paradis et elle comprit soudain qu'ils lui imposaient le dernier acte de son existence, choisir entre eux. Quand elle arriverait là-haut, il faudrait bien qu'elle aille vers l'un ou vers l'autre...

Des cris éclatèrent dans la salle. Mérovée et Sigebert, délaissant leurs armes de bois, se livraient à un pugilat féroce à coups de poing. Ils étaient en sang. Elle se précipita et les sépara avec violence.

— Arrêtez ! Vous n'avez pas le droit de vous faire du mal ! Vous n'avez pas le droit de vous haïr !

Les deux enfants, qui n'avaient jamais entendu leur aïeule leur parler ainsi, se mirent à reculer tout tremblants. Elle se radoucit.

— Ne vous en allez pas. J'ai besoin que vous soyez là. Restez.

Les quatre petits princes se blottirent les uns contre les autres, sans mot dire... La reine cessa de penser à eux. Elle se mit à arpenter la pièce et chaque pas qu'elle faisait la replongeait plus loin dans ses souvenirs.

Il y avait eu trois Brunehaut : la Brunehaut de Sigebert, reine triomphante et femme comblée ; la Brunehaut de Mérovée, être perdu, incapable de contrôler les événements et la Brunehaut d'après, chef d'Etat, ne vivant que pour son ambition.

En contemplant ces lieux, elle découvrait pourquoi elle n'avait pas habité le palais de Metz : c'était parce qu'elle y avait des souvenirs qui l'auraient gênée pour gouverner, les plus troublants des souvenirs, puisqu'ils touchaient Sigebert et Mérovée.

L'âme de son premier et celle de son second mari étaient aussi présentes l'une que l'autre derrière ces murs de bois. Elle devait les évoquer. Elle n'avait pas le choix. C'était l'heure...

Ses pas lui firent quitter la salle du trône et franchir la tenture qui conduisait aux chambres... Elle s'immobilisa devant l'une d'elles, toute simple, à l'ouverture béante.

C'était là qu'elle avait passé sa nuit de noces. Elle ferma les yeux et la pièce s'illumina. La lumière des lampes à huile éclairait doucement les peaux de bêtes dont le sol, les murs et le plafond étaient couverts. Il faisait bon et, après les paroles, les rires, les chants du banquet, régnait un silence religieux.

Elle revoyait la grande planche posée contre le mur, auprès du marteau et des clous. Sigebert s'en était saisi et avait fermé la chambre sur eux. Elle revoyait comme si c'était hier la jeune vierge qu'elle était, portant sur sa poitrine le camée représentant Bérénice, allant souffler les lampes pour protéger leur pudeur. Elle avait tellement eu peur que Sigebert soit brutal et il avait fait preuve de tant de prévenances, de tant de douceur, de tant d'amour !...

Sans Sigebert, elle ne serait rien. C'était lui qui l'avait envoyée chercher à Tolède, à l'autre bout du monde. Il l'avait fait non seulement pour l'épouser, mais pour lui donner son royaume à gouverner. C'était sa volonté délibérée. Elle ne s'était pas imposée. C'était Sigebert qui l'avait placée sur le trône.

Et il n'avait pas agi ainsi par faiblesse. Elle se revoyait hissée sur la peau de buffle à ses côtés et lui, avec sa dépouille de loup sur la tête, sa francisque à la ceinture, commandant dans leur langue aux plus barbares des soldats. Dieu, quel homme il avait été ! Dieu qu'il l'avait aimée et qu'elle l'avait aimé !...

Presque sans s'en rendre compte, elle rejoignit la grand-salle et s'arrêta auprès d'une autre tenture. Les quatre enfants la regardaient de loin, sans oser bouger, toujours terriblement impressionnés...

Son regard tomba sur ses mains. Elle avait toujours à l'annulaire gauche l'alliance que le jeune prince lui avait passée dans la cathédrale de Rouen. Depuis, la vieillesse avait déformé ses articulations, le bijou s'était incrusté dans la chair, on le voyait à peine et il aurait été impossible de le retirer.

Personne, sans doute, parmi les ambassadeurs, les princes et les chefs qu'elle avait reçus, n'avait fait attention à ce petit morceau d'or ; pour elle, il avait toujours bien plus compté que son diadème à fleurs de lis, ses bracelets et ses colliers.

Ce n'était pourtant pas à Rouen qu'elle avait vraiment aimé Mérovée. Jusque-là elle avait pu croire sa conduite inspirée par le désir, penser que c'était un caprice d'enfant gâté et fantasque. Mais ce qui s'était passé à Metz l'avait bouleversée.

Non seulement Mérovée ne l'avait pas oubliée, mais des mois et des mois après, il était venu la rechercher ici, à l'autre bout de la Gaule, bravant des ennemis sans nombre, des épreuves qui auraient fait reculer les plus hardis, bravant la mort elle-même. Son amour pour elle allait jusqu'au sacrifice. Jamais elle n'aurait cru qu'on puisse être aimée de cette manière.

Car elle avait su ! Elle était là, de l'autre côté de la tenture devant laquelle elle se tenait à présent, retenue par un soldat, qui lui plaquait sa main sur la bouche. Lui, ne l'avait ni vue ni entendue ; elle, ne l'avait pas vu, mais elle l'avait entendu ! Elle avait entendu le cri d'amour du jeune prince, venu la rejoindre au risque de sa vie et à qui cela avait coûté effectivement la vie : « Ma reine, êtes-vous là ? Ne m'entendez-vous pas ? Venez ! C'est moi. Mérovée... »

Ce cri, elle ne l'avait jamais oublié. Il avait hanté ses rêves, il avait peuplé ses remords, il avait inspiré secrètement ses actions. Si, dès qu'elle l'avait pu, elle avait fait disparaître Rauching et Gontran Boson, c'était en raison du danger qu'ils représentaient pour elle, mais c'était aussi et surtout, parce qu'ils avaient fait souffrir Mérovée. Gontran Boson l'avait trahi à Tours, Rauching les avait empêchés de se rejoindre à Metz.

Et plus elle avait vieilli, plus le souvenir de Mérovée avait pris de place en elle. C'était la seule partie de sa vie qui ne ressemblait pas au reste. C'était son seul moment d'égarement, de folie et — elle se le répétait parfois avec un ravissement craintif — son seul moment de barbarie. C'était aussi la partie la plus secrète d'elle-même. Il y avait foule dans la cathédrale de Metz pour son mariage avec Sigebert et au banquet qui avait suivi. Il n'y avait que Prétextat dans la cathédrale de Rouen pour son mariage avec Mérovée et il n'y avait personne au dernier étage de la maison romaine, pour un banquet où ils n'avaient rien mangé, qui n'était fait que d'amour...

Mérovée lui avait dit, lors de ces jours hors du temps : « Vous avez emporté mon âme dans les plis de votre robe. » Il lui était arrivé souvent, depuis, en mettant sa robe, de se dire qu'elle mettait sur elle l'âme de Mérovée. Et il lui était arrivé, aussi, aux moments les plus inattendus, de sentir l'âme de Mérovée dans sa robe, même pendant l'exercice de son métier de reine, même quand elle discutait avec le légat du pape ou l'ambassadeur de Byzance. Brusquement, elle se levait de son trône pour reprendre ses esprits, sans que son interlocuteur comprenne pourquoi...

Un concert de cris éclata dans son dos, la ramenant brutalement à la réalité. Sigebert et Mérovée avaient recommencé leurs jeux violents, et Mérovée se précipitait vers elle en sang et larmes.

— Mère, Sigebert m'a frappé. Il m'a battu.

Les princes francs devaient être élevés à la dure. Brunehaut refusa de s'apitoyer.

— C'est normal. C'est lui l'aîné : c'est lui le plus fort.

Mérovée redoubla ses larmes.

— Vous ne me défendez pas ! Vous le préférez à moi, ce n'est pas juste !

— Je t'ai dit qu'il était le plus fort. Je ne t'ai pas dit que je le préférais. Pourquoi devrais-je préférer le plus fort ? Réponds-moi ! Pourquoi ?

Déconcerté par ces paroles, le petit Mérovée alla rejoindre ses frères et en oublia ses larmes... La reine ferma les yeux et prononça à mi-voix :

— Je crois que je me déciderai le jour de ma mort...

Quelque temps plus tard, un grand remue-ménage se fit à l'extérieur. La tenture de la porte d'entrée se souleva et Thierry parut.

— Mère, je suis vainqueur ! Toute l'armée de Théodebert est en déroute.

— Et lui ?

— Je l'ai fait massacrer avec son fils.

— Tu as agi sagement. Mais son armée, que tu as détruite, était l'armée austrasienne. Il nous faut la reconstituer avant d'attaquer Clotaire.

Thierry approuva, tout en prenant joyeusement ses fils dans ses bras. Soudain, il vit Brunehaut vaciller et porter sa main à sa poitrine. Une violente inquiétude se saisit de lui. Il courut vers elle, délaissant ses enfants.

— Que vous arrive-t-il, mère ? Etes-vous souffrante ?

Brunehaut s'était reprise. Elle secoua la tête.

— Non. Je ne me suis jamais mieux portée.

— Est-ce le sort de Théodebert qui vous attriste ?

— Tu n'avais pas le choix... Viens, allons féliciter tes soldats !

L'instant d'après, elle passait, souriante, dans les rangs des guerriers qui l'acclamaient... Elle avait caché à Thierry ce qui venait de lui arriver : elle avait senti dans les plis de sa robe l'âme de Mérovée. Et cela, à qui pourrait-elle jamais l'avouer ?

Le roi Brunehaut était une femme, mais elle seule le savait.

14.

Le jour naît de la nuit

DEUX ans avaient passé depuis la mort de Théodebert, deux ans qui avaient été nécessaires à Brunehaut et Thierry pour reconstituer leur armée. C'était le printemps, la saison où commençaient traditionnellement les guerres, et les forces austrasiennes et bourguignonnes au grand complet s'étaient mises en marche vers l'ouest.

Brunehaut, qui les accompagnait, était sereine. Il n'y avait pas à craindre ce qui s'était passé lors de sa dernière campagne contre Frédégonde. Tout avait échoué alors parce que c'était elle qui commandait et que les grands lui avaient désobéi. Mais à présent, c'était Thierry le chef. Et Thierry était unanimement respecté. Malgré sa vie dissolue et sa médiocrité dans les choses de l'esprit, il avait une incontestable autorité. Il en imposait même aux plus turbulents.

Une joyeuse libation réunit la grand-mère et son petit-fils dans la tente royale au premier bivouac. Ils allaient prendre congé l'un de l'autre. Tant parce qu'elle n'en avait plus la force que pour ne pas indisposer les grands d'Austrasie, Brunehaut avait décidé de ne pas aller à la bataille. Elle avait tenu à accompagner Thierry une journée et, le lendemain, elle rentrerait à Metz.

Thierry trinqua tant et plus avec son aïeule. Il lui fit la promesse d'exterminer Clotaire et toute sa descendance. Ils parlèrent de tout ce qui leur tenait à cœur, notamment de Paris, qui serait leur capitale, lorsque Thierry Ier serait roi de tous les Francs.

Comme à son habitude, Thierry but beaucoup trop. Non seulement du vin, mais de l'eau. Thierry avait toujours soif. Brunehaut le quitta quand il s'affala au milieu d'une phrase et se mit à ronfler. Elle se retira dans sa tente, aussi vaste que la sienne, qui avait été dressée à côté.

Le lendemain matin, elle fut réveillée par un soldat affolé.

— Votre Grandeur, venez vite, le roi !...

Thierry se tordait de douleur sur son lit. A peine entrait-elle qu'il courut se plier en deux sur un vase de nuit. Il revint s'allonger, tout blanc, trempé de sueur.

— On m'a empoisonné.

Brunehaut le rassura.

— Non. J'ai mangé et bu la même chose que toi. C'est une indisposition passagère. On va te guérir.

Mais intérieurement, elle était violemment inquiète. Si ce n'était pas un empoisonnement, c'était peut-être aussi grave. C'était le mal d'entrailles, cette diarrhée soudaine qui vous emportait en quelques jours. La vieille femme qu'elle était, pour avoir vu mourir tant de gens, avait plus d'expérience que les médecins. Ceux-ci s'empressèrent auprès du roi. Ils lui appliquèrent des ventouses, comme ils en avaient l'habitude. Elle savait que c'était inutile. Ventouses ou pas, on mourait une fois sur deux environ. Il fallait espérer que Thierry serait dans la bonne moitié.

Thierry, roi d'Austrasie et de Bourgogne, fut dans la mauvaise moitié. Il mourut une semaine après le début de son mal. Pour Brunehaut, ce fut une sorte d'anéantissement. C'était la troisième fois qu'elle partait, sûre de son triomphe et la troisième fois qu'un coup du sort transformait la victoire certaine en déroute.

Car ce qui était inévitable se produisit : après la mort du roi, ses soldats, ses « hommes de bouche » cessèrent d'obéir. Les barbares partirent les premiers, détalant comme des lapins, puis les Bourguignons, qui reprirent le chemin de la Bourgogne et les Austrasiens, qui rentrèrent à Metz, tout proche.

Mais le pire, c'est qu'on en vit quelques-uns galoper vers l'ouest. Ceux-là ne désertaient pas, ils trahissaient ! Voyant une occasion de se débarrasser enfin de la reine, ils allaient avertir Clotaire de ce qui venait de se passer ; lui dire qu'il pouvait s'avancer sans crainte pour s'emparer de son ennemie.

Celle-ci le comprit. Les ans n'avaient entamé ni son jugement ni son pouvoir de décision. Après avoir donné à la hâte une sépulture à Thierry, elle courut à Metz. C'était là qu'étaient restés Sigebert, Mérovée, Corbus et Childebert, ses arrière-petits-fils. C'étaient eux seuls qui comptaient maintenant. Son salut, s'il lui en restait encore un, dépendait d'eux !

Une semaine plus tard, Brunehaut assistait à une cérémonie solennelle dans la cathédrale Saint-Etienne de Metz. C'était là qu'elle s'était mariée il y avait bien longtemps, mais elle n'y pensait pas. L'heure n'était pas à l'évocation des souvenirs. L'heure était grave. Elle était même cruciale.

Face à la situation, Brunehaut avait pris une décision sans précédent. Il n'était pas question que les quatre fils de Thierry se partagent son royaume. Devant l'imminence du danger, il fallait un commandement unique. Elle avait donc aboli la désastreuse tradition franque qui faisait d'un royaume un bien privé ; elle avait instauré à la place la notion d'Etat et décrété le droit d'aînesse. Seul Sigebert allait succéder à Thierry. Ce qui se célébrait sous les voûtes de Saint-Etienne de Metz était son couronnement !

L'aîné de ses arrière-petits-fils, âgé de douze ans, se tenait seul devant l'autel, face à l'évêque de Metz, Arnoul. Ses trois frères étaient un peu en retrait à ses côtés. Ils ne protestaient pas de se voir ainsi dépouillés. Ils avaient bien trop peur. La mort de leur père et l'annonce que l'ennemi allait venir les terrorisaient. Ils sentaient bien que leur aïeule était leur seul espoir et ils s'y accrochaient de toutes leurs jeunes forces.

Dans l'assistance, où avaient pris place les grands d'Austrasie, c'était moins de la réprobation qu'on sentait que de l'incompréhension devant cette cérémonie inédite. Un couronnement ? Qu'est-ce que c'était qu'un couronnement ? De l'avis général, la vieille reine voyait venir sa fin et inventait n'importe quelle folie.

L'évêque Arnoul, qui devait officier, manifesta la même perplexité :

— Qu'attendez-vous au juste de moi, reine ?

— Que vous bénissiez mon arrière-petit-fils Sigebert.

— Pourquoi les autres n'auraient-ils pas droit, eux aussi, à ma bénédiction ?

— Pour montrer que lui seul est roi d'Austrasie et de Bourgogne.

— C'est contraire à la coutume de nos pères.

— Elle n'existe plus !

— Je me dois de bénir tous les princes...

Leur discussion dura un moment. Finalement, Brunehaut renonça à se faire entendre de l'évêque. Elle accepta qu'il bénisse aussi Mérovée, Corbus et Childebert... Lorsqu'elle quitta la cathédrale, elle réunit l'ancienne garde personnelle de Thierry, qu'elle lui savait entièrement dévouée, et annonça à la cour :

— Je pars vers l'est avec mes héritiers. Je serai bientôt de retour.

On la vit s'éloigner en compagnie de ses soldats et des quatre enfants... L'évêque Arnoul s'approcha de deux chefs richement vêtus. Il s'agissait de Pépin et de Warnachaire, les plus en vue des grands du pays et ceux qui étaient les plus hostiles à Brunehaut, tout comme d'ailleurs l'évêque lui-même.

— Vous devriez la suivre. Il n'est pas prudent de la laisser agir.

Les deux guerriers ricanèrent.

— Pour quoi faire ? Elle croit pouvoir fuir, mais elle est perdue ! Nous allons, au contraire, rejoindre Clotaire.

L'évêque secoua la tête.

— Elle ne s'enfuit pas. Elle va se battre et elle sera dangereuse jusqu'au bout. Vous devez être auprès d'elle pour intervenir le moment venu.

Pépin et Warnachaire connaissaient Brunehaut et ils durent convenir qu'Arnoul avait raison... Quelque temps plus tard, en compagnie de leurs hommes, ils rejoignaient la souveraine.

— Reine, nous ne pouvions vous laisser seule dans ce péril. Nous voulons partager votre sort jusqu'au bout.

Brunehaut accepta sans joie. Il était visible qu'elle se méfiait, mais elle ne pouvait s'opposer à leur venue. Elle continua vers l'est en leur compagnie.

L'évêque de Metz ne se trompait pas : Brunehaut ne fuyait nullement. Elle avait vu, avec le couronnement manqué, que les Francs n'accepteraient jamais ce qu'elle voulait et elle allait agir autrement. Faisant preuve d'autant de lucidité que de témérité, elle avait compris que son seul soutien était désormais les barbares.

Par le plus étonnant des paradoxes, celle qui s'était battue toute sa vie contre la barbarie pour la civilisation, allait s'appuyer pour son combat suprême sur les plus farouches de ses soldats. Car eux, n'avaient que faire des luttes de palais, des intrigues de cour. Ils la reconnaîtraient et ils lui obéiraient. Ils marcheraient contre ceux qu'elle leur désignerait sans se poser de questions, sans même comprendre de quoi il s'agissait...

Toujours s'enfonçant dans la partie orientale de l'Austrasie, avec ses arrière-petits-fils, Brunehaut parvint dans la plaine du Rhin. Elle s'arrêta à Worms et envoya les soldats de sa garde rameuter les populations qui s'étaient enfuies à la mort de Thierry. Ils devaient leur dire que la guerre reprenait et que le lieu de ralliement était fixé ici même, à Worms.

Les jours passèrent et, peu à peu, on vit effectivement arriver, par le pont de bateaux qu'on avait jeté sur le fleuve, les barbares d'outre-Rhin répondant à son appel. Ils venaient tous, avec leurs robes courtes de peau mal tannée, leurs jambes nues et poilues, entourées de bandelettes sales, leurs souliers faits de petits animaux à fourrure fraîchement tués et vidés, leurs casques de cuir, sur lesquels ils avaient cloué des ailes d'aigle ou de chauve-souris, leurs hures de sanglier sur la tête.

Brunehaut alla vers les arrivants, qui la saluèrent dans leurs langues gutturales. Elle leur montra Sigebert, qu'ils saluèrent à son tour d'un grognement. Ils connaissaient la reine ; ils l'avaient escortée sur son char. Mieux même, de très vieux chefs thuringiens, souabes, danois ou huns se souvenaient d'elle lorsqu'elle avait été portée sur la peau de buffle, le jour de ses noces. Ils le dirent aux autres, qui hochèrent la tête avec respect.

La présence de ces vieillards dans leurs rangs n'avait rien d'étonnant. Il n'y avait pas d'âge trop grand pour la guerre. Les soldats contemporains de Brunehaut, aux cheveux blancs, s'appuyant parfois sur des bâtons pour marcher, ne venaient pas, bien sûr, pour faire des prouesses, mais tout simplement pour mourir. Le sort le plus digne d'envie, celui qui vous assurait le paradis, était d'être tué au combat et les barbares allaient à la guerre jusqu'à ce qu'ils y meurent.

Lorsqu'ils furent tous là, Brunehaut organisa le véritable couronnement de son arrière-petit-fils, qui n'avait pu avoir lieu dans la cathédrale de Metz. Elle refit la même cérémonie qu'avec l'autre Sigebert, son mari, près de cinquante ans plus tôt !

Dans la plaine de Worms, devant l'immense foule en armes, elle s'avança seule, tenant par la main son descendant. Quatre guerriers arrivèrent avec une peau de buffle. L'aïeule et l'enfant se placèrent au milieu et ils tirèrent. Comme le jour de son mariage, ils étaient si vigoureux qu'ils se retrouvèrent tous deux maintenus en l'air. Brunehaut s'écria d'une voix forte, tournant la tête vers Sigebert :

— Voici votre roi !

Alors, les barbares brandirent leur épée ou leur

massue et la frappèrent contre leur bouclier ou leur cuirasse en criant :

— Ha ! Ha ! Ha ! Ho !

Et, à chaque « Ho ! », au lieu de frapper, ils élevaient leur arme en direction du ciel...

Brunehaut avait l'air déterminé et farouche qui convenait à ces circonstances, mais intérieurement elle avait du mal à contenir sa joie... Tout recommençait par le seul pouvoir de sa volonté ! La jeune vierge était devenue une très vieille femme, mais le roi qui se tenait à ses côtés s'appelait toujours Sigebert. Ce qu'elle accomplissait là tenait du prodige, semblait un défi à Dieu lui-même ! Le succès récompenserait-il sa tentative ? Parviendrait-elle ainsi à abolir le temps ?

Pépin, Warnachaire et les quelques Francs qui étaient présents assistaient, médusés, à la scène.

— Arnoul avait raison : cette femme est le diable !

— Si elle laisse seuls les enfants, nous avons une chance, mais si elle reste, nous sommes perdus...

Brunehaut ne resta pas. Son intention était d'accompagner l'armée, précisément pour protéger ses arrière-petits-fils contre les trahisons, mais même s'agissant d'elle, la volonté, l'orgueil, ne pouvaient pas tout. Quelques jours plus tard, elle fut victime d'un brusque refroidissement. Elle se vit même près de mourir et, comme on était non loin de Boucheresse, elle décida de s'y arrêter. Elle fit mille recommandations à Sigebert et le couvrit de baisers, ainsi que ses trois frères. Elle restait confiante, mais elle était assez lucide pour savoir que c'était peut-être la dernière fois qu'elle les voyait.

Réunissant tout son courage, Sigebert, petit roi de douze ans, parvint à faire avancer sa troupe en direction de son adversaire. La nuit, au bivouac, il avait très peur à cause des esprits et, malgré la tradition qui voulait que le chef soit seul dans sa tente, décida de la partager avec ses frères. Sigebert, Mérovée, Corbus et Childebert se serraient l'un contre l'autre en cherchant le sommeil et avaient bien du mal à s'endormir.

Aussi, Sigebert fut-il plus soulagé qu'effrayé lorsque ses éclaireurs lui apprirent, dans une plaine aux environs de Châlons-sur-Marne, que l'ennemi était en vue. Pour lui et pour ses frères, cela signifiait la fin des terrifiantes haltes nocturnes. Bien sûr, le lendemain, il y aurait la bataille et, s'ils étaient vainqueurs, le retour. Mais le retour ce n'était pas la même chose : c'était aller vers Brunehaut et sa présence rassurante, ce n'était pas s'enfoncer chaque jour plus loin dans l'inconnu.

Comme à l'accoutumée, les soldats firent les préparatifs du bivouac : un rempart sommaire à l'aide d'arbres abattus, des petites huttes de branchages et de roseaux pour eux-mêmes et une tente d'étoffe pourpre pour les enfants royaux. Ceux-ci, pour une fois, s'endormirent presque immédiatement...

Depuis le départ de la reine, Warnachaire et Pépin attendaient l'occasion d'éliminer Sigebert et ses frères. Le moment était venu. Ils auraient pu les tuer en route : les barbares, les voyant morts, auraient rebroussé chemin. Mais ils auraient été fort capables de les massacrer pour cette traîtrise. Tandis qu'à présent, il n'y avait plus qu'à les capturer et les livrer à Clotaire. Cela reviendrait au même et serait sans danger pour eux.

Comme tout un chacun, Warnachaire et Pépin craignaient les esprits et ils n'agirent qu'au matin. Ils n'eurent aucun mal à pénétrer dans la tente royale : c'étaient leurs hommes qui montaient la garde. Les quatre frères, surpris en plein sommeil, ne purent même pas pousser un cri. Ils se retrouvèrent ficelés et bâillonnés dans des sacs. Les conjurés franchirent les lignes sans se faire remarquer, avec leur fardeau sur la croupe de leurs chevaux, et rejoignirent l'armée de Clotaire.

Un peu plus tard, lorsque les barbares s'avancèrent dans la plaine, ils découvrirent leur roi entre les mains de l'ennemi et s'enfuirent horrifiés.

La guerre était terminée. Elle n'avait pas fait une seule victime, du moins pas encore...

A trente ans, Clotaire n'avait pas embelli : une face porcine, de petits yeux gris à la lueur mauvaise, profondément enfouis dans le visage, des cheveux d'un blond agressif, presque jaune vif, tout raides et ébouriffés. Sa cruauté semblait avoir, s'il était possible, augmenté avec l'âge. Sa bouche épaisse était tordue par un sourire sinistre, découvrant des dents de bête sauvage.

Il contempla les quatre petits princes qui tremblaient devant lui, se délectant de leur frayeur... Sigebert, Mérovée, Corbus et Childebert appelaient leur arrière-grand-mère avec des cris déchirants. Clotaire II, après les avoir longtemps laissé faire, eut un grand rire.

— Vous avez raison de l'appeler. Elle aussi doit venir devant moi pour son supplice. Mais aujourd'hui, c'est votre tour !

Les quatre frères se mirent à hurler. Il s'approcha du plus grand.

— C'est toi, Sigebert ? Tu es roi, paraît-il, le seul roi... Eh bien, puisque c'est ainsi, tu vas mourir le premier.

L'enfant eut beau crier que ce n'était pas vrai, qu'il n'était pas Sigebert, deux soldats s'emparèrent de lui et le maintinrent au sol. Un troisième vint alors et lui fracassa le crâne à coups de pierre. Clotaire s'approcha d'un second enfant.

— Qui es-tu ?

La réponse lui parvint dans un souffle :

— Mérovée.

Les mêmes soldats s'approchaient. Il les arrêta d'un cri.

— Etes-vous fous ? C'est mon filleul. Tuer son filleul porte malheur. Voulez-vous que mes dents et mes ongles tombent ? Que les hiboux viennent m'attaquer la nuit ? Il sera moine.

Les soldats délaissèrent la pierre pour une paire de ciseaux et Mérovée subit la tonsure. Tandis que ses cheveux tombaient, il dut assister, terrorisé, à l'exécution de Corbus, qui eut, lui aussi, la tête brisée. Profitant de ce qu'on ne faisait pas attention à lui, le plus jeune, Childebert, sauta alors sur un cheval et galopa en direction de la forêt. La garde de Clotaire se mit à sa poursuite, mais revint bredouille. Le roi ne s'emporta pas. La journée avait été trop belle pour qu'il y ait place à la colère. Il se contenta de déclarer, en haussant les épaules :

— Les loups le mangeront...

Et, effectivement, personne ne revit jamais plus le dernier fils de Thierry... Clotaire se tourna vers Mérovée, à présent entièrement tondu, pendant qu'on brisait les membres de Sigebert et de Corbus et qu'on leur crevait les yeux pour qu'ils n'aient aucune chance de trouver le chemin du paradis.

— Et maintenant, mon cher filleul, nous allons nous occuper de ton aïeule !...

Par chance pour Brunehaut, un soldat qui lui était fidèle galopa à fond de train jusqu'à Boucheresse pour lui annoncer la nouvelle. Il fit irruption, à cheval, couvert de poussière et de sang, dans l'immense salle du trône. Assise sur son siège royal en bronze doré, la reine était en train de discuter avec Eunomius, évêque d'Autun. L'homme sauta de sa monture sur le sol, fait de plaques de verre colorées et de bitume.

— Hélas, Votre Grandeur...

L'espace d'un éclair, Brunehaut revit un autre cavalier mettant pied à terre devant elle, pour lui annoncer la plus épouvantable des nouvelles : la mort de son mari, la disparition de son armée. C'était à Paris, devant la cathédrale Notre-Dame. Elle avait réussi à conserver son calme, à ne pas manifester le moindre sentiment. Là encore, elle parvint à se maîtriser. Brunehaut n'avait pas changé, Brunehaut ne changerait jamais...

— Parle !

En phrases hachées, le soldat raconta la trahison de Warnachaire et de Pépin, la désertion des barbares et le supplice des enfants royaux, à l'exception de Childebert, vraisemblablement mort dans la forêt, et de Mérovée, qu'on avait emmené dans un couvent.

Brunehaut se leva de son trône.

— Je pars pour l'Helvétie. Je vais rejoindre Théodelinde, la sœur de Thierry. Elle m'a toujours été fidèle.

Eunomius vouait une véritable dévotion à celle qui avait bâti sa cathédrale. Il tenta l'impossible pour la retenir.

— C'est une folie ! Qu'espérez-vous d'elle ?

— Elle me donnera asile le temps que je réunisse mes barbares.

— Mais combattre n'a plus de sens. N'avez-vous pas entendu ? Vous n'avez plus de descendance.

— Si. Il reste Mérovée ! Ils ne l'ont pas tué. Il est tonsuré, mais ses cheveux repousseront.

— Reine, je vous en supplie ! Venez avec moi dans la cathédrale, vous y bénéficierez de l'asile et vous pourrez ensuite aller dans un couvent.

— Je ne finirai pas au couvent !

— Si Clotaire vous prend, il vous fera périr dans les pires supplices... Il faut oublier ces choses. Venez avec moi préparer dans la paix votre vie éternelle.

La vieille souveraine secoua sa tête blanche.

— N'insistez pas, Très Saint Père, ma décision est prise. Il n'y a qu'une chose que je vous demande : accomplissez ma dernière volonté. Lorsque vous apprendrez ma mort, faites en sorte que mon corps soit enterré sous l'autel de la cathédrale d'Autun.

Eunomius ne put retenir ses larmes.

— Je vous en fais la promesse. Que Dieu, vous assiste, Reine, et qu'il ait pitié de vous !...

Quelque temps plus tard, Brunehaut allait sur un chameau en direction des Alpes, escortée d'autres chameaux porteurs de provisions et de quelques guerriers à cheval... Elle avait toujours considéré sa petite-fille Théodelinde comme sa fille. Elle lui ressemblait, elle était énergique et courageuse. Elle lui avait fait épouser Herpon, puissant seigneur helvète qui, depuis sa forteresse d'Orbe, gouvernait plusieurs cantons. Là, elle serait en sécurité.

Et tandis qu'elle cheminait, l'inébranlable esprit combatif de la reine poursuivait ses projets. Elle avait soixante-huit ans, mais l'idée d'abandonner ne l'effleurait pas. Elle ne pensait qu'à l'avenir et elle s'émerveillait de l'étrange tournure que prenaient les événements.

Elle avait voulu que son héritier soit Sigebert,

mais Sigebert était mort et c'était Mérovée qui allait lui succéder ! Et Mérovée, tout comme le premier, son mari, avait été tonsuré. Tout comme lui, ses cheveux allaient repousser et il allait abandonner l'état de moine pour celui de roi. Mais lui, ne serait pas vaincu, ne mourrait pas abandonné de tous ; lui, règnerait bel et bien. Quelle éclatante revanche sur le destin, sur l'adversité !...

Théodelinde accueillit avec empressement sa grand-mère. Elle l'assura de son dévouement. Herpon, son mari, parut contrarié de la périlleuse situation qu'engendrait l'arrivée de la reine, mais il lui fit bonne figure. Il accepta de partir pour la plaine du Rhin, avec ses hommes, rameuter les barbares d'Austrasie.

Un mois plus tard, il était de retour. Il pria aimablement Brunehaut de le suivre : ses guerriers l'attendaient, elle n'avait plus qu'à prendre leur tête. Celle-ci fit ses adieux à sa petite-fille et le suivit... Ils étaient à peine sortis de la forteresse d'Orbe qu'une troupe de Francs leur barra le passage. Herpon eut un rire à l'attention de la souveraine :

— Comment m'avez-vous cru assez fou pour prendre le parti d'une vieille femme contre le roi de tous les Francs ? Adieu, reine ! Vous porterez mon salut à Clotaire...

Renève, sur les bords de la Vingeanne, non loin de Dijon, à mi-chemin entre Autun et Andelot, abritait une ancienne villa romaine en ruine. L'endroit avait été autrefois une exploitation agricole. Il était en grande partie retourné à l'état sauvage, mais formait une vaste clairière dans la forêt environnante... C'était là que Clotaire II avait installé son campement et qu'il avait convoqué une assemblée de grands d'Austrasie et de Bourgogne pour juger Brunehaut.

C'était l'automne. Les arbres étaient roux ; la vigne, qui poussait en abondance dans cette partie de l'ancienne Gaule, portait des grappes mûres. L'année, qui avait commencé par le départ en campagne de Brunehaut et Thierry, allait se terminer de la plus tragique manière.

Quand la reine arriva, couverte de poussière, elle découvrit, du haut de son chameau, les crosses d'or des évêques et les riches vêtements des dignitaires de son pays qui l'avaient trahie. Il y avait là Arnoul, qui avait béni ses arrière-petits-fils, Warnachaire et Pépin, qui les avaient capturés et envoyés à la mort. Tandis que les hommes qui l'accompagnaient la faisaient descendre sans ménagements de sa monture, elle entendit leurs ricanements. Elle ne les regarda pas. Un seul homme l'intéressait...

Il se tenait au milieu de l'assemblée, sur un trône de bronze, semblable à celui qu'elle avait quitté à Boucheresse... Brunehaut était devant le fils de Frédégonde : l'interminable guerre qui l'avait opposée à son ennemie prenait fin avec ce face-à-face.

Clotaire, lui aussi, la regardait avec fascination. La joie de faire le mal se lisait dans le moindre repli de son visage et la reine comprit que ce n'était pas seulement la mort qui l'attendait, mais un sort pire que tout ce qu'on pouvait imaginer.

Après avoir gardé longuement le silence, le roi se mit à glapir :

— Brunehaut, je t'ai fait venir ici pour que tu répondes de tes crimes. Tu as tué de tes mains tes deux maris, Sigebert et Mérovée !

Si Clotaire espérait faire réagir la reine, il dut déchanter. Elle posa sur lui un regard glacial. Du coup, il s'anima plus encore :

— Tu les as tués. C'est ma mère qui me l'a dit. Elle ne mentait jamais. Elle me l'a juré sur les Evangiles !... Et c'est toi aussi qui as assassiné mon père Chilpéric. Qu'as-tu à répondre à cela ?

La reine, imperturbable et hautaine, semblait absente. Le fils de Frédégonde entra en fureur :

— Et puis, tu as tué tes deux arrière-petit-fils Sigebert et Corbus. Je peux le prouver ! Qui veut témoigner ?

Pépin et Warnachaire se levèrent.

— Nous, Votre Sublimité. Nous l'avons vue faire. Nous étions là.

— Pour tous ces meurtres abominables, quelle peine décidez-vous, nobles personnages d'Austrasie et de Bourgogne ?

Un cri unanime jaillit de l'assemblée :

— La mort !

Puis, la voix d'Arnoul, évêque de Metz, s'éleva seule dans la clairière de Renève.

— La mort et ensuite l'enfer où tu expieras tes horribles péchés !...

Des mains brutales se saisirent de la reine, qui ferma les yeux. Elle pensait aux thermes de Lutèce, lorsqu'elle attendait dans le rayon de soleil la venue de son ennemi, prête au supplice. Au lieu de cela, son ennemi lui avait dit : « Je vous aime » et lui avait donné son épée. Mais cette fois, il n'y aurait pas de miracle. Il ne viendrait pas de jeune homme pour la sauver.

On lui arracha sa robe grise toute maculée. Elle se retrouva nue. Clotaire eut un rire sauvage, imité par toute l'assistance. Il rugit :

— Qu'on aille chercher un chameau !

Sur ses ordres, elle fut attachée au dos de la bête. Par ce raffinement, son bourreau entendait ajouter l'humiliation aux souffrances physiques. Le chameau était, en effet, l'animal méprisable par excellence, tout comme l'âne autrefois. De même qu'on disait chez les Romains : « bête comme un âne », on disait chez les Francs : « bête comme un chameau ».

Bientôt, la femme indomptable qui avait fait trembler tant de souverains, celle à qui le pape et l'empereur de Byzance parlaient avec respect, alors qu'ils avaient toujours méprisé Chilpéric et Frédégonde, fut exposée nue sur la bête de somme : les tortures pouvaient commencer.

Clotaire s'avança le premier. Brunehaut avait gardé les yeux fermés, essayant de ne pas penser à ce qu'il était en train de lui faire. Cela dura longtemps, affreusement longtemps. Quand il se fut rassasié, il s'écarta et ce fut la ruée...

Happée, de tous côtés, frappée, déchirée,

déchiquetée, la reine ne devint vite qu'un objet sanglant. On lui creva les yeux, ce qui la soulagea : elle n'avait plus à les fermer. Ivre de coups et de douleur, elle fut un instant prise de panique. On lui avait retiré sa robe et l'âme de Mérovée s'en était allée avec elle, puisque c'était dans ses plis qu'elle habitait !

Mais les vains efforts d'un de ses tortionnaires la rassurèrent. Il tentait de lui arracher l'alliance qu'elle avait à la main gauche. Brunehaut savait qu'il n'arriverait à rien. L'anneau d'or ne faisait qu'un avec sa chair et c'était là que s'était réfugiée l'âme de Mérovée. Elle la protégeait et ne la quitterait plus.

— Tiens, chienne !...

C'était la voix de l'évêque Arnoul. Elle lui fit penser à celle d'un autre évêque, Prétextat, qui les bénissait dans sa cathédrale... « A présent, embrassez-vous pour symboliser l'union de vos corps. »

C'était le moment de reprendre là où elle l'avait abandonnée sa méditation du palais de Metz. Elle allait arriver au ciel où ses deux maris l'attendaient et l'appelleraient chacun de leur côté. Vers qui irait-elle ?

Elle devait se décider vite, ses forces l'abandonnaient. Mais depuis longtemps, déjà, Brunehaut connaissait la réponse : elle irait vers le plus faible, vers celui qui avait le plus besoin d'elle et auquel elle avait le moins donné. Il était temps de répondre aux déchirants et vains appels du jeune prince : « Ma reine êtes-vous là ? Ne m'entendez-vous pas ?

Venez ! C'est moi, Mérovée. » Il était temps d'écarter la tenture et d'aller à sa rencontre...

Par infortune pour elle, Brunehaut était douée, malgré son âge, d'une résistance physique exceptionnelle. Au bout de trois jours et trois nuits de martyre, elle vivait encore ! Elle n'était plus qu'un paquet attaché à la bosse de l'animal, un amas sanglant et informe, mais elle bougeait encore de manière imperceptible, elle respirait encore faiblement. A la fin, Clotaire n'y tint plus. Il fallait que cela cesse !

Il demanda qu'on fasse venir un cheval sauvage. La suppliciée fut descendue de son chameau et attachée par les cheveux, un pied et une main à la queue de la bête, qui piaffait d'impatience. Clotaire monta sur son propre cheval, imité par ses seigneurs. Il fit un geste et on libéra le coursier, qui partit d'un bond. Tous galopèrent à ses côtés en sonnant de la trompe ou en criant pour l'affoler et pour manifester férocement leur joie. Le fardeau rouge qu'il traînait s'amenuisa rapidement. Lorsqu'il n'y eut plus rien, l'animal s'arrêta de lui-même...

Clotaire savait combien la reine était populaire dans son pays. Il n'entendait pas qu'on fasse d'elle une sainte, qu'on ramasse les morceaux de son corps pour qu'ils servent de reliques. Il fit rassembler en tas les débris sanglants qui jonchaient la clairière de Renève et y mit lui-même le feu. Ensuite, il leva le camp.

Quelques heures plus tard, on put voir un spectacle incroyable : un homme arrivait dans la nuit, une torche à la main, malgré les esprits qui rôdaient ! Il était vêtu de la longue robe des religieux et allait d'un pas ferme...

Eunomius, évêque d'Autun, avait attendu que le jour tombe pour être sûr qu'il n'y ait plus personne. Il redoutait comme tout le monde les démons nocturnes, mais il se fiait à la protection de Jésus-Christ, et il devait tenir sa promesse solennelle.

Il avait été convoqué avec les autres dignitaires d'Austrasie et de Bourgogne au tribunal de Renève, mais il avait refusé de se mêler à cette mascarade jugée d'avance, et avait assisté de loin aux affreux événements. A présent que tout était fini, il venait faire son devoir.

Eunomius s'agenouilla devant les cendres encore chaudes. Il allait les porter sous l'autel de sa cathédrale d'Autun... Il était rempli d'admiration pour le courage de la disparue, mais il avait toujours su que cela finirait ainsi, et il le lui dit à voix basse :

— C'est la nuit, reine Brunehaut. Tu ne pouvais vaincre : les hommes n'étaient pas prêts pour t'entendre. La grande nuit barbare va s'étendre sur le monde et c'est bien ainsi, car le jour naît de la nuit.

Eunomius prit les cendres dans ses mains et les enfouit dans un sac de lin blanc qu'il avait apporté. Au milieu de la poussière noirâtre, il découvrit un anneau doré. Il le contempla avec fascination. C'était tout ce qui restait de cette prodigieuse femme. C'était ce qui manifesterait à jamais, sous l'autel de la cathédrale, son passage sur terre.

Eunomius ne pouvait deviner que ce petit morceau de métal représentait le seul moment d'égarement, de folie, de barbarie, de celle qui avait été tant éprise de civilisation. Par-delà la mort, Brunehaut était devenue une Franque comme toutes les autres et cela pour la plus simple des raisons : elle avait aimé.

On était alors en l'an 29 du règne de Clotaire II, ou bien en l'an 216 après la mort de saint Martin. C'était aussi l'an 613 de l'ère chrétienne, mais cela personne ne le savait. Il faudra attendre plus d'un siècle pour que la façon de compter les années du moine Denys le Petit s'impose dans l'ancienne Gaule. Le premier acte à le faire porte la signature de Carloman, fils de Charles Martel, et il est daté de 745 après J.-C. Mais les Carolingiens avaient déjà remplacé les Mérovingiens.

Les Mérovingiens n'ont jamais su quand était né le Christ.

TABLE

Du même auteur

Aux Éditions Albin Michel :
en collaboration avec Pierre Bellemare

INSTINCT MORTEL, 1994
LES GÉNIES DE L'ARNAQUE, 1994
INSTANT CRUCIAL, 1995

Aux Éditions Robert Laffont :

L'ENFANT DE LA TOUSSAINT, 1994
Tome 1 : *La Bague au lion*
Tome 2 : *La Bague au loup*
Tome 3 : *Le Cyclamor*

La composition de cet ouvrage
a été réalisée par l'Imprimerie BUSSIÈRE,
l'impression et le brochage ont été effectués
sur presse CAMERON *dans les ateliers de B.C.I.,*
à Saint-Amand-Montrond (Cher),
pour le compte des Éditions Albin Michel.

Achevé d'imprimer en septembre 1995.
N° d'édition : 14705. N° d'impression : 1632-4/486.
Dépôt légal : octobre 1995.